TATJANA KRUSE

Die Wuchtbrumme kehrt zurück

Buch

Da ist sie wieder: die Wuchtbrumme. Reifer, abgeklärter, monogamer? Mitnichten! Sie ist immer noch ein toughes Alt-Girlie, das den gängigen Idealen holder Weiblichkeit in keiner Weise entspricht. Und auch im neuen Jahrtausend ist sie fröhlich, laut, frech, ironisch-zynisch und lässt keinen Fettnapf aus. In Letzteren manövriert sie sich mit schöner Regelmäßigkeit gern selbst hinein. In ihrem Liebesleben tobt das Chaos, ihre berufliche Lage ist eine griechische Tragödie, und darüber hinaus stolpert sie nicht nur immer wieder über den falschen Lover – obwohl sich am Horizont ein Silberstreifen abzeichnet –, sondern auch über diverse Leichen: mit dem Sandsack gemeuchelte Musicalstars, in den Grand Canyon dauerentsorgte Ehefrauen, zu Kunstwerken verarbeitete Exmänner und abgewürgte Quizshowteilnehmer. Sie wird bei einem Edelitalienier der Zechprellerei verdächtigt, mit einer russischen Topagentin verwechselt – Alltagsszenen aus dem Leben einer Wuchtbrumme. Kein Wunder, dass das für unsere Heldin nicht ganz ohne Folgen bleibt. Aber wo andere sich längst freiwillig in die geschlossene Anstalt hätten einweisen lassen, schafft sie es immer wieder mit Kodderschnauze und viel Humor, ihren Verstand zu behalten – zumindest in erträglichen Restbeständen.

Autorin

Tatjana Kruse, Jahrgang 1960, aufgewachsen in Schwäbisch Hall, lebt und arbeitet seit vielen Jahren in Stuttgart – und konnte feststellen, dass es sich an beiden Orten gleich gut mordet. Ihre mörderischen Gelüste tobt sie allerdings ausschließlich auf dem Papier aus. Seit 1995 veröffentlicht sie Kriminalgeschichten, neben einigen anderen Auszeichnungen erhielt sie 1996 für *Coll-Man schlägt zu* den »Marlowe« der Raymond-Chandler-Gesellschaft für den besten deutschen Kurzkrimi. Außer bei den *Sisters in Crime* ist sie auch Mitglied im *Syndikat*.

Von Tatjana Kruse
außerdem als Goldmann Taschenbuch erschienen:

Achtung: Wuchtbrumme! (44994)

Tatjana Kruse

Die Wuchtbrumme kehrt zurück

GOLDMANN

Einige der in diesem Band enthaltenen Geschichten
sind in der vorliegenden oder in abgeänderter Form bereits in
Anthologien erschienen:
»Das Tzolkin-Komplott« in *Skrupellose Fische*, Eichborn 1999,
»Furor teutonicus« in *Von Mord zu Mord*, Scherz 2001,
»Pars pro toto« in *Rheinleichen*, Emons 2000, und
»Non liquet« in *Abrechnung bitte*, Rowohlt 2002.

Umwelthinweis:
Alle bedruckten Materialien dieses Taschenbuches
sind chlorfrei und umweltschonend.

Originalausgabe Juli 2002

Umschlaggestaltung: Design Team München
Umschlagillustration: Creativ Pool / Yvonne Poepperl
Satz: DTP-Service Apel, Hannover
Druck: Elsnerdruck, Berlin
Verlagsnummer: 45266
JE · Herstellung: Katharina Storz / HN
Made in Germany
ISBN 3-442-45266-X
www.goldmann-verlag.de

1 3 5 7 9 10 8 6 4 2

Inhalt

Mens agitat molem

(Der Geist bewegt die Materie …
oder: Die Zeitmaschine)

»Der Nächste, bitte!«

Ich beugte mich über das altertümliche Sprechgerät. Diesmal lag etwas mehr Nachdruck in meiner Stimme, als ich meinen Spruch knisterte. Worauf warteten die da draußen eigentlich, auf Applaus? Na ja, erfahrungsgemäß stritten sie sich, wer als Nächster ins Allerheiligste eintreten durfte. Erfinder sind so zerstreut, dass sie sich nicht daran erinnern können, in welcher Reihenfolge sie ins Wartezimmer getreten sind. Für einen Nummernausspucker hätte das Budget unseres Amts zwar gerade so gereicht, aber der Chef fand die Dinger unpersönlich.

Ich wollte eben zum vierten Mal auf den abgegriffenen dunkelgrünen Knopf am Sprechgerät drücken, als die Tür aufging. Ein unscheinbares kleines Männchen trat herein. Wir musterten uns.

Ich sah den typischen Erfinder, Marke »Verkanntes Genie«: nichtssagender grauer Anzug, weißes Hemd, blaue Schleife. Er war etwa Ende vierzig, hatte eine lange, römische Senatorennase und hohe Geheimratsecken. In der Hand hielt er einen nachtblauen Kasten.

Und was sah er? Ein schmuckloses Minibüro mit einer nicht mehr ganz taufrischen, rubenesk geformten Sachbearbeiterin des Patentamts, die ein hautenges, geblümtes Sommerkleid trug und soviel Make-up, dass sie beim Wiedereintritt in die Atmosphäre nicht verglüht wäre.

Ich räusperte mich. »Bitte setzen Sie sich. Haben Sie das ausgefüllte Antragsformular dabei?«

Das Männchen ließ sich auf den Stuhl vor meinem Schreibtisch fallen und hielt mir ein völlig zerknittertes Stück Papier hin.

Ich seufzte. Hörbar. Er sollte ruhig wissen, was ich von realitätsfernen Intelligenzklöpsen hielt, die offizielle Formulare zerknittern.

Ich warf einen Blick auf das Papier: Heinz-Georg Meise.

»Herr Meise, Sie haben das Formular nicht gerade pfleglich behandelt. Und dann auch noch handschriftlich ausgefüllt. Damit machen Sie uns die Arbeit nicht eben leichter.« Ich schüttelte streng den Kopf.

Meise lächelte verlegen. »Es tut mir Leid. Aber es war so unruhig in der Kutsche.«

Ich blickte auf. »Sie meinen: im Bus?«

»Nein – in der Kutsche. Ich habe meine Erfindung heute Morgen schnell noch einmal ausprobiert. Schließlich will ich sie Ihnen in funktionstüchtigem Zustand vorführen. Wissen Sie, ich habe eine Zeitmaschine erfunden.«

Er strahlte über alle vier Backen. Will sagen, er strahlte über die beiden sichtbaren Backen, der Rest ist reine Spekulation meinerseits.

Ich seufzte neuerlich.

Er war der Vierte in dieser Woche. Da war der Rentner, der mittels eines umgebauten Hörrohrs Kontakt zu den lieben Verstorbenen aufnehmen konnte; dann der pickelige Jüngling, den Außerirdische entführt hatten, um ihm das Geheimnis der ewigen Jugend in die verschwitzten Hände zu drücken – ein grünlich schillerndes Elixier in einer Magenbitterflasche; dann der gediegen wirkende Mittfünfziger mit den angegrauten Schläfen: Er wollte ein Patent auf seine bahnbrechende Erfindung: die Ohrhaarbüschelschere für Linkshänder.

Und nun also dieser Herr Meise.

In meiner Amtsanweisung steht nachzulesen, dass ich zu allen Antragstellern bzw. -stellerinnen gleichmäßig freundlich zu sein habe. Immer schön lächeln, auch wenn sie eigentlich einen kräftigen Tritt in den Hintern verdient hätten. Ich hatte mich nur zu vergewissern, dass das Antragsformular vollständig und korrekt ausgefüllt war und die Baupläne der zum Patent eingereichten Vorrichtung beilagen, alles Weitere fiel weit außerhalb meines Zuständigkeitsbereiches.

Ich zwang ein Lächeln auf meine Wangen.

»Eine Zeitmaschine? Wie außerordentlich interessant. Sie drücken nur einen Knopf, und schon sind wir im alten Ägypten?«

Herr Meise schüttelte den Kopf. Sanft, aber bestimmt. »Nein, nein. Es ist nur eine Zeitmaschine, keine Zeit-Ort-Maschine.«

»Aha. Wir können in der Zeit reisen, aber wir bleiben dabei immer an Ort und Stelle?«

»So ist es. Man bleibt an genau dem Ort, an dem man sich gerade befindet.«

Herr Meise lächelte beseelt. Ja, schon wahr, es sollten eigentlich mehr Menschen derart glücklich sein, egal, aus welchem Grunde.

Ich sah das Formular durch und flötete aus reiner Gehässigkeit: »Sehr schön, Herr Meise, Sie haben alles korrekt ausgefüllt. Das ist sehr lobenswert. Nun noch eine kurze Vorführung Ihrer Erfindung, dann können Sie schon gehen.«

Eine solche Vorführung wäre gar nicht nötig gewesen, möglicherweise war sie laut Arbeitsanweisung sogar strikt untersagt, daran konnte ich mich auf die Schnelle nicht erinnern – ich wollte diesen lächerlichen Zwerg nur demütigen.

Herr Meise erhob sich und verbeugte sich in meine Richtung.

»Ich muss nur noch rasch die Zeit einstellen.« Er fummelte an dem nachtblauen Kasten herum. »Welche Zeit hätten Sie denn gerne?«

Ich verdrehte die Augen und flehte meine Schutzheiligen um Beistand an. Zweifel war die chronische Berufskrankheit aller SachbearbeiterInnen im Patentamt. Außerdem hatte ich gleich Mittagspause.

»Ganz egal, Herr Meise. Die Zeit überlasse ich Ihnen.«

Er nickte. »Beim Eintritt in eine andere Zeitphase kann es etwas turbulent werden.«

Ich lächelte ihm huldvoll zu.

Das Letzte, was ich sah, waren die großen braunen Augen eines Riesen-Dinosauriers.

Dann stürzten Herr Meise, der Schreibtisch und ich in etwa zwanzig Meter Tiefe.

Wir hatten vergessen, dass dies nur eine Zeit-, keine Zeit-Ort-Maschine war.

Und mein Büro lag im 7. Stock …

Und ob Sie es glauben oder nicht: Als ich aufwachte, taten mir alle Knochen weh.

Das Tzolkin-Komplott –

oder
a): Wie ich lernte, die Sterne zu hassen
und b): Wie es seinerzeit mit Sophie und
mir seinen Anfang nahm …

Fisch, ASC Steinbock (w/37), sucht Luisa-Francia-AnhängerInnen, um gemeinsam ihr Astrologiebuch *Die Bärin im 11. Haus* zu ergründen. Chiffre 131/777

Also, ich bin ja jetzt nicht sooo der Fan von Kleinanzeigen, aber im Alleingang herauszufinden, was »Absteigender Mondknoten in der fünften Ebene« oder »Uranus in der Wurzel« wohl bedeuten mochte, besaß auch nicht den geringsten Spaßfaktor. Darum investierte ich – statt in drei Guinness bei Gerd, meinem Stammkneipier – in eine Chiffre-Anzeige im Stadtmagazin *Lift*.

Die Fische sind das Sternzeichen der Mystik.
Sie sehnen sich nach einer anderen Wirklichkeit, nach etwas Transzendentem. Die Realität ist ihnen dabei so ziemlich Banane.

Lächerliche drei Zuschriften erreichten mich eineinhalb Monate später. Eigentlich vier, aber die vierte war von einem Typ namens Dolf, der von sich selbst nur eine Handy-Nummer auf der Rückseite einer Polaroidaufnahme seiner »Kronjuwelen« preisgab. Hmpf.

Von den anderen drei Briefen stammten zwei von Frauen, die noch nie von Luisa Francia gehört hatten und eigentlich auch null Interesse an Astrologie besaßen, aber sich wirklich w-a-h-n-s-i-n-n-i-g gern einfach mal mit mir austauschen wollten. Sonst noch was?

Als ich das Projekt schon gescheitert und meine Investition in den Wind geschrieben sah, tat sich vor mir das Gelobte Land auf.

> *Hallo,*
> *ich heiße Sophie, bin 35 und ebenfalls Fisch (ASC Löwe), wohne in der Augustenstraße und verschlinge Luisas Werke seit dem allerersten Buch. Habe sie letztes Jahr im* Merlin *live erlebt und bin total begeistert. Mit der* Bärin im 11. Haus *hatte ich allerdings auch so meine Probleme. Eigentlich habe ich ja nicht das Gefühl, dass irgendwelche im Weltraum treibenden Riesensteine eine nachhaltige Wirkung auf mein Alltagsgeschehen haben, aber ich lerne gerne noch dazu. Wir wär's, sollen wir es gemeinsam angehen?*
> *Sternenreiche Grüße*

Die Augustenstraße – gewissermaßen direkt um die Ecke. Ein gutes Omen!

Meine Begeisterung kannte keine Grenzen. Ich hämmerte direktemang ein Antwortschreiben in den PC (da brach sich der Aszendent in mir Bahn, Fische sind von Natur aus eher nicht entschlussfreudig) und schlug einen persönlichen Kennenlerntermin im *Bistro* des Stuttgarter Hauptbahnhofturms vor. Sollte sich Sophie als Zumutung erweisen, hätte ich als Trost wenigstens meinen heißgeliebten warmen Milchreis mit Zimt.

Die Fische-Frau ist der Archetyp des Weiblichen.
Manche sind allerdings arschetypischer als andere.

Unter Styling verstehe ich normalerweise, meine hundert Kilo statt in Leggings und T-Shirt in ein kaftanähnliches Gewand zu werfen und mir Ohrgehänge anzulegen, die bis auf die Schultern baumeln und meinen Ohrläppchen ein ordentliches Expandertraining verschaffen (weshalb meine Ohrläppchen auch der durchtrainierteste Teil meines göttlichen Venus-von-Willendorf-Körpers sind).

Beim Verlassen meiner 40-Quadratmeter-Zelle in einem Wohnklotz in der Innenstadt lief ich Gernot über den Weg. Mein Nachbar ist ein blonder, blauäugiger Knackpo Ende Zwanzig, dessen einziger körperlicher Makel in einem sich lichtenden Areal am Hinterkopf besteht. Als ich kurz nach seinem Einzug feststellte, dass er – oh Wunder über Wunder – auf zehn Jahre ältere, füllige Frauen stand, dankte ich der Göttin auf Knien und entzündete eine rosa Freudenkerze. Zwischenzeitlich hatte ich im furchtlosen Selbstversuch (mit Wiederholungsrunde, nur um sicher zu gehen) herausgefunden, dass er trotz seines schicken Berufs als Kunstkritiker der größte Langweiler auf diesem Planeten war – vertikal, horizontal und auch im Sitzen.

»Wohin des Weges, schöne Nachbarin?«

Muss ich noch mehr sagen?

»Ich habe eine Verabredung.«

»Mit wem?« Gernot war ein Klammeraffe. Und mich betrachtete er als seinen Lieblingsbaum. Meine Großmutter hatte schon Recht, wenn sie sagte, man solle nie dort scheißen, wo man wohnt.

»Gernot, das geht dich nichts an.«

Wenn er schmollte, sah er aus wie die junge Brigitte Bardot. Aber ich blieb beinhart. Noch ein Abend mit einem monotonen Monolog über die Moderne, und ich wäre reif für Harakiri.

»Sehen wir uns heute Abend?«

Ich schüttelte den Kopf und trat in den Aufzug.

»Morgen?«

Die Türen schlossen sich knarzend.

»Am Wochenende?«

Der Fisch als solcher liefert sich nicht den Zwängen der Vernunft aus, sondern gibt sich absichtslos der Situation hin. Will sagen, er surft lustvoll-luschig auf der Welle seiner spontanen Eingebungen.

Auch ich, die ich es besser wissen müsste, stelle mir unter einer Fische-Frau erst mal ein ätherisches Wesen mit zarten Meerjungfrau-Qualitäten vor. Dabei gibt es in den Weiten des Ozeans nicht nur zierliche Seepferdchen, sondern auch majestätische Wale. Und als Wal-Frau, die ich nunmal bin, konveniert mir die Gesellschaft von Winzfischen meistens nicht so sehr, habe ich doch immer Angst, durch eine unbedachte Bewegung das arme Fischlein schnöde zu zerquetschen.

Deswegen war ich hocherfreut, als die einzige Frau mit einem *Lift*-Heft unterm Arm, unserem konspirativen Erkennungszeichen, wenigstens fast so groß war wie ich, wenn auch nur halb so breit (und das wenige Fleisch bestand bei ihr auch reinweg nur aus Muskeln). Außerdem saß sie am besten Tisch – dem mit dem sagenhaften Ausblick auf die Kaufrauschmeile von Benztown-City.

»Hai, du musst Sophie sein.«

Auch zwischen Frauen kann es »Klick« machen. Du merkst plötzlich, dass du es mit einer Seelenverwandten zu tun hast. Gut, Sophie ist glücklich verheiratet und arbeitet stundenweise als Aerobic-Trainerin in einem Fitnessclub, wogegen ich überzeugte Single-Frau bin und jede Form von Sport für den dämlichsten aller Zeitvertreibe für denkende Zweibeiner halte, aber wir sind dennoch aus demselben edlen Tropenholz geschnitzt, wenn Sie verstehen, was ich meine.

Draußen wurde es schon langsam dunkel, und über herrlichem Milchreis mit Zimt (beziehungsweise Salat mit Essig-Öl-Dressing bei Sophie) waren wir mittlerweile zu dem Thema gelangt, das uns eigentlich zusammengebracht hatte: die Astrologie.

»Das Horoskop ist eine Landkarte, in der Kräfte und Kraftorte, Verbündete und Reiseproviant eingetragen sind. Du hast dir mit der Konstellation der Sterne quasi ein Zeichen zur Erinnerung gesetzt, als du dich auf dieser Erde verkörpern wolltest.«

»Wow«, meinte ich, »hast du das auswendig gelernt?«

Sophie nickte. »Steht gleich am Anfang von Luisas Buch. Dann hat sie mich abgehängt.«

»Ich bin auch nicht weitergekommen als bis zu der Aussage, dass die Astrologie eine Hilfskonstruktion ist, die uns das Gefühl geben soll, dass die Kräfte im Universum ordentlich und berechenbar sind.« Ich kratzte die Reste aus meinem übergroßen Milchreisnapf. »Ordnung und Berechenbarkeit sind genau mein Ding. Deswegen sehe ich mir auch nur Häppi-End-Filme an und lese am liebsten Agatha-Christie-Krimis.«

Sophie klatschte sich mit der flachen Hand auf ihren rechten, in schwarzes Leder gehüllten Oberschenkel. »Das glaub ich einfach nicht, ich *auch*!«

Der Kellner warf uns unter gepiercten Waigl-Brauen einen strafenden Blick zu. Eine Ledermutti und ein Gigantokaftan in seinem Yuppie-Bistro waren ja schon schlimm genug, aber wenn die dann auch anfingen, Lärm zu machen, war es mit seinem Wohlwollen schlagartig zu Ende.

»Ist eigentlich untypisch«, sinnierte ich. »Fische sind ja angeblich eher esoterisch angehaucht und sollen nicht so auf Mord und Totschlag stehen.«

»Das halte ich für ein übles Vorurteil.« Sophie winkte mit ihrer Milchkaffeetasse in Richtung Theke. »Dasselbe nochmal«, grölte sie ungeniert und hielt zwei Finger hoch. Die gepiercte Waigl-Braue presste die Lippen zusammen.

»Meiner Meinung nach sollten alle Ermittler im Sternzeichen Fisch geboren sein«, fuhr Sophie fort. »Fische sind nämlich viel einfühlsamer als die anderen Zeichen. Fast empathisch. Das wäre doch bei der Verbrechensaufklärung ein ungeheurer Vorteil.«

So hatte ich das noch nie betrachtet.

»Zum Beispiel da drüben–«, flüsterte Sophie und beugte sich in meine Richtung über den Tisch. »Nein, sieh jetzt nicht hin!«

Natürlich sah ich hin. Hinter mir, am Ecktisch an der Heizung, saßen zwei ungeheuer aufgebrezelte *Chanel*-Kostüme und ein hinreißend schöner *Armani*-Zweireiher, in dem ein Wesley-Snipes-Verschnitt mit einem Hauch Denzel Washington steckte. Ich glaube, mir quollen die Augäpfel hervor, und ich begann zu hecheln.

Die Waigl-Braue knallte uns den Milchkaffee auf den Tisch. Das brachte mich zurück in die Realität.

»Ja und?«, fragte ich an Sophie gewandt.

»Ich sage dir, da geht was Unseriöses vor sich.« Plötzlich krallte sie sich mit der Linken in meinen Unterarm und zeigte mit der Rechten hinter mich. »Da!«

Doch bevor ich mich umdrehen konnte, war Sophie schon aufgesprungen (was ihren Stuhl äußerst lautstark gegen die Glasfassade schleuderte) und ins Treppenhaus geeilt. Prompt baute sich die Braue vor mir auf und zischelte: »So geht das aber nicht. Ich muss doch sehr bitten.«

Ich löhnte – trinkgeldlos – für zwei Milchreis, einen Salat, ein Wasser und vier Milchkaffee und begab mich, die Souveräne mimend, unter den blasierten Blicken der anwesenden schwäbischen Schickeria (und einer bezopften Öko-Touristin mit Blümchenrucksack, die sich ganz offensichtlich verirrt hatte) zum Aufzug.

Besagter Aufzug spuckte mich kurz darauf acht Stockwerke tiefer auf der Hauptbahnhofsebene wieder aus. Sophie war nirgends zu sehen. Ich tauchte, zugegebenermaßen ein wenig durcheinander ob dieses Sitcom-artigen Verlaufs der Ereignisse, im Gewimmel der Reisenden unter.

Die Fische-Frau hat eine sensationelle Begabung, in gar gräuliche Schwierigkeiten zu geraten und darin wie in Treibsand zu versinken.

Das Telefon klingelte kurz vor Mitternacht.

Ich hatte mittlerweile meine Verwirrung weggeduscht, zu meinem Entsetzen festgestellt, dass mir drei borstige Haare am Kinn wuchsen (was mich, wenn sie sich in Gold verwandeln sollten, als des Teufels Großmutter ausweisen würde), Gernot hinter verschlossener Wohnungstür nachdrücklich erklärt, dass ich ihn in diesem Leben nicht mehr wiedersehen wollte, und mir in meinen Lieblingspyjama gehüllt Luisas Buch zur Brust genommen. Offenbar musste ich die Feinheiten der Sterndeuterei doch allein erforschen.

Doch da klingelte, wie gesagt, das Telefon.

»Ich habe sie bis zu einer Villa am Killesberg verfolgt.«

»Was?« Eben noch in den unendlichen Weiten des Universums, jetzt in Stuttgarts teurer Höhenwohnlage. Der Fall war tief.

»Sophie? Bist du das?«

»Sie haben ihn entführt!«

In der Fensterscheibe spiegelte sich mein Gesicht. Es sah dümmlich aus.

»Hörst du? Du musst sofort herkommen!«

»Sophie, ich liege schon im Bett.« Eigentlich saß ich ja in meinem knallroten Lieblingssessel, aber die Botschaft war dieselbe: Hier brachte mich so schnell nichts weg. »Was faselst du denn da von Entführung?«

»Der schnuckelige Schwarze aus dem Café. Die Rothaarige hatte eine Wumme unter ihrem *Hermès*-Schal versteckt. Jetzt sind sie hier in einer Villa.«

»Eine Wumme? Sprichst du etwa von einer Pistole? Dann vergeude dein Kleingeld nicht an mich. Ruf die Polizei an.«

Sophie schnaubte in den Hörer. »Ach, als ob die mir glauben würden. Die klingeln höchstens und fragen den Butler, ob sie das Kidnappingopfer sprechen dürften. Der wird indigniert die Tür schließen, und das war's dann. Also, kommst du jetzt und hilfst mir, oder was?«

Ich schlüpfte in Jeans und Pulli und erwischte gerade noch den letzten Bus der Linie 43 in Richtung Killesberg.

Es genügt nicht, eine Fische-Frau gut zu behandeln, man muss sie auch auf Händen tragen. Pech, wenn man dabei eine Fische-Frau im Blauwal-Format erwischt …

»Oh nein, ich werde Gernot nicht fragen, und das ist mein letztes Wort!«

Besonders fit war ich im Bus nicht mehr gewesen, sonst hätte ich die richtige Haltestelle nicht verpasst und mitten in finsterster Nacht mutterseelenallein durch mir fremdes Terrain von der Doggenburgstraße zur Schottstraße marschieren müssen. Und das heutzutage, wo jeder schwäbische Häuslesbesitzer erst schießt und dann fragt, was man zu nachtschlafender Zeit in seinem Viertel treibt. (Nein, von Viertele spricht man in diesem Falle nicht …)

»Wo warst du nur so lange?«, hatte es da plötzlich hinter mir aus der Buchsbaumhecke gezischelt, als ich in die Schottstraße eingebogen war. Ich wäre schiergar infarktet.

Mein Ende war es dann doch nicht gewesen, Unkraut vergeht schließlich nicht. Aber mit dem Adrenalingehalt in meinem Blut hätte man noch Stunden später die gesamte Fußballbundesliga eine Woche lang auf Hochtouren bringen können.

Zwei Stunden saßen wir auf der Couch in Sophies Wohnzimmer, aßen die Reste eines drögen, selbstgebackenen Marmorkuchens und lauschten den Göttergattenschnarchern, die aus dem angrenzenden Schlafzimmer drangen. Es war drei Uhr früh.

Zwischen zwei Bissen klärte Sophie mich auf. Sie erzählte mir von dem hellblauen BMW, den sie mit einem Taxi bis zum Killesberg verfolgen konnte, und von der verglasten Villa im Bauhausstil, in die der schnuckelige Schwarze von den beiden *Chanel*-Kostümen verfrachtet worden war.

Bis ich dann eintrudelte, lag die Villa, an deren Pforte ein Messingschild mit der Aufschrift WALLA WURZ, GALERISTIN prangte, bereits im Dunkeln. Und ich hatte mich strikt geweigert, ein widerrechtliches Betreten auch nur ansatzweise ins Auge zu fassen. Also waren wir per pedes zum Hauptbahnhofparkhaus gestiefelt und dann in Sophies Fiat zu ihr nach Hause gezockelt.

»Und wenn du dich auf den Kopf stellst, ich werde Gernot nicht darum bitten!«, wiederholte ich nur zur Sicherheit. »Das ist doch alles Irrsinn! Hast du keinen Plan B?«

Sophie hackte mit ihrer Gabel wütend auf den Kuchen ein. »Ja, verstehst du denn nicht, wie ernst die Lage ist? Es geht darum, ein Menschenleben zu retten!«

»Ich bitte dich, vielleicht hat dich die Sonne geblendet, und das war gar keine Waffe unter dem Schal, sondern ein Was-weiß-ich. Möglicherweise machen sie gerade einen flotten Dreier. Oder noch besser – sie genießen etwas, das ich nicht habe: SCHLAF!«

Das kommt davon, wenn man sich mit Leuten trifft, die man per Kleinanzeige kennen gelernt hat, dachte ich, und mümmelte den letzten sandigen Bissen.

»Ich hatte Blickkontakt, bevor er in den BMW einstieg, und glaube mir, dieser Blick schrie eindeutig nach Hilfe!«

»Vielleicht fühlte er sich überfordert, weil er seine *Viagra*-Notration nicht dabei hatte.«

Sophie langte in die Tasche ihrer Lederhose. »Und was sagst du hierzu? Ja, schau es dir nur an, da fällt dir nix mehr zu ein, was?«

Sie hielt mir ein Streichholzheftchen entgegen. MARIMAX HOTEL, STUTTGART stand darauf zu lesen.

Dazu fiel mir wirklich nichts ein. »Ja und?«

»Das habe ich an der Stelle gefunden, wo der BMW stand«, erklärte Sophie triumphierend. »Er hat es fallen lassen. Es ist ein Zeichen!«

»Das lag da vielleicht schon seit der letzten Völkerwanderung.«

»Unsinn, es war trocken. Und am Nachmittag hat es noch geregnet wie blöd.«

»Ich frage Gernot trotzdem nicht.«

Seit ich in einem Anfall von schlafentzuginduzierter Umnachtung ausgeplaudert hatte, dass ein leibhaftiger Kunstkritiker neben mir wohnte, bestand Sophies Plan darin, ihn über diese Galeristin auszuhorchen. Ihn vielleicht sogar in ihre Galerie zu schicken, um sich umzuhören. Aber da machte ich nicht mit. Ich konnte mir sehr gut vorstellen, was Gernot im Gegenzug für diese kleine Gefälligkeit von mir erwartete. Nein, danke!

»Und wenn du dich auf den Kopf stellst – Gernot bleibt außen vor !«

Der Fisch tritt nicht wirklich in Beziehung zu anderen Menschen, er braucht sie nur als Statisten für seine Großinszenierung mit dem Titel »Das Leben«.

»Das ist Ozomatli, der Affe. Unser schönstes Stück. Natürlich ein Original«, flötete Walla Wurz, diesmal vom runzligen Hals bis zu den italienischen Pumps in den Farbton Kamel gehüllt.

»Natürlich«, flöteten Gernot und ich unisono zurück.

Gernot hatte seine Bezahlung bereits am Vorabend eingefordert. Es war mein schlimmster Albtraum gewesen: abtanzen in der Oldie-Nacht der Diskothek Perkins Park. Außer uns hatten sich nur klapprige Senioren auf der Tanzfläche getummelt, deshalb legte der DJ ausschließlich langsame Rhythmen auf. Und mit langsam meine ich, dass selbst eine sedierte Weinbergschnecke flotter abgehottet hätte. Gernot tanzte nicht, er lehnte sich einfach gegen meinen üppigen Vorbau und schnaufte. In den Tanzpausen füllte ich Gernot dermaßen mit Wodka-Lemon ab, dass er schon sanft schlummerte, als er seinen Futon gerade mal mit dem linken Knöchel berührt hatte. Am nächsten Morgen erzählte ich ihm, wir hätten die heißeste Nummer seit Erfindung des Beischlafs geschoben, und beglückt lächelnd begleitete er mich in die Galerie Wurz. Über die Inhaberin hatte er nämlich nichts zu vermelden gehabt: Sie verkaufe südamerikanische Plastiken, weder sein Fachgebiet noch sein Liebhaberinteresse.

Als Walla mich in meinem hawaiianisch-buntgemusterten Blümchenkaftan und den hochtoupierten Ringellöckchen erblickte, stockte ihr der Atem – nicht, weil sie mich wiedererkannt hätte, sondern weil sie offenbar befürchtete, ich könnte potenzielle Kunden vergraulen. Aber als sie sah, dass es sich bei meinem Begleiter um Gernot Krummhaar handelte, der auf Seite 80 in *Stuttgarter Promis* sogar mit Bild als der führende Kunstkritiker Baden-Württembergs vorgestellt worden war, schmolzen ihre Stirnfalten mit Warpfaktor 10.

»Herr Krummhaar, was für eine Ehre«, hatte sie gesäuselt und besitzergreifend ihre kamelbeigelackierten Klauen in seinen Ellbogen versenkt.

In dem Glauben, er wolle einen Artikel über ihre diversen südamerikanischen Plastiken verfassen, erläuterte sie ihm in der nachfolgenden halben Stunde, sämtliche Exponate ihrer momentanen Maya-Kalenderausstellung bis ins kleinste Detail – beispielsweise das Azatl, das entfernt einem Reh ähnelte und unter einer Stoffbahn mit der Aufschrift Westen zu finden war. Ich stand wie ein Wurmfortsatz daneben, ließ mich ignorieren und überlegte derweil, ob eine Frau wie Walla Wurz des Kidnappings fähig war. Nie und nimmer, lautete mein abschließendes Urteil, viel zu langweilig und oberflächlich, und außerdem könnte ihr dabei ein Nagel abbrechen. Das Aufregendste, was diese

Frau erlebte, waren unter Garantie ihre jährlichen Geschäftsreisen nach Mexiko oder Kolumbien, mit Zwischenstopp in Paris, wo sie ihre Haute-Couture-Garderobe auffrischte (zweifellos bezahlt von ihrem vermögenden Gatten oder ihrem reichen Herrn Papa).

Mir entschlüpfte ein Gähner. Ein Wurmfortsatz hat nicht zu gähnen, belehrte mich umgehend der tadelnde Blick von Frau Wurz.

»Vielleicht wollen Sie ein andermal wiederkommen«, näselte sie in Richtung Gernot, wobei ihr Blick noch immer auf mir ruhte, »wenn Sie sich etwas mehr Zeit und Muße für die präkolumbianische Astrologie nehmen können.«

Fische haben oft eine solche Fülle von Begabungen und Talenten, dass sie ganz zweifelsohne zu den gesegnetsten aller Menschen gehören. Komisch eigentlich, dass sie dennoch häufig im Leben versagen.

Gernot musste zu einer Ausstellungseröffnung in die Staatsgalerie, deshalb eilte ich frohlockend, weil gernotlos, nach Hause. Mittlerweile war ich seiner liebeskranken Klammerversuche so überdrüssig, dass er mir fast schon wieder Leid tat. Fast.

Im Briefkasten befand sich außer dem *Amtsblatt* und der Telekom-Rechnung nur ein anonymer Umschlag. Ich bin ein Gleichgucker, also riss ich den Umschlag im Fahrstuhl auf. Die Notiz darin stammte von Sophie. *Bin gespannt wie ein Flitzebogen. Was hast du in Erfahrung gebracht? Ich warte auf dich im* Punktum. *Komm sofort!*

Sophie saß vor einer großen Apfelschorle auf der Terrasse des *Punktum* am Rotebühlplatz, zwischen einem bebrillten Schlipsträger, von dem ich erst dachte, er hielte ein Handy an sein Ohr, der bei näherem Hinsehen aber doch nur den Schmalz herauspulte, und einer grauhaarigen Frau im hautengen Spaghettiträgerkleid, die so richtig hormocenta-sexy aussah.

»Hai, Sophie.« Ich ließ mich schwer auf einen der weißen Plastikstühle fallen.

»Und?«

»Nix und. Absoluter Fehlschuss. Die Frau ist so harmlos wie meine Wellensittiche.«

»Hast du vorgestern nicht erzählt, die Henne hätte dir ein pfenniggroßes Stück Fleisch aus der Hand gerissen?«

Ich würdigte sie eines Blickes, den sie verdiente, dann stand ich auf und holte mir – da Selbstbedienung – eine große Cola von der Theke.

Als ich zurückkam, starrte Sophie völlig versunken auf das Streichholzheftchen. »Offenbar müssen wir stärkere Geschütze auffahren«, sinnierte sie.

Ich setzte mich. »Wie meinen?«

»Wenn du und dein Gernot …«

»Er ist nicht *mein Gernot*!«

»… trotz optimaler Umstände nicht in der Lage seid, Informationen aus einer Verdächtigen zu quetschen, dann müssen wir zu anderen Mitteln greifen.«

Ich saugte geräuschvoll an meinem Strohhalm. »Was für Mittel denn?«

»Wir begeben uns ins Marimax!«

Ich verschluckte mich. »Du hast sie ja nicht alle, was sollen wir denn in dieser Luxusabsteige?«, röchelte ich. »Uns nach einem unbekannten Schwarzen erkundigen? Und ob der Portier uns freundlicherweise seine Zimmernummer nennen würde?«

»Das braucht er nicht.« Sophie lächelte und klappte das Heftchen auf. Die Zahl 321 blinkte mir förmlich entgegen.

Ich, in meinem Hawaii-Kaftan, sah aus wie ein Hotelgast, der sich auf dem Weg zum Pool verlaufen hat. Und Sophie machte mit ihrer Nikon um den Hals auf Paparazza. Wir marschierten schnurstracks zu den Aufzügen, wobei das ängstliche Klappern meiner Knie nur ganz dumpf zu hören war, stiegen ein und drückten auf den Knopf für den dritten Stock.

»Was ist, wenn sich jemand in Zimmer 321 aufhält?« erkundigte ich mich flüsternd. Wäre ja möglich, dass der Aufzug verwanzt war.

»Dann sagen wir eben, wir hätten uns in der Zimmernummer geirrt«, blökte Sophie ungeniert zurück. Als *Sagrotan*-bewehrte Hausfrau fürchtete sie sich nicht vor Wanzen und anderem insektoiden Kleingetier.

Wir traten auf den Flur und versanken in knöcheltiefem Teppichboden. Sehr exklusiv. Zimmer 321 lag zur linken, und durch die Glaswand neben der Tür hatte man einen hübschen Blick auf den Hoppenlau-Friedhof.

»Klopf an«, befahl Sophie.

»Ohne mich!«

»Memme!« Sophie ließ ihre Fingerknöchel wuchtig auf die dunkel gestrichene Tür sausen – die daraufhin lautlos aufglitt.

Wir sahen uns an.

Dann blickten wir in Zimmer 321.

Was uns entgegenblickte, war das totale Chaos. Entweder lebte hier der unordentlichste Schlamper des gesamten Erdballs (und da hatte er in mir eine saftige Konkurrenz), oder jemand hatte das Zimmer durchwühlt.

In diesem Moment brach ich in Panik aus.

Fische haben etwas an sich, das andere Menschen zum Widerspruch reizt. Aber Vorsicht: Fische beißen am liebsten ungefragt!

»Ogottogottogott ...«, wisperte ich, die ich normalerweise nicht so leicht zu erschüttern bin, aber all dieses Gerede von Mafiamachenschaften zeigte allmählich Wirkung. »Was sollen wir nur tun?«

»Wir sehen uns natürlich um«, entgegnete die Ruhe in Person namens Sophie.

Ich sperrte mich. »Kommt überhaupt nicht in Frage. Lass uns bloß von hier verschwinden.«

»Nix, ich muss mal.« Und schwupp schlüpfte Sophie ins Zimmer.

»Das wagst du nicht!«, raunzte ich und versuchte, sie an ihrer Lederweste zu packen. Allerdings transpirierte ich ob all der Aufregung ein klein wenig, und so rutschten meine Finger ab.

»Würde es dich umbringen, einmal das zu tun, was ich dir sage?«, grölte ich ihr hinterher.

»Nein, aber warum ein Risiko eingehen?«, schallte es hinter verschlossener Badezimmertür.

Nolens, volens folgte ich ihr ins Zimmer und schob die Tür mit meiner Hüfte zu. Nur keine Fingerabdrücke.

Nummer 321 mochte ja mal eine schmucke Bleibe gewesen sein, aber damit war es nun vorbei. Die grüne Couch war zerlegt, die ebenfalls grünen Samtvorhänge heruntergerissen, die beigefarbenen Lampenschirme unchirurgisch von den Halterungen getrennt und in alle vier Ecken verstreut, ebenso wie diverse Kleidungsstücke und der gesamte Minibarinhalt. Aber kein Hinweis auf den Zimmerbewohner – kein Ausweis, keine Papiere, nur ein Fläschchen *CK One* unter dem Sekretär.

Ich hörte die Spülung der Toilette.

»Ha! Ein Hinweis!« Sophie stürmte aus dem Bad.

Ich zuckte zusammen. Lag etwa die Leiche des Zimmerkellners blutüberströmt in der Wanne? Aber hätte Sophie dann in aller Seelenruhe die große Apfelschorle ausgepinkelt?

»Was?«, entrang es sich meiner zugeschnürten Kehle.

»Das Entführungsopfer war hier.« Sophie hob mit der Linken eine große Glasschüssel mit Aberdutzenden *Marimax*-Streichholzheftchen hoch. In der Rechten schwenkte sie ihr so genanntes Beweisstück A vom Bahnhofsparkplatz. »Ist das jetzt rattenscharf, oder was?!«

Der Fisch in mir hätte nur leise gewimmert, aber mein Aszendent Steinbock brach sich mit Urgewalt Bahn.

»Sophie, verdammt!«, herrschte ich sie an. »Ich hab's endgültig satt! Du hast dir offensichtlich einen James-Bond-Streifen zu viel reingezogen! Wir verschwinden jetzt von hier, aber pronto. Hier liegt wirklich was im Argen, und da will ich nicht mit hineingezogen werden!«

Wenn sich eine Hundert-Kilo-Frau genervtötet vor einem aufplustert, fallen rüde Entgegnungen schwer. Also warf Sophie ihr Streichholzheftchen A zu den anderen, knallte die Glasschüssel auf den umgekippten Fernsehapparat und rauschte aus dem Zimmer und zum Aufzug wie eine Leitsau zum Futternapf. Ich zottelte hinterher.

Die Fische-Frau besitzt eine enorme instinktive Klugheit. Sie verleiht dem geflügelten Wort ›Ich hab's dir doch gleich gesagt‹ eine völlig neue Dimension.

Sophie fuhr mit der S-Bahn nach Hause, ich ging die paar Meter bis zu mir zu Fuß. Der Weg war nicht lang genug, um mir über die Ereignisse der letzten 48 Stunden eine

Meinung zu bilden. Alles, was ich mir jetzt noch wünschte, war ein heißes Bad und Ruhe, viel Ruhe. Doch als ich zu Hause ankam, sah ich das Gebäude vor lauter Polizei, Feuerwehr und gaffendem Menschenauflauf nicht.

»Was ist denn hier los?«, fragte ich ein Männchen in Grün.

»Weitergehen«, blökte er, »hier gibt es nichts zu sehen.«

»Ich wohne hier aber«, empörte ich mich.

»Das ist sie«, rief plötzlich Frau Meisenberger aus dem ersten Stock mit geifernder Stimme und zeigte mit dem Finger auf mich. Ein bulliger Mann in Zivil, der ein bisschen so aussah wie der Gilb aus der Waschmittelwerbung, nickte dem Polizisten vor mir zu, der mich daraufhin in Richtung Eingang schob.

Als ich näherkam, wich Frau Meisenberger ein paar Schritte zurück. Fehlte nur noch, dass sie eine Knoblauchzehe hochhielt und das Kreuzzeichen in die Luft malte. Was war hier nur los?

Der bullige Gilb legte seine Hand auf meinen Rücken und führte mich zum Aufzug.

Mir fielen spontan ein paar alte, längst verjährte Jugendsünden ein. Und natürlich das Hotelzimmer von eben, aber so schnell war die Stuttgarter Polizei doch mit Sicherheit nicht, oder? Außerdem war es Sophies Idee gewesen, ich war allenfalls Erfüllungsgehilfin. Und überhaupt, was war strafbar daran, ein ohnehin offen stehendes Hotelzimmer zu betreten?

Mir wurde warm unter dem Kaftan.

»Es hat einen Unfall gegeben«, brachte mir der Bullige mit schonender Stimme bei.

»Einer meiner Wellensittiche? Tot?« Ich erbleichte.

Der Bullige sah mich an, als wäre bei mir nicht nur *eine* Schraube locker. »Nein, Ihr Lebensgefährte. Er … er hat sich offenbar vom Balkon gestürzt.«

Ich seufzte erleichtert auf, was mir einen weiteren zwangsjackenverheißenden Blick bescherte.

»Isch 'abe gar keinen Lebensgefährten«, erklärte ich fröhlich wie Luigi aus der Kaffeewerbung.

Während die Aufzugstür aufglitt, warf der Bullige einen Blick in sein Notizbuch. »Da haben uns Ihre Nachbarn aber etwas anderes erzählt.«

Vielen Dank auch, ich würde mal ein ernstes Wörtchen mit der Meisenberger wechseln müssen.

»Gernot Krummhaar, Apartment 22«, fuhr der Bullige fort.

»Gernot soll sich von seinem Balkon gestürzt haben? Nie und nimmer!«

»Nicht von seinem, von *Ihrem*!«

In meiner beengten Klause herrschte Durchzug: Wohnungstür und Balkontür standen sperrangelweit offen. Kurz fürchtete ich um meine gefiederten Freiflieger, aber die hatten sich vor lauter Schiss vollzählig in die hinterste Ecke des Käfigs verdrückt und gaben keinen Pieps von sich.

Der angegilbte Bullige, er hieß übrigens Hans-Gerd Baitz, führte mich zu meinem knallroten Lieblingssessel, als sei ich eine gebrechliche, schlaganfallgefährdete Endachtzigerin, deren dritter Ehemann soeben verblichen war.

»Hören Sie«, wehrte ich mich, »Gernot und ich sind nur gute Freunde. Und außerdem war er noch vor wenigen Stunden bester Laune. Überhaupt, er hat gar keinen Schlüssel zu meiner Wohnung. Und eigentlich müsste er doch noch auf dieser Verni-dingsda sein ...« Ich verhaspelte mich.

»Offenbar hat er Ihre Wohnungstür gewaltsam geöffnet«, erläuterte mir Herr Baitz in schönster Baritonstimme. »Wir gehen davon aus, dass er geistig verwirrt war. Haben Sie sich zuvor mit ihm gestritten? Oder vielleicht ein Eifersuchtsanfall? Als man ihn fand, stammelte er übrigens etwas von einem Kamel.«

Ich seufzte auf. »Dann ist er also nicht tot?«

»Bei einem Sturz aus dem zweiten Stock?« Baitz schüttelte den Kopf. »Schwere Gehirnerschütterung. Ist momentan nicht ansprechbar.«

»Und was war das mit dem Kamel?«, hakte ich nach.

Baitz konsultierte neuerlich sein Notizbuch. »*Das Kamel. Es war das Kamel* – soll Herr Krummhaar dem Notarzt noch entgegengemurmelt haben.«

Erst in diesem Augenblick fiel mir auf, dass die in meiner Wohnung übliche Unordnung eine neue Dimension angenommen hatte: Auch meine Habseligkeiten waren von fremder Hand ruchlos durchwühlt worden!

Und ein Kamel hatte ich an diesem Tag erst eines getroffen …

Die Fische-Frau hat viel von einer Hexe an sich. Ob sie Gutes oder Böses tut, hängt davon ab, wie heftig man sie triezt.

Kaum hatten mich Baitz und seine Mannen verlassen, schlüpfte ich in meine obligatorischen Bequem-Leggings mit Big-Shirt und orderte Sophie per Telefon zu mir. Für jemanden, den ich kaum kannte, nahm sie bereits ziemlich großen Anteil an meinem Leben.

Als ich gerade vor dem Haus im Großcontainer den Müll entsorgte, der bei der Wohnungsdurchsuchung angefallen war – diverse Glas- und Keramikscherben, eine zerborstene Pappmachéfigur von einer prallen Bikinischönheit und einen toten Kaktus (wobei ich zugeben sollte, dass der Kaktus schon vorher am Dahinscheiden war) –, fuhren Sophie und Mann im Wagen vor. Ihr Gatte, von dem ich bislang nur die nächtlichen Schnarcher kannte, erwies sich als hagerer, haariger Bartträger mit Bifokalbrille und Strickweste, der mir aus dem Auto zuwinkte. Nun, über Geschmäcker lässt sich streiten.

Sophies Gatte düste in seinem sternchengekrönten Dienstwagen weiter zu einer Besprechung, Sophie selbst begleitete mich neugierig zu meinem Apartment.

Oben in meiner Wohnung bot ich ihr Tee an und – aufgrund akuter Leere in meinem Kühlschrank – ein paar Feigen, die so alt waren, dass ägyptische Hieroglyphen die Verpackung zierten (wahrscheinlich ein Pharaonenfluch), dann erzählte ich ihr mit vollem Mund alles haarklein.

»Das ist kein Zufall«, schloss ich meine Erörterung. »Walla Wurz denkt offenbar, dass wir etwas besitzen, was sie haben will. Und als sie es im Zimmer des Schwarzen nicht gefunden hat, erinnerte sie sich plötzlich, wo sie mich und meinen Kaftan schon mal gesehen hat. Voilà.« Ich schnippte mit den Fingern.

»Und woher wusste sie, wo du wohnst?«, erkundigte sich Sophie misstrauisch.

»Denk doch mal mit!« Als Lehrerin wäre ich nachgerade völlig ungeeignet – null Geduld mit Langsamkapierern. »In der Galerie hat mich Gernot ihr vorgestellt, und ich stehe im Telefonbuch. Nichts einfacher als das.«

Sophie nickte bedächtig. »Dann ist das der Beweis, quasi das fehlende Glied in der Kette. Wir stecken mitten in einer ganz üblen Sache. Hast du der Polizei davon erzählt?«

Tja, also, auf den Gedanken war ich noch gar nicht gekommen. »Wir haben doch nichts Greifbares«, ging ich folglich in die Defensive. »Die halten mich für verrückt und sperren mich in die Klapse.«

»Ja«, gab Sophie mir ausnahmsweise Recht. »Besonders überzeugend ist unsere Story nicht.«

In diesem Augenblick klingelte das Telefon.

Es war Walla Wurz.

Der Fisch braucht Aufregung und Abenteuer so sehr wie ein Supermodel einen Eiterpickel auf der Nase.

»Sie waren doch so sehr an der Maya-Kultur interessiert«, flötete Wall Wurz, »und da ich heute Abend im kleinen Kreis einen Vortrag über die präkolumbianische Astrologie halte, würde ich mich besonders freuen, wenn Sie mein Gast wären. Ganz zwanglos, versteht sich.«

Ich hatte auf Lauthören gedrückt, und Sophie nickte so heftig, dass sich ein Schuppenschneesturm in ihre Teetasse ergoss. Ich sollte ihr bei Gelegenheit mein Shampoo aus der Apotheke empfehlen.

»Es wird uns eine besondere Ehre sein«, schmalzte ich zurück.«

»Wunderbar! Also um acht in meiner Galerie. Ich freue mich.«

Ich legte den Hörer vorsichtig auf die Gabel.

»Du weißt ja wohl, was das bedeutet«, erklärte Sophie mit sonorer Stimme.

»Eine Falle!« Ich nickte wissend.

Sophie schüttelte den Kopf. »Mumpitz. Um zwanzig Uhr wird die Wurz in ihrer Galerie sein. Das heißt, wir schleichen uns in ihre Villa und befreien den Entführten!«

Der Fisch mit seiner so reichen, überquellenden und grenzenlosen Phantasie läuft oft verbittert gegen die normalen Begrenzungen durch Zeit und Raum an.

Es goss wie aus Kübeln, es war trotz der relativ frühen Stunde schon nachtschwarz, und ich fror wie eine Schneiderin in meinen schwarzen Leinenhosen und dem schwarzen Langarm-T-Shirt, beides knalleng, da von Sophie geliehen. Ich besitze nämlich nichts Schwarzes. Schwarz ist für mich keine Farbe, sondern eine Geisteshaltung – eine, die ich nach meiner existenzialistischen Pubertät abgelegt habe.

»Sophie, was, wenn die hier ein ausgeklügeltes Alarmsystem hat?«, flüsterte ich und wischte mir die Schlammspritzer von den Hosenbeinen.

»Hat sie nicht«, brummte Sophie und bohrte mit ihrer Nagelfeile weiter im verrosteten Schloss der Außenkellertür.

»Woher willst du das wissen?«

»Weil sonst schon längst die Polizei da wäre, und jetzt halt mal die Klappe. Ich muss mich konzentrieren.«

Ich schmollte und dachte darüber nach, was uns zusammengeführt hatte: die Astrologie. Wir gehörten beide laut Sternzeichen zu den Fische-Geborenen, aber während ich ein einhundert-Kilo-knuddelsüß-naiver Goldfisch war, schlummerte in Sophie ein gnadenloser Haifisch, der keine Angst kannte. Auf diesen Unterschied sollten die Tageshorrorskope endlich mal eingehen.

Knirsch, machte es da plötzlich. Quietschend ging die Tür auf und gab uns den Blick auf einen feuchtmoderigen Kellerraum frei. Und mitten in diesem Kellerraum, auf einem wackeligen *Thonet*-Imitat, saß der Schwarze aus dem Café, gefesselt und geknebelt.

Für die Fische ist alles relativ. Das kann eine Gabe sein, weil es zu Toleranz führt, aber in Wirklichkeit ist es nur eine Ausrede für übergroße Laxheit.

»Das ging viel zu einfach«, jammerte ich, eingequetscht auf dem Rücksitz von Sophies Fiat. »Irgendwas ist da faul!«

Der Fiat schleppte sich schwerfällig die Lenzhalde hoch. Wir wollten über die Kräherwaldstraße in den Westen und in die Sicherheit von Sophies Wohnung preschen, aber drei Insassen waren dann doch zu viel für das gute alte Stück. Es ächzte und stöhnte, und hupend überholten uns ein Manta, ein Smart und sogar der Bus der Linie 43.

Sophie starrte verbissen geradeaus, und Rüdiger, knackbraunes Produkt eines texanischen US-Soldaten und einer Ludwigsburger Friseuse, schluchzte geräuschvoll und tränenreich auf dem Beifahrersitz. Seit wir ihn befreit hatten ging das nun schon so. Eine ganze Packung *Softies* lag bereits durchgerotzt auf dem Boden. Das und die Tatsache, dass er sich über die durch die lange Fesselung entstandenen Knitterfalten in seinem *Armani*-Anzug beschwert hatte, den man nur von links und auf Stufe eins nachbügeln durfte, brachten mich allmählich zu der Erkenntnis, dass ich als Lohn der guten Tat kein fröhliches Gerangel zwischen Bettlaken erwarten durfte. Eher schon den Austausch leckerer Rezepte. Was, bei näherem Nachdenken, auch nicht das Schlechteste war.

»Könntet ihr beide mal aufhören?«, beschwerte sich Sophie.

Mittlerweile bretterten wir die Rotenwaldstraße hinunter. Ich fragte mich, ob die Bremsen des alten Vehikels für rund 300 Kilo Lebendgewicht plus Auto ausreichten oder ob ich mein Dasein als Fettklecks an der Außenmauer der Szenekneipe Rat-Rat beenden würde.

Sophie teilte meine Befürchtungen offenbar nicht. »Also, Rüdiger, worum geht es bei der ganzen Sache?«, fragte sie nüchtern.

»Das kann ich nicht sagen. Ich bin Ihnen sehr dankbar,

aber lassen Sie mich einfach am Hauptbahnhof aussteigen. Ich will Sie beide da nicht mit hineinziehen.«

»Nicht mit hineinziehen?«, grölte ich von hinten. »Wir stecken schon bis zum Hals mit drin. Und mein Nachbar wäre wegen dieser Sache beinahe ermordet worden!«

Letzteres rief eine neuerliche Schluchzattacke bei Rüdiger hervor. »O Gott, das wollte ich nicht.«

»Es geht um Kokain, nicht wahr?« Sophie klang ganz beiläufig. Ich schnappte nach Luft. Rüdiger sagte nichts, aber sein Schluchzen hörte auf.

»Das war mir ziemlich früh klar«, fuhr Sophie fort, während wir an einer roten Ampel hielten. »Walla Wurz fährt regelmäßig nach Kolumbien und holt irgendwelche Artefakte ab. In denen selbstredend Kokain versteckt ist. Liegt doch auf der Hand.«

»Nein! Ist das wahr?« Meine vor Aufregung feuchte Aussprache benetzte Rüdigers Nacken, und er hatte kein trockenes *Softie* zum Wegwischen mehr. Sein Pech.

»Haben Sie das Streichholzheftchen gefunden, das ich am Bahnhof fallen ließ?«, fragte er.

Sophie grinste siegreich. »Natürlich. Mir war sofort klar, dass es sich dabei um ein Beweisstück handeln musste!«

Ich räusperte mich. »Ein Beweisstück, das jetzt im Marimax-Hotel in einer Glasschüssel mit all seinen Brüdern und Schwestern liegt.«

»Verdammt!«, fluchte Sophie. Diese Kleinigkeit war ihr augenscheinlich entfallen. Ich genoss meinen Scharfsinn. Aber nur kurz.

»Dann fahren wir jetzt zum Marimax«, erklärte Sophie kategorisch.

Fischen wird gern vorgeworfen, unmoralisch zu sein, aber um unmoralisch zu sein, muss man Moralregeln brechen, und so was wie Moral ist dem Fisch als solchem fremd.

Der Portier erläuterte uns bedauernd, dass man Rüdigers Zimmer geräumt habe, nachdem er zwei Tage lang unabgemeldet gefehlt hatte. Außerdem habe man die Reparatur diverser Einrichtungsgegenstände auf die Rechnung gesetzt.

Rüdiger insistierte, dass er etwas unglaublich Kleines, aber Wichtiges im Zimmer vergessen hätte. »Das können Sie doch noch gar nicht wissen, Sie haben das von uns beiseite geräumte Gepäck ja noch nicht durchgesehen«, entgegnete der Empfangschef. Klugscheißer. Woraufhin Sophie ihm Rüdigers Platincard entgegenschleuderte und das Zimmer für eine weitere Nacht buchte. Der Empfangschef sah uns an, als planten wir drei – zwei eingeschlammte Frauen mittleren Alters und ein unglaublich gut aussehender Endzwanziger im zerknitterten Designeranzug – widernatürliche Akte in seinen geheiligten Hallen, aber dann kam er wohl doch zu dem Schluss, dass der Gast König ist und schob uns den Schlüssel für Zimmer 321 zu.

»Was für ein unglaubliches Durchsetzungsvermögen«, himmelte Rüdiger im Aufzug Sophie an. Sie winkte beschämt ab. Ich blickte pikiert. Bevor die Wellen dieses Schlamassels über mir zusammengeschlagen waren, hatte man auch mich für durchsetzungsfähig gehalten. Doch diese Zeiten waren vorüber. Wenn ich mich nicht mächtig vorsah, würde ich womöglich bei dieser ganzen Sache auch noch abnehmen. Ich popelte schnell einen Müsliriegel aus meiner Gürteltasche.

Die Tür zu Zimmer 321 stand schon wieder offen, was

unseren gesunden Misstrauensalarm eigentlich zu wilden Klingelorgien hätten verleiten sollen, es aber nicht tat. Rüdiger stürmte freudig erregt hinein, Sophie und ich folgten.

Natürlich blickten wir daraufhin mitten in die Mündung von Walla Wurzens Wumme.

Ein Fisch in einer Zwangslage ist unfähig, eine rasche Entscheidung zu fällen. Irgendwo tief in seinem blubbernden Inneren nimmt er einfach nichts so richtig ernst, darum fragt er sich: Warum diese unerquickliche Hektik?

»Wo ist er?«, fragte Walla.

»Wo ist wer?«, wollte Sophie wissen.

»Und wer hält jetzt für Sie den Vortrag in der Galerie?«, erkundigte ich mich dumpfbackig. Es sollte blanker Sarkasmus sein, wo ich doch von Anfang an eine Falle gemutmaßt hatte, aber Sophie und Rüdiger warfen mir düstere Blicke zu, als ob ihnen schon immer klar gewesen sei, dass Müsliriegel das Gehirn aufweichen.

»Ich will den Mikrofilm, und zwar sofort!«, herrschte Walla Wurz den armen Rüdiger an.

»Sie hat ihn!«, rief er und schubste Sophie nach vorn.

»Er ist in der Steichholzheftchenschüssel«, brabbelte Sophie, deren Gelassenheit nun doch langsam Risse zeigte, vor allem, als das zweite *Chanel*-Kostüm aus dem Bahnhofscafé in der Badezimmertür auftauchte, diesmal mit ondulierten Haaren und in einem *Frankonia*-Dirndl-Ensemble.

»Gitte, sieh nach«, befahl Walla Wurz, ohne den Blick von uns dreien zu nehmen.

Gitte, ein schmächtig-zierliches Püppchen mit Kleidergröße 32, höchstens, hob die Schüssel an, ging daraufhin prompt in die Knie, schnaufte schwer und ließ das Teil mit ungewolltem Schmackes zu Boden gehen. Die Schüssel blieb ganz, aber die eine Million Streichholzheftchen purzelten fröhlich über den Teppichboden.

Hektische rote Flecken bildeten sich auf Gittes Wangen.

Walla Wurz benahm sich in diesem kritischen Augenblick so, wie ich es erwartet hatte. Wir sahen uns offensichtlich denselben Müll im Fernsehen an.

»Los, das Streichholzheftchen suchen«, herrschte sie uns an und fuchtelte wild mit der Pistole. Im Nu knieten wir vor ihr und wühlten in dem Heftchenberg.

»Nimm es bitte nicht persönlich«, wandte sich Sophie an Rüdiger, »aber es wäre hilfreich, wenn du die Streichholzheftchen, die du durchsucht hast, nicht wieder auf den Haufen wirfst.«

Rüdiger murmelte Unverständliches. Über seine Stirn perlte ein Schweißtropf.

»Was ist auf dem Film eigentlich drauf?«, erkundigte ich mich. »Da Sie uns sowieso erschießen müssen, kann es ja nicht schaden, uns vorher noch aufzuklären.«

»Ich denke gar nicht daran«, lächelte Walla Wurz holde auf uns herab. »Weitersuchen und Klappe halten.«

»Fotos von dem Kokainschmuggel natürlich«, brummte Sophie. »Das habe ich doch schon gesagt!«

»Was für Kokain?« Walla Wurz klang ehrlich erstaunt.

»Ich bitte Sie.« Sophie setzte sich auf die Fersen. Ich rückte etwas von ihr ab. Falls Walla sie gleich erschoss, wollte ich nicht allzu sehr in Blut getränkt werden.

»Die Galerie ist doch nur ein Vorwand für Sie, eine Fassade. In Wirklichkeit schmuggeln Sie Kokain aus Kolumbien!«

»Das nehmen Sie sofort zurück!« Walla brüllte wie eine Berserkerin.

Rüdiger, Sophie und ich wichen erblassend zurück. Selbst klein Gitti zuckte erschreckt zusammen.

»Ich bin Kunsthändlerin. Ein Profi. Mein Spezialgebiet ist die präkolumbianische Maya-Kultur. Mit Drogen habe ich nichts zu tun!«

Auch Walla hatte in erregtem Zustand eine feuchte Aussprache, aber diesmal ging der Spuckeregen in erster Linie auf Sophie nieder.

»Es geht nicht um Drogen«, meldete sich Rüdiger zu Wort. Ihm war wohl klar, dass Walla bloßes Erschießen nicht mehr genügen würde, wenn wir ihr weiter die künstlerischen Ambitionen absprachen. Wir würden vorher auch noch qualvoll gefoltert.

»Es geht um Cipactli.«

Sophie und ich blickten dämlich aus unserer schlammverkrusteten Wäsche.

»Cipa-wen?«, hakte ich nach.

»Das Krokodil, meine Liebe«, säuselte Walla. »Sie hätten in meiner Galerie besser aufpassen sollen.«

Fische neigen von Natur aus zum Mystizismus, einem anderen Wort für Blauäugigkeit.

»Cipactli ist eines der Zeichen der präkolumbianischen Astrologie«, fuhr Rüdiger rasch fort. »Die Mayas besaßen ein Wahrsagejahr, das sie Tzolkin nannten. Es umfasste 260 Tage. 13 Monate zu je 20 Tagen, denen bestimmte Zeichen zugeordnet wurden, beispielsweise der Geier, Cozcaquauthli, oder der Jaguar, Ozelotl.«

Meine Knie waren zwar gut gepolstert und der Teppichboden flauschig, aber einen stundenlangen Astrovortrag wollte ich in dieser Position nicht aussitzen.

»Wenn wir hier nicht von Kokainschmuggel reden, wovon reden wir dann? Und warum war es einen Mordversuch wert?«, unterbrach ich Rüdigers Ausführungen.

»Suchen Sie gefälligst weiter!«, schrie Walla mich an und bohrte mir den Lauf ihrer Waffe ins rechte Ohr. Göttinseidank war das mein schlechtes, auf dem ich sowieso nicht gut hörte.

Ich wühlte hektisch im Streichholzheftchenberg.

Rüdiger schwafelte unterdes weiter. »Ich habe immer schon gern mit Ton gearbeitet, seit meiner Kindheit. Aber meine Mutter wollte ja unbedingt, dass ich was Ordentliches studiere. Also bin ich Chemiker geworden.«

Ich nickte, was mit dem Pistolenlauf im Ohr keine leichte Übung war.

»Natürlich habe ich nebenher weiter modelliert, vor allem Tierfiguren. Aber letztes Jahr gelang mir dann der ganz große Wurf – eine Chemikalie, die eine zeitliche Zuordnung bei Tongegenständen fast unmöglich macht. Man könnte damit jedes Alter fälschen. Als ich Walla kennen lernte, glaubte ich, sie sei als Galeristin an meinen bildhauerischen Arbeiten interessiert, aber ihr Interesse galt nur meiner neuen Formel.«

»Du redest zuviel!«, bellte Walla, nahm aber die Pistole nicht aus meinem Ohr.

»Sie hat mich gezwungen, nach alten Maya-Vorlagen einen Fisch zu modellieren und ihn mit meiner Substanz zu behandeln. Sie wollte die Kunstwelt mit dem vermeintlichen Fund einer neuen, uralten Tzolkin-Skulptur in Aufregung versetzen, dem Fisch. Sie wollte allen weismachen, dass das Krokodil im Maya-Kalender ursprünglich gar kein Krokodil, sondern ein Fisch gewesen sei. Meine Skulptur sollte das beweisen. Das wäre eine kunsthistorische Sensation gewesen. Das Medien- und Fachpublikumsinteresse hätten ihre Galerie weltweit bekannt gemacht. Ein großes

US-Museum hat letzte Woche, noch vor der offiziellen Veröffentlichung und nur auf Hörensagen hin, für Wallas gesamte Figurensammlung eine zweistellige Millionensumme geboten!«

»Ich hab's satt, ständig meinen Vater um Almosen anzubetteln«, keifte Walla weinerlich.

»Hoppla«, meldete sich da Sophie zu Wort. »Ich glaube, ich habe den Mikrofilm gefunden.« Sie hielt ein Streichholzheftchen hoch, auf dessen Innenseite die 321 fluoreszierte und hinter dessen Streichhölzern, vormals von uns unbemerkt, ein winziges Negativ steckte.

Rüdiger schluckte. »Ich bin ein echter Künstler, kein Kujau-Verschnitt. Jeden Arbeitsschritt an meiner Skulptur habe ich fotografiert. Walla wäre damit erledigt ...«

»Na, dann ist jetzt die Zeit für den Showdown gekommen!« Walla nahm die Waffe aus meinem Ohr und zielte auf Sophie. »So long, Baby!«

Es machte nur ganz leise *plop*, und aus den Kissen auf dem Sofa hinter Sophie flogen die Daunenfedern.

Sophie selbst hatte sich in Überlichtgeschwindigkeit und somit noch rechtzeitig auf die Seite, will sagen: auf Rüdiger, fallen lassen, der laut aufquietschte. Gitti torkelte vor Schreck rückwärts ins Badezimmer. Ich saß da wie Lots Weib.

In diesem Moment wurde die Zimmertür aufgerissen und eine männlich-markige Baritonstimme dröhnte: »Polizei! Keine Bewegung!«

Fischfreier Epilog

Die gute Walla und ihre saftlose Assistentin Gitti wurden wegen Menschenraubs und Kunstschwindel verurteilt. Die Anklage wegen versuchten Totschlags wurde fallen gelassen, als sich herausstellte, dass Gernot vor lauter Aufregung, weil er Walla beim Durchwühlen meiner Wohnung in flagranti ertappt hatte, über seine eigenen Füße gestolpert und somit selbstverschuldet vom Balkon gefallen war.

Gernot selbst begriff endlich, dass wir beide nicht füreinander bestimmt waren – und das in dem Augenblick, als er im Krankenhaus das Bewusstsein wiedererlangte und in das füllige Mondgesicht von Nachtschwester Gisela blickte. Es war wohl Liebe auf den ersten Blick. Irgendwie fuchste mich das dann doch.

Aber nur so lange, bis Hans-Gerd Baitz, der Gilb mit der Polizeimarke, eines samstags anrief und mich – plötzlich gar nicht mehr der selbstsichere Staatsdiener – auf eine Tasse Kaffee einlud. Nur so viel: Es sieht viel versprechend aus …

Sophie und ich haben Luisas Buch immer noch nicht kapiert, ist aber auch egal: Die Sterne können uns mal.

Derzeit besuchen wir an der Volkshochschule im Rotebühlbau den Kurs »Erkenne dich selbst in den Tarot-Karten«. Was soll ich sagen — immer noch besser als Extremmakramé oder Kampftöpfern …

Furor teutonicus

(*Das teutonische Ungetüm* –
mit anderen Worten: ich)

In der Unteren Herrngasse zu Schwäbisch Hall ist zu keiner Zeit viel los, aber am wenigsten erliegt man der Illusion, über den New Yorker Broadway, die Münchner Prinzregentenstraße oder Unter den Linden in Berlin zu schlendern an einem Donnerstagabend um 22 Uhr 30. Ruhig, um nicht zu sagen leblos, ragten die Fachwerkhäuser in den nächtlichen Himmel.

Ich hatte soeben die Stadtbibliothek verlassen, wo ich aus meinem bahnbrechenden Werk zur Übersetzungstechnik gelesen hatte. Eigentlich war es nur eine bessere Broschüre, die ich im Selbstverlag herausgegeben hatte, aber ich erhoffte mir durch den Verkauf doch ein kleines Zubrot. Oder wenigstens Ruhm und Ehre.

Mein Publikum hatte aus Frau Schömbach-Stäblein vom Fremdenverkehrsamt bestanden, deren zwölfjährigem Sohn Piet (der sich während der Dauer der Lesung mit einem Gameboy vergnügt hatte), einer hörgestörten Seniorin (die ständig »Wie bitte? Was?« gerufen hatte) und einem Mittfünfziger, der sich als Hausmeister herausstellte und für die Technik verantwortlich war, will sagen, für den Schlüssel, mit dem die Bibliothek abgeschlossen wurde. Die zuständige Bibliothekarin hatte sich entschuldigen lassen.

»Wirklich schade, die Schwäbisch Haller sind ansonsten sehr an kulturellen Darbietungen interessiert«, hatte Frau Schömbach-Stäblein noch tröstend angemerkt. Dann war sie, ihren Sohn im Schlepptau, flugs zum Neubausaal enteilt, wo sie, wie alle-alle-alle anderen Schwäbisch Haller auch, dem Liederabend der berühmten Mezzosopranistin Elisabeth Ellwanger lauschen wollte. Ehrlich gesagt hätte ich ebenfalls lieber dem Liederabend beigewohnt, als vier Unwilligen meine Geistesblitze vorzutragen, aber ich hatte einen Vertrag unterschrieben und Fahrgeldersatz bekommen. Trotzdem schmollte ich jetzt: Warum hatte man mir auch so eine unschlagbare Konkurrenz aufs Auge gedrückt?

Ich zog meinen grün karierten Poncho enger um meine Schultern. Es war empfindlich kalt geworden. Als ich auf den Marktplatz trat, meinte ich von fern die tirilierende Stimme der Ellwanger zu hören. Vor einer Litfasssäule neben der Löwen-Apotheke blieb ich stehen. Elisabeth Ellwanger, ganz in Grün gehüllt, ihr optisches Markenzeichen, lächelte mir von einem mannshohen (oder sollte es fraushohen heißen?) Plakat entgegen. Falsche Haare, falsche Zähne, falsches Lächeln –, aber bei so viel Werbung war es ja kein Wunder, dass die Haller Bevölkerung den kleinen DIN-A4-Zettel mit der Ankündigung »Literaturübersetzerin liest aus ihrem wegweisenden Handbuch zur Übersetzungstechnik« übersehen hatte. Vielleicht hätte da stehen sollen: Ehemaliges Haller Mädel kehrt mit literarischen Ergüssen in ihre alte Heimat zurück. Aber ob das geholfen hätte? Im eigenen Lande gilt die Prophetin nie etwas.

Ich wollte gerade den Weg zum Hotel *Adler* einschlagen, als ich das Knurren hörte.

Nun gut, andere hätten nur einen angenervten Chihuahua gesehen, der drauf und dran war, sich in meinen gut gepolsterten Knöchel zu verbeißen, aber ich sah einen Höllenhund, der mich bei lebendigem Leibe zerreißen wollte.

Ich schrie.

Offenbar versuchte sich die Ellwanger auch gerade an ein paar hohen Tönen, denn niemand hörte mich, und als ich eben zu einem neuerlichen Schrei ansetzen wollte, wurde mir ein Kartoffelsack über den Kopf gestülpt und etwas Schweres, Stumpfes sauste auf meinen Hinterkopf hernieder.

Woraufhin schwärzeste Finsternis einsetzte.

Als ich wieder zu mir kam, hörte ich die Ellwanger immer noch trillern. Auditive Halluzinationen?

Aber nein. Ein leises, staubiges Schnarren verriet mir, dass jemand eine Schallplatte abspielte. Diffuses Licht drang durch den Kartoffelsack, der mich umhüllte. Es war ziemlich kalt, um nicht zu sagen schweinekalt, und unter dem Sack bildeten sich durch meinen Atem kleine Wölkchen. Das mochte ja gut sein, um hermetisch verriegelte Gesichtsporen zu öffnen, aber mir behagte das nicht. Ich strampelte mich frei.

Gar nicht so einfach, wenn man an Füßen und Händen gefesselt ist.

Das Erste, was ich sah, war der friedlich schnarchende Chihuahua.

Das Zweite die entsetzt aufgerissenen Augen eines mir völlig fremden Mannes.

»Wer sind *Sie* denn?«, rief er entgeistert.

Offenbar lag hier eine Verwechslung vor.

»Offenbar liegt hier eine Verwechslung vor!«, fauchte ich.

Der Mann, der, wäre er eine Frau gewesen, ganz sicher

Größe 56/58 hätte tragen müssen, verlor seinen entsetzten Gesichtsausdruck und schaute nur noch lustlos aus dem grün changierenden Satinkleid mit Federboa und Muff. (Warum, glauben Sie wohl, bin ich auf diesen Vergleich gekommen?)

Ich hatte mal in Berlin eine unselige Begegnung mit einem Transsexuellen gehabt, darum wollte ich jetzt einfühlsamer sein, auch wenn die Umstände einen klitzekleinen cholerischen Ausbruch durchaus gerechtfertigt hätten.

»Eine Verwechslung!«, wiederholte ich.

»Mir doch egal!«, maulte der Rohling und sah so aus, als entspräche das ganz und gar der Wahrheit.

Die Ellwanger jodelte fröhlich von der Platte.

»Können Sie das Gedudel nicht abstellen?«, verlangte ich genervt.

Der Mann stürzte vor und riss mich am Poncho hoch. »Nennen Sie die gottgleiche Stimme von Elisabeth nicht ›Gedudel‹!«

Er schrie nicht, was seiner Drohung umso mehr Nachdruck verlieh.

Ich schwieg.

Der Kartoffelsack hing mir immer noch in der Frisur, und die Fesseln schnitten in mein zartes Fleisch. Mittlerweile war auch der Kampfhund im Taschenformat erwacht und knurrte mich böse an.

»Wie heißen Sie denn?«, fragte ich zaghaft.

»Roland.«

Roland setzte sich auf einen grünen Plüschsessel mit Troddeln.

»Es ist eine Kette unglückseliger Missverständnisse. Tut mir ja echt Leid.« Geysirartig eruptierte sein Naseninhalt. Roland führte die Federboa einem völlig neuen Daseinszweck zu und schnäuzte noch mal kräftig.

»Ich habe Sie mit Elisabeth Ellwanger verwechselt«, beichtete er.

»Mit Elisabeth Ellwanger? Die Frau ist doch ein laufender Hungerhaken. Spitze Knie und rachitische Wespen taille. Wie können Sie mich mit der nur verwechseln?«, keuchte ich empört.

»Naja, der Poncho war grün, Elisabeths Lieblingsfarbe. Meine auch. Und Karos tragen ungeheuer auf. Und dann dachte ich … naja, hätte ja sein können, dass Elisabeth etwas … öhm … stärker geworden ist.«

Dick, wollte er wohl sagen. Aber für die meisten Menschen ist das ein Tabuwort. Die gängigsten Umschreibungen sind immer ›stark‹ und ›korpulent‹. ›Stark‹ ist mein Selbstbewusstsein und ›korpulent‹ sind meine Ohrläppchen – *ich* bin dick.

»Bei einem Kidnapping sollte man vorher schon ordentlich recherchieren«, dozierte ich. »Sonst wird das nix mit dem Erpressungsversuch.«

Roland sprang auf. »Ich wollte Elisabeth doch nicht für Geld entführen!«

Er warf die voll geschnäuzte Federboa in meine Richtung. Göttinseidank kam sie vorher zu Boden und begrub den Chihuahua unter sich. (Keine Sorge, Tierfreunde, es blieben keine dauerhaften Schäden zurück. Der Hund trollte sich nur unter Protestgewinsel in eine Ecke und fing an, sich gründlich abzulecken.)

»Ich bin Elisabeths größter Verehrer! Niemals würde ich ihr etwas antun. Aber seit dem Tod meiner Mutter bin ich so allein. Was hat mein Leben denn noch für einen Sinn? Nur einmal sollte Elisabeth für mich singen. Für mich ganz allein singen!«

»Dafür kommt man in den Knast«, mopste ich.

Roland funkelte mich böse an. »Na und? Ich hätte bis ans

Ende meiner Tage von der Erinnerung zehren können. Und jetzt? All meine Träume – zerschlagen!«

Ich robbte auf meinem Hintern etwas nach vorn. »Quark. Sie versuchen es einfach noch mal.« Ich streckte ihm meine gefesselten Beine entgegen. Die Milch der frommen Denkungsart durchpulste mich. Dieser Mann hatte eine zweite Chance verdient. Das war meine gute Tat für heute. Man sollte wirklich nicht alles den Pfadfindern überlassen.

»Na los«, forderte ich ihn auf, »binden Sie mich los. Ich werde kein Sterbenswörtchen verraten. Versprochen!«

Roland schüttelte den Kopf. »Ich kann Sie doch nicht laufen lassen«, flüsterte er. Dann nahm er von einem Biedermeiersekretär ein unterarmlanges Fleischermesser und trat auf mich zu.

Mir wurde übel.

Ein ganzes Leben voll von Aktivität und berauschendem Tempo. In nur drei Sekunden.

Dann hatte Roland meine Fesseln durchschnitten und war mitsamt Messer und Hund verschwunden. Nicht, ohne vorher die Tür fest zu verriegeln und hinter dicken Brettern zu rufen »Ich muss mir noch überlegen, was ich jetzt mit Ihnen mache.«

Vorsichtig rieb ich mein geschundenes Fleisch, bevor ich mich erhob und in meinem Gefängnis umsah. Es war eine Dachkammer, voll mit Gerümpel. Und einer Andachtsecke ganz in Grün für Elisabeth Ellwanger. Sämtliche Platten und CDs, diverse Alben mit Zeitungsausschnitten, ein paar grüne Kerzen, Eintrittskarten, Programmhefte und ein paar Notenblätter, auf die jemand mit grünem Filzschreiber kleine Herzchen gekritzelt hatte.

Der Kerl war schwer gestört. Und dumm. Die Ellwanger

hatte doch noch das hohe C malträtiert, als er mich kidnappte. Da wäre doch jedem Schulbuben klar gewesen, dass ich nicht sie sein konnte. Aber Fanatismus macht ja bekanntlich blind. Und offenbar auch taub.

Ein Blick aus dem einzigen Fenster ließ in mir die Erkenntnis reifen, dass sich das Haus irgendwo in der Kreuzäckersiedlung, einem hanglagigen Stadtteil von Schwäbisch Hall, befinden musste. In der Nähe dräuten nämlich die Gebäude der Bausparkasse Schwäbisch Hall. Weit und breit kein nächtlicher Spaziergänger, der mir zu Hilfe eilen konnte – alle lagen bereits brav in tiefem Schlummer.

Unten in Rolands Vorgarten tummelte sich der Chihuahua neben den rot bemützten Gartenzwergen, dahinter waren eine voll geparkte Straße und dann eine weitere, leicht uninspirierte Häuserzeile zu sehen.

Die Tür zum Treppenhaus war aus massivster Eiche, da konnte ich auch mit Dagegenwerfen nicht viel ausrichten. Und ein Sprung aus dem Fenster kam bei der Höhe nicht infrage.

Roland war kein geübter Verbrecher, er hatte vergessen, meine Handtasche zu konfiszieren. Aber das Glück war ihm hold: Ich hatte vergessen, mein Handy aufzuladen. Ohne Akku konnte ich niemanden zu Hilfe rufen.

Sollte ich mich in mein Schicksal ergeben? Sollte ich das hilflose Frauchen mimen, das verzweifelt zusammenbricht und auf einen Retter hofft?

Niemals!

In Notsituationen wachsen manche Menschen über sich hinaus, und ich wollte dazugehören.

Ich hatte zwar keine Ahnung, was ich hätte tun können, aber ich stand da wie eine Eins, die Fäuste entschlossen geballt, grimmig dem Schicksal entgegenblickend.

Und dann fiel es mir in einem transzendenten Moment der Erleuchtung wie Schuppen von den Augen, warum all die Jahre vor der Glotze nicht umsonst gewesen waren. Ich kannte einen Mann, der sich schon oft in solch aussichtslosen Situationen befunden hatte und sich immer irgendwie befreien konnte: MacGyver!

Was hätte MacGyver in meiner Lage getan?

Er hätte findig nach möglichen Hilfsmitteln Ausschau gehalten!

Also mal sehen: Außer alten Möbeln und einem Koffer mit getragenen Frauenkleidern gab es eine drei Viertel volle Flasche Möbelpolitur, einen Beutel mit Mottenkugeln, einen rostigen Flaschenzug, ein Seil, eine Eisenstange, zwei alte Rohre und eine Schachtel Nougatpralinen, die ihr Verfallsdatum erst in zwei Monaten erreichen würden.

Perfekt!

Ich würde mir die Pralinen als Nervennahrung reinziehen und mir anschließend eine raketengetriebene Harpune basteln. Richard Dean Anderson würde stolz auf mich sein!

Auch meine alte Physiklehrerin hätte es sicher gefreut: Im Nu hatte ich die Politur in das einseitig verschlossene Rohr gegossen, dann schüttete ich ein paar Mottenkugeln darüber. Ich band das Seil an der schmalen Eisenstange fest und schob die Stange in das Rohr. Das andere Ende des Seils befestigte ich an einem der Holzbalken.

Wenn mich die Erinnerung an die betreffende MacGyver-Folge nicht täuschte, musste ich jetzt nur mittels einer Zündschnur das Ganze in Brand setzen. Es würde eine Explosion geben, die Eisenstange würde durch das Fenster geschleudert und könnte sich dann, mit etwas Glück, in dem Baum draußen auf der Straße festhaken. Mit Hilfe des Flaschenzugs könnte ich mich daraufhin über den Garten mitsamt der Miniaturversion eines Kampfhundes hinweghangeln und wäre in Sicherheit.

Genial!

Mit meiner Nagelschere zerschnipselte ich meinen Poncho (dieses Teil würde ich ohnehin nie wieder tragen wollen) und funktionierte den daraus entstandenen Streifen zu einer Zündschnur um. Jetzt nur noch ein Streichholz und – päng!

Freiheit, ich komme.

Liebe Kinder, macht das bitte nie nach!

Es tat einen furchtbaren Schlag. Göttinseidank hatte ich hinter dem Biedermeiersekretär Schutz gesucht, denn die Explosion ließ das Dachfenster in eine Million Scherben zerbersten.

Die Eisenstange hatte allerdings keinen Alleinflug angetreten, sondern baumelte lustlos einfach in die Tiefe.

Durch den Funkenflug hatten sich die Kleider im Koffer entzündet. Kleine Flammen züngelten sich groß.

Es roch bestialisch, und von draußen hörte ich das hysterische Kläffen des Chihuahua.

Eine Sekunde später stürmte Roland herein. »O mein Gott, meine Memorabilia!«, schluchzte er. Der Ellwanger-Altar hatte meinen Ausflug in die Pyrotechnik nicht sonderlich gut überstanden.

»Was haben Sie getan?« Roland ging in die Knie und presste die wenigen Schallplattenhüllen, die nicht mit Glassplittern durchbohrt waren, an seine überbreite Brust. Als er wieder aufstand, ragten einige Scherben aus seinen Knien und Schienbeinen. Blut tropfte zu Boden.

Von fern nahten Sirenen.

Roland mutierte angesichts dieses Desasters zum Vierjährigen. Obwohl er mich um Kopfeslänge überragte, tätschelte ich ihm mütterlich die Wange und übernahm das Reden, als Feuerwehr und Polizei eintrafen.

Wir hätten gemütlich zusammen gesessen und alten Aufnahmen von Elisabeth Ellwanger gelauscht, als mir ein Streichholz, das ich zum Anzünden meiner Zigarette verwendet hatte, wohl noch glimmend in ein Rohr gefallen sei, in dem sich offenbar Reste von Möbelpolitur und Mottenkugeln befunden hätten.

Der Feuerwehrmann meinte misstrauisch, dass da wohl noch andere Reste in dem Rohr gewesen sein müssten, und einer der Streifenbeamten fand es merkwürdig, dass meine Zigaretten mitsamt Päckchen durch die Explosion ins Freie geschleudert worden sein mussten, weil sie nämlich auf dem Dachboden nicht mehr zu finden seien.

Aber das war meine Version, und dabei blieb ich. Roland nickte nur zu allem, wie ein braver Vierjähriger eben nickt.

Nach Abzug der Streitkräfte brachte ich Roland zu Bett.

»Ich zeige dich nicht wegen Entführung an, und du zeigst mich nicht wegen Sachbeschädigung an. Klaro?«

Roland nickte. Dann schlief er ein, die letzte heile Platte von Elisabeth Ellwanger im Arm. Er würde sie im Schlaf zweifelsohne zerquetschen.

Ich ging in die Küche, fütterte den Chihuahua, der daraufhin zu meinem willenlosen Sklaven wurde und sich ordentlich durchkraulen ließ. Dann eilte ich zum Hotel. Auf Schusters Rappen, weil zu dieser geisterhaften Stunde kein *Hafner*-Bus mehr fuhr.

Man soll ja aus all seinen Erfahrungen lernen, darum habe ich mir am nächsten Morgen eine Liste erstellt:

a) Immer darauf achten, dass mein Handy funktionsbereit ist

und

b) Nie mehr MacGyver spielen – ich bin kein Actionheld, eher schon die östrogenhaltige Version von Jabba the Hut, und der hat auch nicht selbst gezündelt, sondern zündeln lassen …
Messer, Schere, Feuer, Licht, sind für mich von nun an nicht. Basta!

Dies diem docet

(*Ein Tag lehrt den anderen*
oder: Das ungeschminkte Tagebuch einer Singlefrau, die einen Monat lang keinen Sex hatte, weshalb diese Geschichte ausnahmsweise auch jugendfrei ist)

MITTWOCH, 1.3.

Nachts um halb vier werde ich durch einen infernalischen Lärm geweckt: einer meiner Piepmätze träumt Alb. Wie ein Irrer fliegt er mit Mach 3 durch das stockfinstere Zimmer, knallt mehrmals gegen Fensterscheiben und Schrankwände, versetzt den anderen Sittich und mich in Endzeit-Panik und versteckt sich schließlich hechelnd hinter dem Bücherregal. Ich mache alle Lichter an, gebe beruhigende Zwitscherlaute von mir und rutsche auf allen vieren durch das Wohnzimmer, um den Vogel einzufangen. Gelobe hoch und heilig, mal wieder Staub zu saugen.

Zwölf Stunden später stehe ich blasiert lächelnd in den Räumen der Gleichstellungsstelle: Wir zelebrieren die Vernissage von »Sex in Stuttgart« (ein Widerspruch in sich): handcolorierte Fotografien der Performancekünstlerin Orca Schmitz, die im Blümchenbikini eine Art afrikanischen Initiationstanz durchführt. Die Frauenbeauftragte schüttelt mir die Hand, eine Stadträtin nickt mir zu, die Marketingleiterin einer großen Bank beichtet mir nach zwei Glas Schampus ihre Paarungsrituale.

Wenn die wüssten, dass ich a) die Einladung zu diesem hehren Ereignis im Papiermüll meiner Manager-Freundin

Alex gefunden habe und ich b) noch vor wenigen Stunden mit wehendem Nachthemd in einem zugestaubten Wohnklo einem ausgeflippten Wellensittich hinterhergehetzt bin … Ich eigne mich einfach nicht zur Femme fatale der Schickimickigesellschaft.

DONNERSTAG, 2.3.

Wache auf und habe Brand. Trinke Milch und esse Heringshäppchen. Schwöre, nie wieder Alkohol zu trinken.

FREITAG, 3.3.

Die lange *Batman*-Nacht im Kommunalen Lichtspielhaus. Sitze mit Sharon und Silke im Kino, als sich plötzlich ein männlicher Mensch mit Körpergeruch direkt neben mich setzt. Eigentlich wäre das ganze Kino noch leer. Mir schwant nichts Gutes. Da kommt auch schon seine Hand auf mein Knie zu. Angespornt durch Catwoman lege ich meinen Arm an, hole tief Luft und ramme diesem Typ meinen Ellbogen zwischen die Rippen. Dazu äußere ich mit lauter Stimme: »Nehmen Sie Ihre widerlichen Griffel von meinem Bein!« Was für ein Glücksgefühl! Ich will Berufsschlägerin werden!

Sharon und Silke setzen sich zwei Reihen weiter vor und erklären mir anschließend, doch lieber nicht mehr mit mir an öffentliche Orte gehen zu wollen. Mich ficht das nicht weiter an. Ich gelobe, einen Selbstverteidigungskurs für Frauen zu belegen.

SAMSTAG, 4.3.

Will ausschlafen, werde aber vom Telefon geweckt. Es ist Bruno. Ich habe gestern seinen Geburtstag verschwitzt. Peinlich, peinlich. Er drängt auf ein Treffen. Göttinseidank gibt es in unseren Terminkalendern keine gemeinsame Lücke. Ich kann mich unmöglich auf zwei Männer gleichzeitig konzentrieren, und derzeit fahre ich nun mal voll auf Hans-Gerd ab, auch wenn der sich gerade zu einer vierwöchigen polizeilichen Fortbildung in Deutschlands fernem Osten befindet. Oder soll ich doch mit Bruno ausgehen? Vor lauter Unentschlossenheit beteilige ich mich am Abend an der Partneraktion von Antenne 1. O Kind, was tust du?

SONNTAG, 5.3.

Habe die feuchtigkeitsgeschwängerte Luft des Rheinfalls in Schaffhausen eingesogen. War dort mit meiner alten Schulfreundin Sabine III (wir hatten fünf Sabines in der Klasse, die folglich durchnummeriert wurden) zum Kaffeetrinken. Aus einer spontanen Laune heraus. Für den Heimweg von Schaffhausen nach Stuttgart hat Sabine III in ihrem Porsche Carrera nicht mal eine Stunde gebraucht. Und es dauerte auch nur deswegen so lange, weil wir unterwegs halten und wegen einsetzendem Regen das Dach schließen mussten ... Wie oft will ich mir eigentlich noch schwören, nie wieder mit Sabine III Porsche zu fahren?

MONTAG, 6.3.

Ein eher ruhiger Tag – ich habe nichts erlebt und wegen Auftragsflaute auch nichts getan. Wenn man diesen Tag aus der Weltgeschichte striche, würde zumindest ich nichts davon merken. Unergiebig.

DIENSTAG, 7.3.

Beim Versuch, Telefaxpapier zu wechseln, nehme ich das Gerät auseinander. Beim Zusammensetzen der Einzelteile bleibt Rest: zwei schwarze Schrauben und ein längliches Plastikteil. Da das Gerät trotzdem funktioniert, erachte ich die Operation als geglückt. Bin allerdings von dieser chirurgischen Jahrhundertleistung so erschöpft, dass ich den Rest des Tages in der Horizontalen verbringe.

MITTWOCH, 8.3.

Kurz nach Mitternacht knallt es. Mehrmals. Beim ersten Knall fahre ich von meiner Bettlektüre auf und denke, ah, ein Auspuff. Beim zweiten Knall schöpfe ich Verdacht. Beim dritten Knall wird selbst mir Landei klar: Hier fallen Schüsse. Ich lösche das Licht und schleiche ans Fenster: draußen alles voller Polizei. Beschließe, umgehend umzuziehen. Verrammele die Tür.

(P.S.: Zwei Tage später steht in der Zeitung, dass in Stuttgart West ein Polizeibeamter Warnschüsse an ein verdächtiges Subjekt abgegeben habe. Auf der Suche nach dem Flüchtigen stießen zwei Streifenwagen am Bismarckplatz zusammen. Das Subjekt konnte entkommen. Der Oberbürgermeister will die Polizeipräsenz in der Innenstadt erhöhen.)

DONNERSTAG, 9.3.

Habe mich in der Volkshochschule für einen Selbstverteidigungskurs angemeldet und – aufgrund von Ausfällen – noch für diesen Monat einen Platz bekommen.

FREITAG, 10.3.

War mit den Mädels vom Krimistammtisch bei einer Lesung in der Krimibuchhandlung UnderCover. Der Autor kommt aus Düsseldorf und hält sich für einen gottbegnadeten Entertainer. Bin trotzdem eingeschlafen und muss wohl angefangen haben zu schnarchen. Die Mädels erklärten einhellig, nie wieder mit mir an einer öffentlichen Veranstaltung teilnehmen zu wollen.

Bekomme beim anschließenden Essen in der Rosenau urplötzlich und völlig grundlos Zahnfleischbluten. Hypochonderin, die ich bin, gerate ich in leichte Beunruhigung. Skorbut? Gelobe, mehr Obst zu essen.

SAMSTAG, 11.3.

Mit meinem alten Kumpel Jacques ging es heute nach Strasbourg. Herrliches Wetter. Haben ausgiebig Choucroute im *de Winter* gespeist und nachher bei *Anthea* eine afrikanische Bete-Holzmaske gekauft. Die Maske sieht aus, als sei sie von einem Priester bei einer schweißtreibenden Dämonenvertreibung getragen worden. Sie riecht auch so. Das Siegel der Echtheit.

Auf der Rückfahrt fahren wir über eine Schlange hinweg. Nein, wir mantschen sie nicht platt, sie hat nur kurz eine Tunnelerfahrung machen dürfen. Ich schwöre es, ich habe sie doch hinterher im Seitenspiegel wegschlängeln sehen.

Doch Jacques jammert anschließend geschlagene neunzig Minuten, dass sich die Schlange womöglich an der Karosserie hochgeangelt haben und über den Motorraum gleich in die Fahrerkabine krabbeln könnte. Echt niedlich, der Mann. Nur dass er dann bei der Autobahnraststätte Pforzheim weitere neunzig Minuten damit verbringt, mit einem langen Stock das gesamte Innenleben des Autos auszustochern, finde ich doch ein klitzekleinesbisschen nervig.

SONNTAG, 12.3.

Habe mir beim langen Herumstehen auf dem nächtlichkühlen Parkplatz der Autobahnraststätte eine Erkältung geholt. Skorbut und Schnupfen: Ich spüre mein Ende nahen …

MONTAG, 13.3.

Emsige Killerzellen fressen freche Schnupfenviren. Unkraut vergeht eben nicht. Fühle mich schon besser.

DIENSTAG, 14.3.

Silke ist ebenfalls verschnupft. Wir gehen trotzdem zum Italiener. Der Kellner weigert sich, uns ohne Gummihandschuhe und Mundschutz zu bedienen. Kein Trinkgeld.

MITTWOCH, 15.3.

Treffe beim nachmittäglichen Freiberuflershopping zufällig meinen Ex Lars an einem der Tische vor einer angesagten Lokalität in der Calwer Straße. Bin spontan bereit, mich von ihm auf eine Weinschorle einladen zu lassen. Der gute Lars hat nichts von seinem Charme verloren und versprüht diesen reichlich, obwohl ich dank Schnupfen immer noch so aussehe, als habe mich jemand durch die Wäschemangel gedreht. Wir beschließen, uns demnächst in seiner neuen Killesberg-Wohnung (mit Kamin!) auf ein Glas kalifornischen Wein und selbst gekochtes Stew zu treffen. Mein Entschluss wankt auch dann nicht, als in den knapp zwei Stunden unseres Beisammenseins vier (in Worten: 4) Aufsehen erregende frühere Flammen von ihm mit hängender Zunge an unseren Tisch hecheln und Lars hoffnungsvoll anschmachten. Diese nicht enden wollende Schlange an willigen Weibchen hat mich früher schon an ihm gestört. Es erhebt sich die Frage, was ich jemals an so einem Herzensbrecher gefunden habe? Müssen wohl seine Kochkünste gewesen sein.

DONNERSTAG, 16.3.

Der erste Tag im Frauenselbstverteidigungskurs. Lauter verhuschte Hühner – und da ist die Trainerin leider auch gemeint. In einer Übung sollte ich versuchen, sie flachzulegen. Habe mich mit meinen 100 Kilogramm auf sie geworfen und sie plattgewalzt. Danach wurde der Unterricht vorzeitig beendet.

FREITAG, 17.3.

Mal wieder mit Jacques in unserer Stammkneipe gewesen. Der Wirt fragte, ob wir eine schriftliche Entschuldigung dabei hätten – offensichtlich kommen wir ihm nicht regelmäßig genug. Es gab zur Strafe keinen Gratis-Calva.

SAMSTAG, 18.3.

Heute habe ich zehn gebrauchte Bücher in *Tom's Bookstore* gekauft, mich auf den Balkon gesetzt, in der Frühlingssonne gebrutzelt und gelesen, gelesen, gelesen. Wie Urlaub in der Karibik!

SONNTAG, 19.3.

Siehe Samstag, nur nicht auf dem Balkon, weil es in der Nacht einen Temperatursturz gab, sondern in meinem Lieblingssessel mit einer Tasse dampfendem Kakao in der Hand. Totalrelaxing – und dabei noch den IQ erhöht!

MONTAG, 20.3.

War bei Lars. Schicke Bleibe. Sehr avantgardistisch durchgestylt. Das Stew war echt lecker, der Wein auch. Mir war zu Beginn des Abends schon sehr nach einem horizontalen Dessert, aber dann beschimpft er Jacques als zottigen Althippie, meinen Krimistammtisch als lächerlichen Weibertreff und lacht über die Muskeln, die ich vom Selbstverteidigungstraining habe.

Lache meinerseits hämisch, als er mich seinen Bizeps fühlen lässt, erkläre, dass mein derzeitiger Lover mich enorm an den jungen Cary Grant erinnert (was Hans-Gerd nicht nur übermäßig schmeichelt, sondern genauer gesagt glatt gelogen ist), und erkundige mich mitfühlend, ob er sein kleines Potenzproblem schon in den Griff bekommen habe. Der Abend endet vorschnell und unschön.

DIENSTAG, 21.3.

In dieser Woche fällt der Dienstag wieder auf den Dienstag. Das ist anstrengend genug, und weiter habe ich auch nichts erlebt.

MITTWOCH, 22.3.

Wer bis drei Uhr früh Videos guckt und am selben Morgen um acht Uhr früh fit sein muss, weil ein Kunde mit Auftrag droht und persönlich vorbeikommen will, der sieht dann so aus wie ich: fürchterlich. Brezele mich einigermaßen professionell auf und überschminke die dunklen Ringe unter den Augen. Kurz vor acht beißt mich Cleaning-Woman, die gemeingefährlichste Wellensittichhenne diesseits von Sydney, in die Nase. Mit blutendem Riechorgan (was meine Mätze machen, das machen sie richtig) empfange ich den Kunden. Gottseidank wertet er meine Aufmachung – Jil-Sander-Kostüm mit blutroten Schlieren und dickes Pflaster im Gesicht – nicht als unprofessionell, sondern erzählt mir drei lang, drei breit, wie er vor zig Jahren von einem Staffordshire in die Wade gebissen wurde. Heuchele Mitleid. Wenn dir ein Fleisch fressender Wellensittich mal die Hälfte deiner Nase abgeschnabelt hat, hast du für lächerliche Kampfhunde nur noch ein müdes Grinsen übrig …

DONNERSTAG, 23.3.

Wieder Selbstverteidigungstraining. Ich darf weder mit den anderen Mädels noch mit der Trainerin üben, sondern nur auf eine Gymnastikmatte einhauen. Mache ich mit wahrer Begeisterung.

FREITAG, 24.3.

Herr Schmelzler von LinguaServiceInternational hat

endlich die noch offenen Rechnungen beglichen. Dass ich das noch erleben durfte! Habe das Geld flugs mit einem Kurztripp nach München auf den Kopf geschlagen. Bin die Maximilian- und die Theatinerstraße rauf und runter gezogen und habe kräftig eingekauft. Man gönnt sich ja sonst nichts. Allerdings war im Damenoberbekleidungssektor meine Größe nicht vorgesehen, weswegen sich die Käufe auf eine neue Sonnenbrille, diverse Schmuckimitate und ein Halstuch beschränkten.

SAMSTAG, 25.3.

Frohgemut brausen meine Kollegin Meike, die ich vom Übersetzerstammtisch kenne, und ich in aller Herrgottsfrühe mit ihrer Ente in Richtung Heidelberg los. Uns lockt das aufregende BDÜ-Seminar »Steuerrecht für Übersetzer und Dolmetscher« in einem Unterrichtsraum der Uni Heidelberg. Kurz vor dem Ziel versuchen wir, bei voller Fahrt das Verdeck zu öffnen. Wie nicht anders zu erwarten knallt uns der Haltebügel auf die Birne. Beide entwickeln wir je eine blau leuchtende Beule. Wir halten das Seminar bis Mittag durch, dann schleppen wir uns in die Jugendherberge und legen uns auf die Stockbettpritschen, wo wir auf Hirnschlag durch Blutgerinsel warten.

SONNTAG, 26.3.

Habe überlebt. Versuche, meine Wallelocken kunstvoll um die Beule zu drapieren. Es ist nicht schön, aber innovativ, und es gelingt mir, den entstellenden Hügel auf meinem Schädel zu verbergen, was Meike mit ihrem Kurzhaarschnitt nicht vergönnt ist.

Wieder in Stuttgart angekommen, gehen Meike und ich noch auf einen Drink ins *Felix*, und wer sitzt am Nebentisch? Meine Friseurin. Mich sehen und in Ohnmacht fallen sind eins. Als sie wieder zu sich kommt, zerrt sie mich aufs Klo, versucht mit Nagelschere und Taschenkamm zu retten, was zu retten ist, und nimmt mir das heilige Versprechen ab, niemandem zu erzählen, bei wem ich mir die Haare machen lasse. Und einen neuen Termin drückt sie mir auch aufs Auge.

MONTAG, 27.3.

Auftragslage am heutigen Tage unbefriedigend. Ich leide Weltschmerz. Gehe am frühen Nachmittag wieder ins Bett und schlafe bis zum nächsten Morgen durch.

DIENSTAG, 28.3.

Habe beim Vortrag einer amerikanischen Psychologin gedolmetscht. Thema: *Sexuelle Belästigung am Arbeitsplatz*. Mit anschließender Diskussion. Der Vortrag ging ja noch, aber die Diskussion uferte dann doch recht wild aus. Die einen fühlten sich schon allein durch die Anwesenheit von Männern sexuell belästigt, für die anderen wurde es erst zum Thema, wenn eine Schwangerschaft resultierte. Breiten wir den Mantel des Schweigens über diesen Abend.

MITTWOCH, 29.3.

Das *Living Theater* aus New York gastierte in der Rampe. Und ich mittenmang. Ist wörtlich zu verstehen – die Truppe bezog das Publikum voll mit ein. Manche von uns mussten mittanzen oder auf einem kleinen Trampolin hüpfen. Ein ungemein gut aussehender Latino warf eine Decke über uns beide und sah mir tief in die Augen. Glaube ich zumindest, denn unter dieser Decke war es grottenfinster. Ich blinzelte ihm zu, aber das hat er wohl nicht mitbekommen. Oder er war schwul. Jedenfalls sollte man sich öfter Live-Kultur gönnen … das belebt!

DONNERSTAG, 30.3.

Das wäre geschafft: Ich bin jetzt eine voll ausgebildete Killermaschine! Hoffentlich fällt mir im Ernstfall alles wieder ein, was wir heute gelernt haben: einen Mann blenden, sein Trommelfell platzen lassen, Atemstillstand herbeiführen, seine Stimmlage schlag-artig erhöhen und seine Schläfe eindrücken. Ja, da kommt Freude auf. Würgen am Boden hat mir am Besten gefallen, obwohl am Schluss keine mehr mit mir üben wollte. Komisch. Die sollen doch froh sein, wenn eine mal den Ernstfall lebensecht nachstellt.

FREITAG, 31.3.

Morgen kommt Hans-Gerd wieder. Meine Libido ist entzückt.

Alles in allem, ein zufriedenstellender Monat.

In statu nascendi

(*Im Zustand des Entstehens*
oder: Gespräche mit meiner Gebärmutter)

Kennen Sie das auch: Sie sind »überfällig«? Also, Sie als Frau, meine ich jetzt.

Ich habe alle meine Freundinnen gefragt, wie viele Tage noch normal sind und ab wann ich anfangen sollte, rosa Strampler zu stricken.

Dabei praktiziere ich nur Safer Sex. Die Welt ist noch nicht so weit, um mich *und* meinen Wurf auszuhalten. Noch lange nicht. Und Hans-Gerd ist da auch ganz gewissenhaft. Seine Mutter in Itzehoe würde tot umfallen, wenn er ihr mit einem halbschwäbischen Bankert ankäme. Und er liebt seine Mutter. Also immer safe, wie gesagt.

Nur stand jetzt in der *Emma*, dass jeder fünfte Mann einen Penis habe, der *dünner* ist als die Euro-Norm für Kondome. Die Breite des besten Stückes sei jedoch entscheidend, und die betrage bei zwanzig Prozent aller Männer rund ein Viertel weniger als die Norm. Doch ein zu breites Kondom rutsche ab und voilà – ein Problem.

Also, nicht dass ich mich breitentechnisch gesehen über Hans-Gerd beklagen könnte. Andererseits, was weiß ich schon. Ich habe zwar allerhand Erfahrung, aber nicht mit dem Zentimetermaß. Sollte ein vorwitziges Spermatozon aufgrund mangelnder Abdichtung die Gummimauer überwunden und mit einem meiner kostbaren Eier den Bund fürs Leben geschlossen haben?

Nachdem ich überzahltagemäßig schon in den zweistelligen Bereich gekommen war und unzählige Stunden mit der Lektüre von Luisa Francias Menstruationsbuch *Drachenzeit* verbracht hatte, ausgiebig meinen Bauch betrachtet (man sah aber noch nix, wiewohl man angesichts meiner barocken Formen ohnehin erst kurz vor dem neunten Monat etwas sehen würde) und meiner Gebärmutter auf dem Klo gut zugeredet hatte (»Blute! Blute! Blute!«), blieb nur noch eine Alternative: Ablenkung.

Wie es die Schicksalsgöttin wollte, lief just an diesem Abend ein Volkshochschulkurs zum Thema »Menstruation – Kulturgeschichte eines Tabus«. Ein Omen! Vielleicht würde meine Gebärmutter dadurch wieder Lust bekommen, ihrer natürlichen Pflicht nachzukommen.

Ich trabte also zum Rotebühlbau. Raum F303 war nicht zu finden. Als ich die Hoffnung schon aufgeben wollte, entdeckte ich doch noch eine Tür, über deren Nummernschild jemand ein Stück Papier mit der Aufschrift KARTEN AUCH AN DER ABENDKASSE geklebt hatte. Na also. Schwungvoll riss ich die Tür auf.

Der Raum war bis zum Bersten voll. Alle, auch der Referent, dessen Kieferbewegungen mitten im Satz einfroren, starrten mich an, als sei ich ein obszönes Objekt.

»Ist das hier nicht der Kurs über das Menstruieren?«

Jemand kicherte. Aus mehreren Männerkehlen schallte mir ein kräftiges »Nein!« entgegen.

Rasch schloss ich die Tür.

»Es ist schon der richtige Raum, aber unser Kurs fängt erst in einer Viertelstunde an«, flötete eine ältere Dame links hinter mir. Ich drehte mich um. *Hättest du das nicht einen Tick früher sagen können, Omi*, funkelten meine Augen.

Die Gute konnte die Augensprache lesen, presste ihre lipglossglänzenden Lippen zusammen und kehrte mir abrupt den Rücken zu. Womöglich hatte ich jetzt die Referentin verprellt, aber das war mir egal.

Als Raum F303 schließlich die Kursteilnehmenden ausspuckte, sahen diese mich alle maliziös lächelnd an. Sicher hatten die über mich gesprochen – über meinen Schottenkarokaftan in den Farben des MacDonald-Clans, über meine knallrosa Zehensandalen und darüber, dass schwangere Frauen nicht allein durch die Weltgeschichte zu gurken und bildungswillige MitbürgerInnen zu stören hätten, sondern lieber zu Hause sitzen und Bücher über das Stillen lesen sollten.

Die konnten mich doch alle mal. Ich schüttelte meine Lockenpracht und betrat mit hoch erhobener Nase den Raum.

F303 stellte sich als der Chemieübungssaal der Volkshochschule heraus. Eine Mischung aus CO_2 und menschlichen Ausdünstungen empfing mich. Ich kletterte auf einen der unbequemen Stühle in der zweiten Reihe und versuchte, nicht zu atmen. Bald merkte man jedoch nicht mehr, dass der Sauerstoff fehlte, weil extrem viele Frauen mit wabernder Parfümwolke in den Raum strömten. Es kamen auch einige Männer, was mich wunderte, aber dann sagte ich mir, wie schön es doch ist, dass die Kerle des neuen Jahrtausends am Menstruationsgeschehen ihrer Frauen teilhaben wollen. Ich war sogar richtig gerührt.

Einer der Typen, ein Glatzkopf, der in der gegenüberliegenden Reihe saß, stierte mich unentwegt an. Schwangere sollen ja angeblich von innen heraus strahlen. Bestimmt fuhr er total auf mich ab. Ich schenkte ihm mein Mona-Lisa-Lächeln.

Er stand auf und kam auf mich zu. »Entschuldigung, Sie

sitzen auf meinem Stammplatz. Ob Sie wohl mit mir tauschen würden?«

Hmpf. Ich raffte meine Siebensachen zusammen und erhob mich. Mit einem beseelten Lächeln ließ er sich auf dem vorgewärmten Stuhl nieder. Bis ich allerdings in die gegenüberliegende Reihe kam, hatte sich der Raum gefüllt, und auf seinem früheren Stuhl saß schon eine verkniffen guckende Rothaarige, Typ altjüngferliche Buchhändlerin im bordeauxfarbenen Wollensemble. Auf mein »Ich bin schwanger, würden Sie mir Ihren Platz anbieten?«, meinte sie giftig »Wie komme ich dazu?« Also gut, setzte ich mich eben zwischen einige Studentinnen auf die Treppenstufen. War ohnehin bequemer als diese Erstklässlerstühlchen.

Was mich dann aber doch erstaunte, war der Umstand, dass sich hinter M. Wohlleben, Kursleitung ein Mann verbarg. Ein Schwänzchenträger wollte uns Frauen etwas über das Menstruieren erzählen? Außer mir schien das niemanden zu stören.

Was wohl auch daran lag, dass der Referent sich als Paul Haas vorstellte und uns sehr herzlich in seinem Kurs QUANTENTHEORIE FÜR EINSTEIGER begrüßte. Die Oma hatte mich angelogen! Ich wäre ja gern aufgesprungen und hätte den Raum verlassen, aber an ein Durchkommen war bei der Überfüllung nicht zu denken. Na schön, sagte ich mir, dann lerne ich jetzt eben etwas über die Quantentheorie. Meine Tochter würde auf diese Weise eben schon sehr früh auf die Naturwissenschaften geprägt. Auch gut.

Herr Haas, auf den ersten Blick halb so alt wie ich, aber bereits promovierter Physiker, plauderte munter über Moleküle, Atome und Quanten und scherzte, dass sich in diesem Raum mehrere Haufen Atome Gedanken über das Atom an sich machten. »Wenn das nicht bizarr ist, dann weiß ich auch nicht«, strahlte er. »Doch nun zu Planck und der Frage, die ihn quälte: ›Was passiert, wenn man einen Körper heiß macht?‹«

Heißer Körper? Unwillkürlich musste ich an Hans-Gerd denken. Ein wahrer Schatz. Unsere Tochter (ein Sohn stand völlig außer Frage) würde innerlich wie äußerlich bildschön werden: das sanfte Wesen des Vaters und die üppigen Rundungen der Mutter. Ich seufzte wohlig auf. Dann eben ein Kind. Na und? Spätgebärende waren momentan absolut hipp.

Herr Haas, dem es bei den heißen Körpern um Herdplatten ging, wie an dem Dia, das der Diaprojektor an die Leinwand warf, unschwer zu erkennen war, tönte: »Wir sehen also, dass die Energieübertragung stets gequantelt, also portionsweise, erfolgt!«

Ein piepsiges Raunen lief durch den Saal. So gesehen, waren doch ziemlich viele Frauen unter den Teilnehmenden. Die Kleine neben mir hätte ich persönlich zwar eher als Germanistikstudentin eingestuft (unreine Haut, Spliss, *Siddharta* in der Reclamausgabe), aber offenbar studierte sie doch in einer ehemaligen Männerdomäne, denn als es plötzlich um das Newton'sche Weltbild und die Geschichte mit dem Apfel ging (plötzlich für mich, ich war durch den Gedanken an Hans-Gerd unter der Dusche kurzzeitig abgelenkt), meldete sie sich mit der Zwischenfrage »Hat die Geschichte, Newton sei durch einen zu Boden fallenden Apfel auf die universelle Schwerkraft gekommen, nicht seine Nichte Catherine Conduitt erfunden?« zu Wort.

Ich spitzte verblüfft die Lippen. Ob nun Eva oder Catherine, hinter jedem Apfel steht offenbar eine Frau.

Haas lächelte nachsichtig. »Das ist doch nur eine nette Anekdote. Es ist völlig unerheblich, ob die Sache mit dem Apfel wirklich war oder erfunden, und wenn erfunden, von wem.«

Die kleine Maus empörte sich. »Catherine Conduitt war nicht nur die Nichte von Isaac Newton, sondern auch seine Testamentsvollstreckerin. Und seine beste PR-Frau, wie diese unsterbliche Anekdote zeigt. Ich kann ihren Beitrag zur naturwissenschaftlichen Geschichte nicht unerheblich finden!«

Ich nickte.

Herr Haas wischte ihren Einwand mit einer Handbewegung weg. »Sie haben natürlich völlig Recht, aber für meinen Vortrag ist dieser Punkt jetzt nicht von Belang.« Und plapperte flugs weiter. Gute Strategie: Gib deinem Feind Recht, das macht ihn mundtot; woraufhin man so weiterschwätzen kann, als sei nichts geschehen.

Haas malte jetzt irgendwelche Heisenberg'schen Formeln an die Tafel und witzelte: »Jede Formel halbiert die Zahl der Zuhörer, wie schon Stephen Hawking sagte.«

Mir wurde langweilig. Nicht, weil mich das Thema anödete, sondern – Verzeihung, wenn das jetzt überheblich klingt –, weil ich das alles schon kannte. Ich hatte ein Déjà-vu-Gefühl: als ob der Referent einen Artikel rezitierte, den ich schon mal in *Spektrum der Wissenschaft* gelesen hatte.

Als ich mir gerade überlegte, ob ich meinen Mantel so zusammenknüllen sollte, dass er mir, gegen ein Tischbein gepresst, als Kissen dienen könnte, riss jemand die Tür auf.

Ich grinste. Offenbar war ich nicht die Einzige, die mit der Raumverteilung der Stuttgarter Volkshochschule Probleme hatte. Doch der Eindringling machte keine Anstalten, die Tür verschämt wieder zu schließen. Er riss eine Halbautomatik unter seinem Mantel hervor und ballerte den Diaprojektor tot.

Auf einmal waren wieder jede Menge Stühle frei. Die Masse der Teilnehmenden wälzte sich angsterfüllt unter den Tischen. Nur der Referent stand zur Salzsäule erstarrt vor der Tafel.

»Häschen«, sülzte der Ballermann, »Häschen, bist du da?«

Ja wie? Ruft der moderne Jäger sein Wild freundlich zu sich?

Die Maus neben mir erhob sich: »Ingmar, was soll der Quatsch!«

Der Schütze ließ die Halbautomatik sinken, was der Referent und einige der direkt neben der Tür Kauernden dazu nutzten, den Raum blitzartig zu verlassen. Sollte ich das jemals überleben, würde ich fortan bei sämtlichen Vorträgen nur noch direkt am Ausgang sitzen.

»Wie konntest du mich nur verlassen?«, schluchzte der Projektormörder.

»Ach, Ingmar, darüber haben wir doch schon gesprochen!«

Konnten die beiden ihre *Du, lass uns drüber reden*-Sitzung nicht zu Hause zelebrieren, wie alle anderen Leute auch? Da war ich völlig unschuldig wieder mal in ein Event geraten, das die Welt nicht braucht …

»Gar nichts haben wir besprochen!« Ingmar ballerte mit der Halbautomatik die Fensterscheiben zu Bruch.

Plötzlich gab es ganz viel Sauerstoff. Nützte mir aber nix, weil meine Atemfunktionen vor Schreck den Geist aufgegeben hatten.

»Du kommst zu mir zurück, verstehst du! Wir gehören zusammen!«

Auch die Maus bekam es langsam mit der Angst zu tun. Das schloss ich aus den Blähungen, die sich schwefelig in meine Nüstern bohrten, welche sich in Höhe ihrer Hinterfront befanden. Oder aber sie trank zu viele Light-Getränke, deren hoher Anteil an Sorbit, Isomalt, Maltit oder

Fruktose im Dickdarm von Bakterien abgebaut wird, wobei enorme Mengen an Gas entstehen. Die tabuisierte Kehrseite unserer Fit-for-Fun-Gesellschaft. Stand alles in *Spektrum der Wissenschaft*. Tja, Lesen macht schlau.

Und als getreue Stammguckerin der Boulevardmagazine auf den Privatsendern war mir auch gleich klar, wie dieses Horrorszenario enden würde: Ingmar richtet ein Blutbad an und stürzt sich dann aus dem Fenster von F303 auf die Fritz-Elsass-Straße, wo er bis zu den Morgenstunden den Verkehr stauen wird, dafür aber zu einer Schlagzeile in den *Stuttgarter Nachrichten* kommt.

»Ingmar, leg erst mal die Waffe weg!«

»Sag du mir nicht, was ich zu tun habe!«

»Ingmar, ich flehe Sie an, nehmen Sie doch Verstand an.« Das war psychologisch unklug. Und stammte aus dem Mund der Bordeauxroten, die mir ihren Platz verweigert hatte.

Ingmar schoss ihr ins Bein. (Keine Panik, nur ein Streifschuss!)

Während wir uns alle, ob Light-TrinkerInnen oder nicht, bildlich und real in die Hose machten, robbte der Glatzkopf zu der Verwundeten und leistete erste Hilfe.

»Wir gehören zusammen, Lea.«

Die Maus war, wie ich schon früher festgestellt hatte, eine kluge Frau. »Natürlich, Ingmar, ich bleibe auch bei dir«, sagte sie mit fester Stimme, wiewohl ihre Knie zitterten.

»Das sagst du doch jetzt nur so!«, schrie Ingmar und fuchtelte mit seiner Waffe herum.

»Nein, das ist mein Ernst. Nichts wird uns jemals trennen können.«

Von fern waren Sirenen zu hören.

Ingmar hob seine Waffe und zielte auf die Maus. »Lüg mich nicht an, Lea.«

Die Maus krabbelte ein paar Schritte zurück, Ingmar kam auf sie zu.

Ich warf aus meiner Kauerstellung einen vorsichtigen Blick nach oben. Ingmar stand mit seiner Halbautomatik jetzt direkt vor mir.

Das muss man sich mal vorstellen. Da werde ich auf meine alten Tage noch Mutter, und absolut ungefragt und ungewollt will so ein dahergelaufener Volltrottel mit Minus-IQ, aber dicker Wumme mir und meinem Ungeborenen den Lebensfaden abschneiden. Eine immense Wut baute sich in mir auf. Ich konnte förmlich spüren, wie sich übermenschliche Kräfte in meinem Innern anhäuften. Würde ich aufspringen und den Schurken mit meinem Spiralheft erschlagen?

Nein, würde ich nicht. Ich schloss die Augen.

»Ingmar, ich lüge nicht«, log die Maus tapfer, aber unglaubwürdig.

»Und wie du lügst!«, schrie folglich auch der Ballermann, der zwar blöde war, aber so blöde denn doch wieder nicht. »Ich mach dich alle!«

Er drückte ab.

Wie sich herausstellte, war sein Magazin leer.

Der Glatzkopf und ein Bärtiger im Flanellkarohemd nützten diesen Umstand, um Ingmar zu überwältigen. Möglich, dass sie dabei ein wenig roh vorgingen, auch möglich, dass einige der Anwesenden den schon am Boden Liegenden mit Füßen traten, aber beschwören würde ich das nicht.

Da stürmte auch schon die offizielle Staatsmacht herein, und alles löste sich in Wohlgefallen auf. Oder was man nach so einem Horror-Event als Wohlgefallen empfindet …

Ich war so erleichtert, lebend aus diesem Schlamassel

gekommen zu sein, dass sich sämtliche Muskeln entspannten. Ich schaffte es gerade noch auf die Damentoilette. Wo ich entdeckte, dass meine Gene nun doch nicht an die nächste Generation weitergegeben würden. Außerdem hatte ich mal wieder keine Tampons dabei, obwohl ich sie genau in diesem Moment äußerst dringend gebraucht hätte. Und zwar die besonders saugfähigen. Vielen Dank auch, Gebärmutter, auf wessen Seite stehst du eigentlich?

Dentus dolorosus …

(*Kurz gesagt:*
Böses Zahnweh und seine Folgen)

Ich weiß es noch genau: An einem regennassen Aprilmorgen wachte die Horrorgurke in meinem Bett auf. Diese Horrorgurke war ich!

Erst dachte ich, das Sandmännchen hätte mir die Augen über Nacht mit Alleskleber zugekleistert, doch der Blick in den Badezimmerspiegel offenbarte die ganze schreckliche Wahrheit: Ich war angeschwollen. Mächtig angeschwollen. Nicht nur eine dicke Backe. Oh nein, meine Augen waren nurmehr dünne Schlitze, die Nase war gar nicht mehr auszumachen, und aus meinem rechten Mundwinkel, über den ich keinerlei Kontrolle mehr zu haben schien, tropfte der Sabber. Ich war zu einem speicheltropfenden Luftballon mit Haaren mutiert!

Weicheier und Memmen wären in diesem Augenblick ohnmächtig zu Boden gesunken. Ich nicht. Ich sank ohnmächtig in den Korbsessel. Kurz darauf hatte ich mich aber wieder gefasst. Ungewaschen schlüpfte ich in irgendwelche Fummel, die ich halb blind aus dem Kleiderschrank fingerte, dann drückte ich die Kurzwahl der Taxizentrale.

Eine halbe Stunde und einen traumatisierten Taxifahrer später saß ich im Wartezimmer meines Zahnarztes. Hinter einer dunklen Sonnenbrille verborgen wie ein berühmter Filmstar, der unerkannt bleiben will.

Dr. Baass war als Zahnklempner weit über die Grenzen der Stadt bekannt. Und berüchtigt. Man nannte ihn auch den schwäbischen Schlächter. Warum ich dennoch weiter zu ihm ging? Keine Ahnung. Vielleicht hatte er, als er das erste Mal bei mir bohrte, meine masochistische Ader getroffen. Vielleicht übten aber auch die uralten *Reader's-Digest*-Ausgaben aus den Sechzigerjahren, die im Wartezimmer auslagen, eine seltsame Faszination auf mich aus.

Die Sprechstundenhilfe, eine verblüffende Kopie der Frau Blücher aus *Frankenstein Junior*, hatte mich nur missbilligend gemustert. »Sie haben keinen Termin!«

»Ja, aber schauen Sie doch, wie ich aussehe!«

»Ohne Termin kann ich nichts für Sie tun.«

»Ich leide unerträgliche Qualen. Dr. Baass ist verpflichtet, mir zu helfen!«

Ein taktischer Fehler meinerseits – ich hätte es mit unterwürfiger Speichelleckerei versuchen sollen.

So saß ich also den ganzen Vormittag dumm herum, konnte mit meinen winzigen, verquollenen, roten Schweinsäuglein nicht mal die Bilder in den *Reader's-Digest*-Heften angucken und erschreckte einen Patienten nach dem anderen mit meinem Aussehen. Die Stühle neben mir blieben immer leer, und einige ganz schreckhafte warteten sogar lieber stehend im Flur.

Es war 12 Uhr 41, und die Praxis für den regulären Patientenverkehr schon lange geschlossen, als Frau Blücher, die eigentlich Fräulein Hedwig hieß, mich in Sprechzimmer eins rief.

Im Vorübergehen warf ich einen Blick in den Garderobenspiegel. Oi, oi, oi.

Das Behandlungszimmer war steril in Weiß gehalten, nur

die Bohrmaschine leuchtete blankpoliert in pastellgrün. Warum müssen Zahnarztsprechzimmer eigentlich immer weiß sein? Kann man Zartrosa oder einen dezenten Mustermix nicht auch hygienisch rein halten? Hm.

Aus Sprechzimmer zwei drangen dissonante Schleifgeräusche. Das war noch so eine Sache: wann erfanden die Gerätehersteller endlich den Bohrer mit dem sanft melodischen Brummen eines Vibrators? Musste es denn immer so klingen wie auf einer Baustelle?

Wiewohl, die sterilen Farben und die ätzenden Geräusche passten zu diesem Berufsstand. Es ist ja ein offenes Geheimnis, dass im späten Mittelalter die ausgedienten Folterknechte der Inquisition den Beruf wechselten und auf Zahnarzt umschulten. Wer das nicht glaubt, sollte sich mal die Folterkammer im Kriminalmuseum zu Rothenburg anschauen. Einige der Instrumente kommen heute noch unverändert zum Einsatz. Das ist eine Tatsache! Und sie trifft nirgends eher zu als in der Praxis von Dr. Baass.

Irgendwann kam Frau Blücher alias Fräulein Hedwig und hängte mir das Sabberlätzchen um. Dann schaltete sie die Lampe über dem Behandlungsstuhl ein und füllte den Ausspülbecher mit sterilisiertem Wasser. Gleich darauf betrat Dr. Baass auch schon das Sprechzimmer.

»Wie sehen Sie denn aus?«, waren seine ersten Worte. Er klang angeekelt.

»Helfen Sie mir«, röchelte ich kleinlaut.

Diese Unterwürfigkeit war Musik in seinen Ohren. Er pflanzte sich auf seinen Hocker und bellte: »Mund auf!«

Ich gehorchte.

»Na, wenn das mal keine langwierige Wurzelbehandlung erforderlich macht.«

Der Gedanke an die Jacht, deren Finanzierung nunmehr gesichert war, ließ seine herben Altmännerzüge erstrahlen.

Er stopfte mir jede Menge Watte in den Mund, sodass ich noch aufgequollener aussah, und puhlte mir mit einem piratenhakenähnlichen Edelstahlteil im Zahn herum. Der Schmerz durchlief mich wie eine La-ola-Welle.

»AUA!«, brüllte ich.

»Das kann gar nicht wehtun«, erklärte Dr. Baass.

Ja klar, ihm nicht.

»Das muss erst mal geröntgt werden«, fuhr Dr. Baass fort. »Fräulein Hedwig, Sie wissen, was zu tun ist.«

Frau Blücher bäffte »Folgen Sie mir« in meine Richtung und rauschte davon. Ich war vom Schmerz immer noch ganz benommen und torkelte ungelenk hinterher. Ging es vom Flur links oder rechts ab? Ich schwankte nach links und landete in einer Sackgasse.

In diesem Moment trat ein bulliger Ein-Meter-siebzig-Mann durch die Wartezimmertür in den Flur. Sein karierter Dufflecoat war klatschnass, und die wenigen Resthaare klebten ihm am Kopf. Er sah mich nicht, sondern marschierte entschlossen auf das beleuchtete Behandlungszimmer und auf Dr. Baass zu. Ich wollte gerade »Hallo, wo geht es hier zum Röntgen?« rufen, da zog der Bullige einen Revolver aus der karierten Manteltasche und zielte auf Dr. Baass, der erstaunt die Augen aufriss.

»Du Schwein!«, brüllte der Bullige.

»Was soll das?«, rief Dr. Baass.

»Wo bleiben Sie denn?«, rief Frau Blücher.

»Du hast meine Frau umgebracht! Das wirst du büßen«, schrie der Bullige und drückte ab.

Dreimal knallte es laut.

Ich hörte Dr. Baass noch aufstöhnen, dann den gellenden Schrei der Sprechstundenhilfe und die Schritte des Bulligen, der sich rasch entfernte und dabei auf hysterisch-unheimliche Art und Weise wild lachte.

Nervenstärke, dein Name ist Weib. Natürlich war mir klar, was ich zu tun hatte. Der Bullige hatte im Weglaufen die Waffe von sich geworfen, mir konnte also nichts passieren. Darum rannte ich ihm nach – so wie ich war: mit Watte im Mund und Sabberlätzchen um den Hals.

Im Treppenhaus begegnete uns niemand, aber draußen auf der Straße trabten die Bankangestellten durch den Regen, um sich am Falaffelstand ihren Mittagsimbiss zu kaufen.

»Haltet diesen Mann!«, rief ich.

Der Regen prasselte laut. Ich brüllte lauter: »Haltet ihn!«

Der karierte Bullige bewegte sich leichtfüßig durch die Menge. Mir fiel das schon schwerer, da ich durch meine zugequollenen Augen kaum ausmachen konnte, wer mir entgegenkam, und ich alle paar Sekunden mit unschuldigen Passanten zusammenprallte, die bei meinem Anblick wie versteinert stehen blieben. Es ging die Eberhardstraße entlang, durch das *Breuninger* hindurch und dann am *Café de Planie* vorbei in den Akademiegarten.

»Haltet ihn!«, brüllte ich, langsam außer Atem geratend.

Direkt hinter dem Neuen Schloss, in der Kurve zum Schlossgarten, die ich so ungefähr mit 200 Stundenkilometern nahm, prallte ich auf ein Hindernis. Es war der Bullige im karierten Mantel. Der Gute hatte mich unterschätzt. Einhundert Kilo zuzüglich der Beschleunigung: die hält kein Mann auf, auch kein Bulliger. Wir gingen zu Boden.

Da ich auf ihm landete, war es für mich irgendwie angenehmer.

Er rief noch »Aber …«, dann verdrehte er die Augen und verlor die Besinnung.

Die Polizei war erstaunlich schnell bei uns. Ich hatte mich noch gar nicht ganz von dem Bulligen aufgerafft. Der Kerl sollte seiner gerechten Strafe durch die knallharte Justitia zugeführt werden und nicht vorzeitig als platt gedrückter Hamburger enden.

»Das ist er!«, nuschelte ich in Richtung Streifenwagen. »Dieser Mann hat soeben meinen Zahnarzt erschossen!«

Die Streifenbeamten trauten sich nicht näher. Mein aufgedunsenes Gesicht sah ja auch nicht gerade sehr vertrauenerweckend aus. »Los schon«, befahl ich, »verhaften Sie ihn. Er hat meinen Zahnarzt gemeuchelt!«

»Hat er nicht«, keuchte hinter mir eine atemlose Stimme.

»Hat er wohl«, beharrte ich. »Ich war dabei.«

»Sie gehen jetzt am besten nach Hause. Ich verschreibe Ihnen Antibiotika. Und ein Sedativum.«

Ich drehte mich um. Hinter mir stand Dr. Baass, schwer schnaufend, aber unverletzt, in seinem Zahnarztkittel und mit einem Verschreibungsblock in der Hand.

Es war nicht irgendein regennasser Morgen im April, es war der erste April. Der Bullige hieß Lothar Paulsen und gehörte zu einer Laienspielgruppe, mit der auch Dr. Baass seine Freizeit zu verbringen pflegte.

Herr Paulsen hatte sich nur einen Scherz machen wollen. Nun lag er mit Gehirnerschütterung im Diakoniekrankenhaus. Von einer Anzeige sah er ab, alldieweil ich ihn ja nicht absichtlich platt gemacht hatte.

Den Zahnarzt habe ich dann aber doch gewechselt.

Ich bin jetzt bei einem wirklich netten, sehr charmanten Menschen, der eigentlich noch minderjährig aussieht, was aber egal ist. Hauptsache: nie wieder das polternde Gelächter von Schlächter Baass hören, sobald er meiner ansichtig wird …

Multum, non multa

(*Viel, nicht vielerlei …*
oder: Wer manchem etwas singt, wird einigen gehörig aufs Trommelfell gehen)

Es war mal wieder so weit: Ich saß mit meinem Kumpel Jacques in der Lieblingsnische unserer Lieblingskneipe, und unser Lieblingskneipier Gerd hatte sich und uns beiden einen Calvados spendiert. Gerd trug neue Hosenträger. In Zartrosa. Ich spüre die Liebe, wenn sie in der Luft liegt. Aber ich sagte nichts, erst musste der Calva den Weg aller Spirituosen gehen.

»Wohlsein!«

»Prost!«

»Und wech!«

Es brannte höllisch. Kein Zweifel, dass Koch Bertrand den Stoff selbst zusammenfuselte. Ich würde blind werden. Aber nicht heute.

»Lecker«, rülpste ich undamenhaft in Richtung Gerd, »noch einen.«

Jacques nickte dazu, und Gerd zog mit den leeren Gläsern ab.

Eigentlich vertrage ich ja nix, und wenn ich nix sage, dann meine ich damit wirklich nix, schon gar keinen illegal gebrannten Hochprozentigen. Prompt zeigte sich mir also die Welt in Rosarot, und ein dümmlich-zufriedenes Grinsen zierte mein Gesicht.

Mein Kumpel Jacques, das Verräterschwein, wusste natürlich um meine niedrige Hemmschwelle in alkoholisiertem Zustand. Und nutzte das schamlos aus.

»'ör zu, isch brauche deine 'ilfe.«

Er sah mir tief in die Augen und umklammerte meine Linke. Wäre ich noch nüchtern gewesen, ich hätte sofort realisiert, dass dieser Mann sonst nie mit Akzent sprach, und wenn doch, dann allenfalls mit Schwäbischem. Es war ein fieser Trick. Aber ich fiel voll drauf rein.

»Bitté, ma Chère, nischt wahr, du wirst mir 'älfen?«

Verdammt, diesem entzückenden französischen *accent* konnte ich einfach nicht widerstehen.

»Klaro«, lallte ich, »was immer es ist, ich bin dabei!«

Ich gäb mein Leben her für dich.
MISS SAIGON

Schön blöd.
ICH

So fand ich mich also in der Rolle der Regisseuse wieder. Ich sollte das vielleicht kurz erklären.

Mein Kumpel Jacques arbeitet für das THEATER DER MITTE in Stuttgart, ein reizvolles Kleinsttheater, das so allerlei anstellt, um sich als Nichtsubventioniertes in einem Meer aus Subventionierten wacker zu behaupten. Diesmal stand die Teilnahme an der Aktion »Experimentelles Musiktheater« an: Das Kulturamt der Stadt Stuttgart hatte allen Amateur- und Profi-Theatern, die sich daran beteiligten, eine hohe Siegesprämie in Aussicht gestellt, und so probten seit acht Wochen die Herren der Marinekameradschaft Bad Cannstatt e.V. den »Fliegenden Holländer« als *a-capella*-Version für sieben Stimmen, die Schülerinnen des St.-Agnes-Lyzeums laborierten im Theaterhaus am »Zigeunerbaron« in der HipHop-Ausgabe, und aus dem Robert-Bosch-Saal der Volkshochschule der Volkshochschulchor mit seiner Version von Arnold Schönbergs Liebeszyklus »Pierrot lunaire« für Chor, Pauke und Fahrradklingel.

Und Sylvie, die Chefin des THEATERS DER MITTE, hatte dem Kulturbürgermeister telefonisch zugesichert, dass ihr Haus ebenfalls mit von der Partie sein und einen Querschnitt der erfolgreichsten Musicals aller Zeiten präsentieren würde.

Dummerweise fand dieses Telefonat am Vormittag vor dem Nachmittag statt, an dem sie ihren Blinddarmdurchbruch hatte, und irgendwie war ihr während der langen Zeit der Rekonvaleszenz entfallen, Jacques, ihrem Stellvertreter, von dieser Zusage zu erzählen. Weswegen er sich erst zwei Wochen vor der Uraufführung an die Arbeit machen konnte, willige Amateure zu finden. Und hätte er nicht per Zufall in der S-Bahn das Plakat des Kulturamts gesehen, auf dem unter anderem sein Theater für die Teilnahme gelobt wurde, dann wären wohl am Premierenabend vom Oberbürgermeister bis zum Kritiker alle da gewesen, nur das Stück und die SchauspielerInnen nicht.

Genug der Vorrede, jedenfalls saß ich nun – eine alkoholisierte Frau, ein Wort – inmitten mir völlig fremder Menschen und brüllte: »RUHE!«

Alle schwiegen abrupt.

»Mir ist durchaus klar, dass wir extrem wenig Zeit haben und dass unser Projekt sehr hehr, um nicht zu sagen ›gewagt‹ ist«, verkündete ich. »Aber mit etwas gutem Willen und einer Portion Teamgeist schaffen wir das locker.«

»Ha«, höhnte Helmine von Palm, die für das Projekt engagierte Gesangslehrerin.

Das heißt, Geld bekam sie keins, wir anderen ja auch nicht, aber Jacques wohnte im selben Haus wie die rüstige alte Dame und hatte versprochen, ihr Bad zu kacheln.

Ich ignorierte sie. »Sie haben alle Ihre Noten. Wir treffen uns dann morgen Abend wieder. Üben Sie fleißig!«

Porgy and Kate meet Cats!

EIN RASANTER QUERSCHNITT DURCH DIE WELT DES MUSICALS

Axel Bigalke	der alte Joe aus *Showboat*, Tevje aus *Anatevka*
Christa Kuhn	Eliza Doolittle aus *My Fair Lady*, Sandy aus *Grease*
Friedl Mascher	Maria Magdalena aus *Jesus Christ Superstar*, Sheila aus *Hair*
Gerdamarie Röllke	Evita aus *Evita*, die Schöne aus *Die Schöne und das Biest*, Grizabella aus *Cats*
Jens Widemann	Rusty aus *Starlight Express*, Tony aus *West Side Story*
Jacques Mercier	Buch, Bühnenbild, Licht, Ton, Inspizienz
Uschi Nägele	Kostüme
Sylvie van Houten	Regie

»Sie wissen schon, dass die Rollen nicht zu den von Ihnen ausgewählten Stimmen passen«, empfing mich Frau von Palm am nächsten Abend.

»Was für Stimmen?« Ich blickte pikiert auf den Programmzettel.

Ein bodenlos frecher Fehldruck! Sylvie van Houten hatte nichts weiter getan, als uns alle in diese Sch … – öhm –

in diese äußerst missliche Lage hineinzureiten. Die Regie stammte von mir! Diese Zettel mussten allesamt sofort eingestampft werden.

»Die Stimmen der Rollen zu den Stimmen der Truppe«, erläuterte Frau von Palm nachsichtig, wie man einer geistig Minderbemittelten eben erläutert, dass eins und eins zwei ist.

»Keine Sorge. Ich halte mich an die alte Regieregel: Wenn die Musik schwer ist, dann mach die Inszenierung noch schwerer, das lenkt die Sänger ab.«

»Wieso singe *ich* nicht die Eliza?«, schallte es da aus Richtung Tür. Gerdamarie, von uns allen nur *Gendarmerie* genannt, stürmte auf die Bühne.

»Ach bitte, halten Sie doch still«, bat Uschi, unsere Kostümbildnerin, mit zaghaftem Stimmchen. Sie hing samt Nadel und Faden an einem langen, haarigen Katzenschwanz, und der wiederum hing an Gendarmerie.

Eigentlich war Uschi die einzige ausgebildete Schauspielerin von uns, aber sie hatte im April vor genau einem Jahr den Fehler begangen, nicht nur einen Nähkurs zu belegen, »man braucht halt nebenher was Solides«, sondern davon auch im KollegInnenkreis zu erzählen. Seitdem hatte Sylvie die arme Uschi als Kostümbildnerin zwangsverpflichtet. Wobei die Truppe in aller Regel die »Kostüme« aus dem eigenen Kleiderschrank lieferte, Uschi musste nur hie und da einen Knopf oder ein paar Pailletten annähen.

»Also …«, hub ich an, aber ich kam nicht weit.

»Was ist denn das für ein Kostüm?« Friedl Maschers Stimme klang geisterhaft. Sie musterte die Röllke entsetzt.

Die Gendarmerie hörte gar nicht hin. »Ich bin für die Eliza prädestiniert!«

»Das ist Frau Röllkes Kostüm für *Cats*«, erklärte Uschi, die nie etwas ungeklärt im Raum stehen lassen konnte.

»Ist das echtes Fell?«, flüsterte Friedl entgeistert.

Bei ›echt‹ konnte Gerdamarie nicht widerstehen, auch nicht bei ›teuer‹, ›exklusiv‹ und ›blaublütig‹.

»Ein befreundeter Kürschner hat mir vier Kilo Fellreste geschenkt. Und unsere Frau Nägele zaubert mir das Kostüm auf den Leib. Sehr fesch, nicht wahr?«, flötete sie.

»Das ist doch unglaublich!« Ich hatte Friedl, eine Seele von Mensch, noch nie so laut erlebt. »Echtes Fell! Ja, leben wir denn in der Steinzeit? Wie können Sie unschuldige Tiere für Ihren lächerlichen Bühnenauftritt dieser unmenschlichen Folter aussetzen?«

»Meine Güte, beruhigen Sie sich, die Tiere waren doch schon tot«, blökte die Gendarmerie. »Was ist jetzt mit der Eliza?«

»Ich weigere mich, mit dieser … Person … auf der Bühne zu stehen!«

»Wenn Sie die Eliza singen darf, dann will ich die Anna aus *Der König und ich* singen!«

»Wenn wir jetzt nicht bald anfangen, muss ich gehen. In zwei Stunden beginnt mein Bridge-Abend.«

»RUHE!«, bellte ich in das Geplapper hinein.

»Schau, das ist unsere Regisseurin«, näselte Jens Wiedemann plötzlich hinter mir und führte seinen Filius auf die Bühne. »Und das ist die Frau, die Papi das Kostüm näht. Und das ist …«

»Ach, halten Sie doch die Klappe!«, fuhr die Gendarmerie dazwischen. »Ich will die Eliza spielen, und ich *werde* die Eliza spielen! *Ich hätt' getanzt heut Nacht* wurde förmlich für mich geschrieben!«

»Natürlich. Sie haben damals Frederick Loewe das Notenpapier und Alan Jay Lerner den Federkiel gereicht. Alt genug sind Sie ja dafür.« Christa Kuhn hatte sich lautlos angeschlichen.

In ihrem Windschatten Axel Bigalke. »Grollt der Gerda nicht, sie hatte eine schwere Kindheit«, lästerte er.

»Ich habe allenfalls eine schwere Gegenwart!«, donnerte die Gendarmerie. »Und ich heiße Gerdamarie!«

»Aber meine Damen«, versuchte Jens zu schlichten, »jede Rolle hat doch ihren einzigartigen Charme und Reiz.«

»Dann singen *Sie* doch diese verblödete Schnepfe Evita, ich jedenfalls sing die Eliza!«, dröhnte die Gendarmerie und entschwand in ihre Stargarderobe.

Ich muss wohl nicht extra erwähnen, dass unsere SangeskünstlerInnen sich untereinander nicht wirklich hold waren …

Feed me!
LITTLE SHOP OF HORRORS

Wo findet man Amateure, die willig und zumindest einigermaßen fähig sind, sich binnen zwei Wochen in zwölf Musicalstücke einzuarbeiten? Kostenlos, versteht sich. Natürlich nur im Verwandten- und Bekanntenkreis.

Jens Widemann war der Feuerwehrhauptmann, der regelmäßig Sicherheitskontrollen im Theater durchführte.

Axel Bigalke war ein angeheirateter Onkel und Christa Kuhn eine Cousine zweiten Grades von Uschi.

Friedl Mascher war meine Nachbarin aus dem fünften Stock, eine reizende Seniorin, für die ich kleinere Einkäufe erledigte, wenn unser Aufzug wieder mal streikte. Die Treppe konnte sie nicht nehmen, sie war querschnittgelähmt.

Nur bei Gerdamarie Röllke war das Schicksal ungnädig mit uns gewesen: Sie besuchte denselben Taebo-Kurs wie Theaterchefin Sylvie van Houten und glaubte sich daher in privilegierter Position. Mir war gar nicht klar, warum sie auf einmal die Meuterei auf der Bounty inszenierte – schließlich hatten wir die Rollen basisdemokratisch verteilt. Öhm, mehr oder weniger …

Gibt's einen Sinn, warum ich haarig bin?
Bin haarig Tag und Nacht. Seht diese Pracht.
Frag nicht, wo kommt das her?
Ich weiß es selbst nicht mehr.
HAIR

»Wir können doch nicht auf *Chorus Line* verzichten, ich bitte Sie. Wollen Sie vielleicht einen heiteren Tri-tra-trallala-Abend veranstalten, ohne dem Publikum nicht auch Stoff zum Nachdenken zu liefern?«

Gerdamarie hatte sich bei unserem allerersten Brainstorming ziemlich echauffiert.

»Wie soll denn die Botschaft von *Titten und Ärsche* lauten? ›Frauen, pilgert zum Schönheitschirurgen?‹«, hatte Christa dagegengehalten. »Sie sehen sich doch schon in der Rolle der Sheila, im hautengen Gymnastikdress.«

»Sie verstehen gar nichts.« Gerda verwandelte sich ratzfatz in Gottes Zorn. »Bei *Chorus Line* geht es um Schmerzen, Isolation, Probleme in der Adoleszenz und um eine schonungslose Dokumentation des Theaterlebens.«

Ich hätte schwören können, dass Gerdamarie das auswendig gelernt hatte.

»Es geht aber auch darum, dass die Akteure und Aktricen tanzen und singen können, und das ist bei uns hier nicht gegeben.« Gut, ob meiner Worte sackten einige Unterkiefer in Kniehöhe ab, aber wenigstens war das Thema vom Tisch.

»Und wenn Sie unbedingt eine Message wollen, Gerdamarie, wir spielen die Szene von *Hair*, in der Berger Claude drängt, seinen Einberufungsbefehl zu verbrennen. Das ist heute zwar nicht mehr ganz so bahnbrechend wie damals, muss aber erst mal als Message reichen.«

Die Gendarmerie schmollte.

»Ich finde den Message-Gedanken gar nicht so abwegig«, meldete sich Uschi zu Wort. »Wir könnten doch die Konsumentenhaltung des Publikums durchbrechen, indem wir ein Mitspieltheater inszenieren, ein Happening, bei dem wir alle Anwesenden mit einbeziehen. Das bringt auch schön zum Ausdruck, dass die Musik alle Menschen verbindet, als Esperanto der Seele!« Ihre Augen leuchteten.

Ich musste das unbedingt abwiegeln, bevor hier eine Grundsatzdiskussion zur Philosophie des Theaters im Allgemeinen und des Musiktheaters im Besonderen losbrach. »Guter Vorschlag, Uschi, wir werden den Abend mit einem Song aus *Hair* beenden: *Let the sunshine in*. Und dann laufen wir alle runter ins Publikum und fordern die Leute zum Mitsingen auf.«

»Idiotisch!«, spottete die Gendarmerie.

»Ich finde die Idee gut«, erklärte Axel Bigalke. Er war die Idealbesetzung für Tevje und Colonel Pickering, innerlich wie äußerlich. Seine Sangesqualitäten waren zwar nicht ganz so ausgeprägt, aber er musste ja nur einfachen Sprechgesang bewältigen – Hauptsache, die Stimmlage stimmte.

»Na prima, dann machen wir es so.« Ich entwickelte zunehmend diktatorische Züge. »Frau von Palm, wir werden alle viel üben müssen, insbesondere die Damen. Können Sie das zeitlich einrichten?«

Unsere Gesangslehrerin lächelte milde. Doch bevor sie etwas erwidern konnte, erhob sich die Gendarmerie.

»*Ich* werde Frau von Palm nicht benötigen. Bei der Einübung meiner Lieder steht mir eine ehemalige Sopranistin der Mailänder Scala zur Seite. Und das ist ja wohl um Klassen besser als eine schwäbische Autodidaktin. Nichts gegen Sie, Frau von Palm.« Gerdamarie lächelte süffisant. »Frau van Houten wusste sehr wohl, warum sie mich unbedingt im Ensemble dabei haben wollte.«

Wir schauten alle baff aus der Wäsche. Das störte die Röllke nicht weiter.

»Außerdem hatte ich in meiner Jugend schon Gesangsunterricht, und so etwas verlernt man nicht. Vielleicht sollte ich Ihnen noch mitteilen, dass ich mit einigen der herausragendsten Persönlichkeiten deutschen Kulturschaffens eng befreundet bin, geben Sie sich also bei der Premiere etwas Mühe, ich gedenke, einige davon einzuladen.«

In diesem Moment hörte man aus dem abgedunkelten Zuschauerraum ein leises Röcheln.

»Ist da wer?«, rief Jacques.

»Gerolf Kudenhagen«, rief es zurück, »entschuldigen Sie bitte, aber die Türen waren offen.«

Aus dem Dunkel trat eine imposante Erscheinung – wie ich der *Stuttgarter Zeitung* entnommen hatte, der künftige Generalintendant der Staatsoper.

Jacques erbleichte. »Welche Ehre! Bitte treten Sie doch näher.«

»Ich will nicht stören«, sagte Kudenhagen, »Frau Röllke bat mich nur, sie hier abzuholen.«

Die Gendarmerie lächelte ihm huldvoll zu. »Exakt, mein Lieber, wir haben viel zu besprechen. Sehr viel ... Hier sind wir ja wohl fertig.«

»Wenn *sie* geht, gehe ich auch«, rief Jens Widemann. »Mein Kleiner hat am Wochenende Geburtstag, und mir fehlt noch das passende Geschenk. Tschö denn.«

Zwei Minuten später saß ich allein auf der Bühne. Also, irgendwie fühlte ich mich als Regisseurin nicht ernst genommen …

One singular sensation
ev'ry little step she takes.
A CHORUS LINE

»*Kampf dem Mann! Ich brauche keinen, nicht mal dann und wann!*«

Es war nicht einfach gewesen, aber ich hatte der Gendarmerie verklickert, dass Christa die Eliza spielte und damit basta. Erleichtert wurde meine Argumentation dadurch, dass Gerdamarie uns *Don't Cry for me, Argentina* vorsang und dabei alle hohen Töne weiträumig verpasste, was ihrer Selbstüberschätzung einen gehörigen Dämpfer versetzte. Sogar Hubse, die ausnahmsweise mal anwesende männliche Putzfrau des Theaters, lauschte angewidert-fasziniert und konnte sich das Grinsen nicht verkneifen. »Wieder mal typisch für die Alte«, kicherte er.

Gerdamarie war am Schluss den Tränen nahe, was bei mir dann doch den Mitleidsknopf drückte. »Wie wäre es mit der Kate aus *Kiss me, Kate*«, hatte ich vorgeschlagen.

Und jetzt sang die Gendarmerie diesen musikalischen Fußaufstampfer – mit Bravour, wie ich zugeben musste.

»*Kampf dem Mann! Was ist an solcher Nulpe denn schon dran?*«

Ihr ›Kostüm‹, ein Hosenanzug von *Gaultier* mit einer Bluse, die nichts mehr der Spekulation überließ, begeisterte die anwesende Herrenschar.

»*Ich hasse alle Knechte von dem männlichen Geschlechte, aus ungleichem Gefechte zieh'n sie Rechte für die Nächte.*«

Für mich war es nur Lärm mit Copyright, aber Widemann fing an zu sabbern. Ich würde das Programm umstellen und mit diesem Song anfangen. Dann schliefen uns die Herren im Publikum wenigstens erst nach der Pause ein.

»*Ich habe dich durchschaut!*«

»Wunderbar!«, rief ich, und Jacques schaltete den Kassettenrekorder aus. Für den Premierenabend hatte er uns außer dem Symphonieorchester vom Band noch einen leibhaftigen Gitarristen versprochen sowie dessen kleinen Bruder mit der Blockflöte.

»Einfach grandios!«

Applaudierend trat ich auf die Gendarmerie zu und deutete auch gleich noch eine Verbeugung an. Ich wusste, wie man eine Diva behandelt, und war mir für den Erfolg der Sache für nichts zu schade. Ja, dachte ich, vielleicht würde unser Musicalabend doch noch ein überwältigender Triumph. Oder doch wenigstens kein völliges Desaster …

In diesem Augenblick löste sich ein Sandsack aus sechs Metern Höhe und mantschte Gerdamarie Röllke zu Brei.

Prove to me that you're divine,
turn my water into wine.
JESUS CHRIST SUPERSTAR

Es hatte vor einiger Zeit mal einen Akt von Farbbeutelterrorismus im THEATER DER MITTE gegeben, vielleicht zeigte sich die Polizei daher so effizient im Abriegeln des Tatorts: Haupt- und Hintereingang, sogar die Fenster in der Toilette waren binnen weniger Minuten dicht. Ich saß, ein Häufchen Elend, auf einem Hocker in der Lobby, vor mir ein Kommissar in Lack und Leder, der mir nicht ganz unbekannt war.

»Sie ziehen Schwerstvergehen an wie ein Kuhfladen die Schmeißfliegen«, raunzte er.

Ich blieb stumm. Wo der Mann Recht hatte, da hatte er Recht. Ohne mich gäbe es wahrscheinlich in Stuttgart nur unwesentliche Ladendiebstähle und minderschwere Beschaffungskriminalität.

»Die Tote wird vor Ihren Augen von einem Sandsack erschlagen, und Sie haben nichts weiter zu Protokoll zu geben als ›Ich habe nichts Ungewöhnliches bemerkt‹?« Er klang höhnisch.

»Also … äh … nein.« Ich verstummte wieder.

»Jacques Mercier und ich haben den Tathergang rekonstruiert. Es ist völlig undenkbar, dass ein Außenstehender genügend Kenntnisse gehabt haben kann, um diese Tat zu begehen. Es war also einer von Ihnen.« Der Kommissar blickte finster.

Ja, eine/r von uns.

Ich war es nicht, da war ich mir sicher.

Jacques war mein Freund und schon deshalb über jeden Verdacht erhaben. Außerdem hatte er wie ein siamesischer Zwilling an meiner Seite geklebt. Selbstmord kam auch nicht in Frage. Blieben nur die anderen.

Friedl Mascher, die übrigens in einem Akt der Sühne, weil sie als radikale Tierschützerin mit echten Fellresten auf ein- und derselben Bühne sang, bei Greenpeace ausgetreten war? Auch eine Rollstuhlfahrerin hätte mit gut geölten Reifen unbemerkt das Halteseil für den Sandsack durchtrennen können.

Gerolf Kudenhagen, der so bleich geworden war, als ihm die Gendarmerie vor unser aller Ohren mitteilte, dass sie viel mit ihm zu bereden habe? Vielleicht hatte er Gelder unterschlagen? Oder eine minderjährige Elevin verführt? Auch er hatte an dieser Probe teilgenommen.

Helmine von Palm, die von Gerdamarie öffentlich als Dilettantin denunziert worden war?

Uschi Nägele, die von der Toten unablässig getriezt, getreten und gedemütigt worden war?

Oder doch ich, weil mir die Gendarmerie so granatenmäßig auf die Eier ging?

Hm.

ACHTUNG, geneigtes Publikum, letzte Chance zum Mitraten. Wer war's? Alle Hinweise sind gegeben!

Das ätzt, das fetzt, das bleibt im Ohr.
LINIE I

»Typisch«, hatte er gesagt, da war ich mir absolut sicher. Wieso konnte Hubse, die männliche Putze, von »typisch« reden, wo er doch die Gerdamarie bei dieser Probe das allererste Mal gesehen hatte?

Ich war viel zu erschöpft, um diesen Gedankengang allein zu verfolgen. Also teilte ich meine Beobachtung dem Herrn Kommissar mit.

»Das halten Sie für einen wichtigen Hinweis?«, spottete er.

»Ich halte es für den einzigen Hinweis!«

Wir starrten uns an wie Stier und Matador. Selbstredend war er der Stier und ging zu Boden.

»Na schön, dann rede ich mal mit Hubert von Mollenkopf.«

Sieh an, Hubse hatte ein ›von‹ im Namen. War Gerda nicht ganz scharf auf Blaublütler? Gewesen?

Mehr will ich nicht von dir …
PHANTOM DER OPER

»Ich wollt sie doch nicht treffen. Sie sollte nur einen Schreck bekommen.«

Berühmte letzte Worte. Hubse war schon zusammengebrochen und hatte alles gestanden, als der Kommissar gerade mal zaghaft an die Tür des Toilettenkubus geklopft hatte, hinter der Hubse stand und sich übergab.

Wie sich herausstellte, war Hubse keineswegs schwul, was ich immer gedacht hatte, sondern bisexuell und vor Jahr und Tag mal adliger Gespiele der verblichenen Gerda gewesen. Das Trauma dieser Beziehung hatte er nie ganz verwunden. Sicher würde er mildernde Umstände bekommen.

Als der Kommissar ging, trug er ein fast menschliches Lächeln im Gesicht. So schnell hatte er noch nie einen Fall gelöst. Nur ich saß immer noch wie ein Häufchen Elend in der Lobby und dachte an die kommende Premiere: ohne Primadonna – und vor allem ohne Putzfrau.

Edelweiß, Edelweiß …
THE SOUND OF MUSIC

Es wurde dann doch noch ein voller Erfolg!

Die Lösung war so einfach, sie lag auf der Hand: Wenn du auf der Bühne niemanden hast, der singen kann, dann lass das Publikum singen.

Wir verteilten Notenblätter mit den bekanntesten Musical-Hits ans Publikum und spielten dazu Bongos (Jacques), Rassel (ich), Gitarre (Friedl), Klarinette (Axel) und Klavier

(Helmine). Als wir alle Songs durch hatten, war das Publikum so heiß, dass wir noch mal von vorn anfingen. Erst gegen ein Uhr nachts wankten wir alle lachend und uns umarmend hinaus auf die Rotebühlstraße.

Der Lokalteil der Bild-Zeitung vermeldete einen »volksnahen Wettbewerbssieger«, die *Stuttgarter Nachrichten* berichteten von dem »furiosen Erfolg eines avantgardistischen Theaterexperiments«, und meine Eltern, denen ich je eine Freikarte geschenkt hatte, schrieben in ihrem Dankesbrief, es sei »recht nett gewesen«.

Also, mehr kann man doch echt nicht verlangen, oder?

Pars pro toto

(*Das Ganze im Detail …*
oder: Hütet euch vor Piratinnen!)

Jeden Sonntagnachmittag exerziere ich diszipliniert meinen Neckar-Spaziergang durch. Meistens von der Neckarschifffahrtsgesellschaftsanlegestelle vor der Wilhelma bis hoch zum Hafen in Hedelfingen und wieder zurück. Hin und wieder bin ich so versunken, dass ich fast bis nach Esslingen spaziere. Andere fliegen für teures Geld nach Gomera, um ihre innere Mitte zu finden, ich brauche nur ein, zwei Stunden die Woche das Plätschern des guten, alten Neckar und das Kreischen der Möwen zu hören, und schon bin ich total durchrelaxt.

An jenem Sonntag Anfang Mai hatte es mir ein durchreisendes Hausboot angetan. Die Voyeuse in mir reckte ihr neugieriges Medusenhaupt. Es war ein quietschebunter Durchreisender auf Zwischenstopp mit Namen *Jurate* – Rumpf in Kanarigelb, Kajüte in Blutrot, Schornstein in Frühlingsgrün und die Luken im berühmten ›Monochrome Bleue‹.

»Ja heu«, entfuhr es mir.

In diesem Moment wurde eine der Luken von innen geöffnet, und in der Öffnung erschienen Kopf und Schultern einer jungen Frau. Offenbar wollte sie die Luke ganz hochdrücken, was ihr aber nicht gelang, da sie mittig in ihrem

Unterfangen plötzlich derart feststeckte, dass sie weder vor noch zurück konnte.

Also, ich bin ja nicht gerade für meine schwesterliche Solidarität bekannt. Vor allem nicht gegenüber jenen nutellasüßen weiblichen Exemplaren der Spezies Mensch, die von den Hochglanzmagazinen gern als ›strahlend schön‹ bezeichnet werden (wie ich mich zu erinnern meinte – solche Magazine hatte ich aus reinem Selbsterhaltungstrieb schon seit Jahren nicht mehr in Händen gehalten). Aber in dem kritischen Bruchteil einer Sekunde, bevor ich mich entscheiden konnte, ob ich die Flucht nach links oder nach rechts antreten sollte, hatte sie mich trotz der Entfernung entdeckt. Sie gröhlte nicht lautstark um Hilfe, wie ich das ganz sicher getan hätte, sondern formte lautlos die Worte: »Ich stecke fest!«

Ja klar, ich hätte immer noch die Fliege machen können, aber da kam wohl die gute Erziehung in mir durch. Fluch über Fräulein Geißenberger und ihren Moralunterricht an unserem Mädchenlyzeum. Außerdem bin ich eine bunte Hündin: üppig-rund, gewaltige, momentan hennarot gefärbte Wallemähne und ganz in Orange gekleidet, mehr oder weniger wie ein übergroßer Dirk Bach mit Perücke und in Frauenkleidern – ein Anblick, den man nie vergisst, egal, wie sehr man sich bemüht –, und die feige Kleinmädchenseele in mir wollte nicht, dass sie meine Personenbeschreibung an die Polizei durchgab, von wegen unterlassener Hilfeleistung oder so.

Also schob ich mich die Stufen hinunter, an drei Möwen vorbei, die mich nur müde anblinzelten, über die Laufplanke und zur *Jurate*. Die Luke hatte sich durch trocknende Farbe verklemmt, aber mit etwas Schmackes und der Hilfe meiner einhundert Kilo hatte ich die blonde Schönheit in Null Komma nichts befreit.

Sie brach nicht in Dankesbeteuerungen aus (was mich, ehrlich gesagt, ein bisschen fuchste), sondern sah mich aus riesigen rehbraunen Augen nur erstaunt an. Dann verzog sich ihr breiter Julia-Roberts-Mund zu einem Grinsen, und sie rief mit glockenheller Stimme: »Wau, was für ein Anblick!«

Erst wollte ich ja grell reagieren, aber dann wurde mir klar, dass sie es als Kompliment meinte.

»Ich wollte, ich hätte dieses Orange für den Schornstein!«, schwärmte sie und sprach dabei vom Farbton meines Overalls in Übergröße.

»Also, beim Waschen färbt er immer noch ab. Ich könnte ja mal das Waschwasser in Flaschen abfüllen und vorbeibringen«, schlug ich versöhnlich und mit einem Augenzwinkern vor.

Es fing an zu nieseln.

»Willst du meinen Kraken sehen?«, fragte sie mich plötzlich.

Feuchtgenieselt werden oder einen Blick auf einen *Octopus vulgaris* werfen? Die Entscheidung fiel mir nicht schwer. Außerdem: Neugier, dein Name ist Weib.

Sie führte mich die schmale Kajütentreppe hinunter in einen kombinierten Kombüsen-, Schlaf- und Wohnraum. Die Ecke mit der Koje war mit Büchern voll gestellt (keine Krimis, sondern irgendwelche Zeitgeistromane, wie ich stirnrunzelnd zur Kenntnis nahm), an den Wänden hingen Bilder (abstrakt, registrierte ich schon wieder stirnrunzelnd) und zwischen den beiden Bullaugen stand eine überlebensgroße Pappfigur von *Hägar dem Schrecklichen* (brav – endlich konnte ich mit dem Runzeln aufhören, ich hatte mir schon Sorgen um die Faltensituation meiner Stirn gemacht).

Doch das Prunkstück war eindeutig der riesige Wassertank in der Raumesmitte, in dem ein gewaltiger Krake saß. Ich starrte den Kraken an, der Krake starrte mich an.

»Ist er nicht toll?«, fragte Sie. »Manchmal sitze ich stundenlang einfach nur so da und sehe ihn mir an.«

»Dein Octopus ist ein *er*?«, erkundigte ich mich.

»Keine Ahnung, aber ich nenne ihn Boris. Ich habe ihn nach meinem allerersten Freund benannt, der schien auch acht Arme zu haben.«

Ich wollte etwas Witziges sagen, doch mir fiel nichts Genialeres ein als: »Dein Krake hat aber nur sieben. Also ein Septopus.«

»Stimmt.« Sie nickte ungerührt. »Er hatte acht, aber einen hat er sich abgefressen. Wenn sie sich langweilen, knabbern sie sich manchmal selber an.«

Mein Magen signalisierte, dass sich das mittäglich in der chinesischen Garküche beim Marktplatz einverleibte Huhn süßsauer bei noch mehr Details dieser Art sprunghaft ins Freie katapultieren würde.

»Ist das nicht eine traurige Existenz für so einen Vielarm?«, wollte ich wissen.

»Mag sein. Sobald ich wieder im Mittelmeer bin, lasse ich ihn frei. Ich heiße übrigens Sabrina, kannst mich aber Jurate nennen.«

»Nach der Meerjungfrau, die auf dem Grund des Ozeans in einem Bernsteinschloss lebte?«

Manchmal zahlt es sich aus, dass ich bei Schlafstörungen vorzugsweise bildende Historienkrimis lese.

Sie nickte. »Setz dich, ich singe dir jetzt was vor.«

Ehe ich wusste, wie mir geschah, zerrte sie hinter dem Vorhang neben der Koje eine Konzertharfe und einen Hocker hervor, nahm Platz, schlug ein paar Saiten an und sang unter kühner Missachtung aller Regeln der Harmonik ein Lied über das Meer und die Liebe.

Ungefähr in diesem Augenblick kam mir der Gedanke, ich könnte am Ufer eingeschlummert sein und befände mich nun in einem Traum. Einem Albtraum, um genau zu sein.

»*Wie soll den wahren Liebsten ich erkennen*?«, schmetterte sie, machte *pling-pling-pling* auf der Harfe und verdrehte ihre rehbraunen Augen. Ja gut, sie sah umwerfend aus und hätte halbnackt auf dem Cover des *Playboy* posieren oder bei *Baywatch* mitspielen können, aber als die Göttin die Sangestalente verteilte, hatte sie Jurate eindeutig übergangen. Trotzdem, irgendwie fand ich sie nett. Ich hatte immer schon ein Herz für abgedrehte Typen.

»Das Lied habe ich selbst geschrieben«, erklärte sie nach ihrem endlos scheinenden Gejohle, währenddessen ich mit dem Kraken leidende Blicke ausgetauscht hatte.

»Ahaaaa«, sagte ich gedehnt und glaubte, mich damit kunstvoll aus der Affäre gezogen zu haben.

»Woher weiß man denn, wann man liebt?«, fragte sie mich und riss ihre rehbraunen Äuglein auf.

Mir war diese Masche mädchenhafter Hilflosigkeit ja nicht von der bösen Fee in die Wiege gelegt worden, aber Jurate beherrschte sie perfekt. Allerdings warf sie bei mir ihre Perlen vor die Sau, um es mal ganz plump zu sagen.

»Warst du etwa noch nie verliebt?«, erkundigte ich mich dementsprechend gereizt.

Jurate sah durch mich hindurch. »Verliebt? Schon oft. Aber wann ist es wahre Liebe?«

Ich zuckte mit den Schultern. »Wenn der Typ völlig fertig ist, krank zum Beispiel oder am ganzen Körper Pickel kriegt oder sonstwie am Ende ist, und dir bei seinem Anblick trotzdem noch die Knie weich werden, dann isses wahre Liebe«, dozierte ich. Hatte ich wahrscheinlich in den Siebzigern in meiner pubertären Herz-Schmerz-Phase in irgendeinem Hedwig-Courths-Mahler-Schinken gelesen. Schon erstaunlich, wie sich solche abgeschmackten Platitüden ins Langzeitgedächtnis einbrennen.

»Völlig fertig und am Ende …«, murmelte sie gedankenverloren. »Ach herrje«, rief sie dann plötzlich und sprang von ihrem Schemel auf. »Was bin ich nur für eine miserable Gastgeberin. Willst du was trinken? Ich habe *Baccardi* und *Coke* im Kühlschrank.«

Die Cola war schon nach dem ersten Glas Cuba Libre alle, von da an tranken wir den Rum pur. Man sollte ja nicht glauben, dass so ein zart-graziles, zerbrechliches Geschöpf mehr verträgt als ich Fregatte, aber dem war so. Während sie noch geradeaus sehen und zusammenhängende Sätze von sich geben konnte, lag ich eine Stunde später hingestreckt auf der Couch und lallte Unsinn in Richtung Krake.

Jurate erzählte mir in meinen Monologpausen ihr halbes Leben: Sie sei abgebrochene Kunststudentin und habe alle ihre Bilder selbst gemalt, wolle aber jetzt zu Collagen und Kleinstplastiken übergehen, und dass sie zwar aus reichem Elternhaus stamme, sie aber lange für das Hausboot mit festem Liegeplatz in Amsterdam gespart habe, weil es nämlich immer schon ihr Traum gewesen sei, auf dem Wasser zu reisen und nie länger als ein paar Tage am selben Ort zu verweilen, was ihre Eltern nun überhaupt nicht verstehen konnten und ihr den Geldhahn zugedreht hatten, furchtbar, nicht?

Sie erzählte mir auch noch einiges über die Männer in ihrem jungen Leben, die ebenfalls alle mit dem Wasser zu tun hatten, irgendwelche braungebrannten Surfertypen auf Hawaii oder aus Australien, aber mein Konzentrationsvermögen hatte sich schon längst verabschiedet. Außerdem war mir speiübel, was an dem Rum liegen mochte oder an dem Schlingern des Hausbootes. Jedenfalls erinnere ich mich nur noch dumpf, dass sie mir ein Taxi rief.

Als ich wieder zu mir kam, war es Montagmorgen. Ich hatte bärig verpennt und schloss den Eso-Laden *Kundalini*, in dem ich wieder mal aushilfsweise jobbte, ungewaschen, ungefrühstückt und eine satte Stunde zu spät auf. Ein Detail, von dem wir meinem Chef Axel – der an dem Tag auf einem ganzheitlichen Softwarekurs in München war – lieber nichts erzählen wollen, versprochen?

Ich sollte Jurate so schnell nicht wiedersehen. Am folgenden Sonntag dümpelte das quietschebunte Hausboot nicht länger an dem vertrauten Ankerplatz.

Irgendwie ging ich davon aus, dass sie durch einen glamourösen Model-Job oder durch eine elterliche Finanzspritze nach erfolgter Versöhnung wieder rund um den Globus schipperte, um allerorten durchtrainierte Jungs aufzureißen, während ein gedungener Hausbootsitter sich um Boris den Kraken kümmerte.

Den Teil mit den Reisen gönnte ich ihr von Herzen, bei den Jungs sah es schon anders aus. Da grünte ich vor Neid. Hans-Gerd, mein letzter Lover, hatte mit einem waschbrettbäuchigen *Zino-Davidoff*-Model ungefähr so viel gemeinsam wie eine Ravioli-Dose von *Aldi* mit einem Vier-Gänge-Menü bei einem Drei-Sterne-Koch. Außerdem hatte er sich unsanft aus meinem Leben verabschiedet. Um genau zu sein, ich entdeckte ihn auf den ebenfalls üppigen Rundungen meiner zweitbesten Freundin und setzte die beiden – nackt, wie die Göttin sie schuf – mit Hilfe eines Besens rigoros vor die Tür. Das war an einem Samstagnachmittag gewesen, an dem ich eigentlich hätte im Laden stehen und Eso-Hilfsmittel verkaufen sollen, aber dann hatte mich die Sehnsucht gepackt, und ich war früher als verabredet zu ihm nach Hause gefahren. Seine Nachbarn werden mir für dieses Spektakel ewig dankbar sein.

An jenem denkwürdigen Samstag war nämlich im ganzen Viertel, wir sprechen hier von Stuttgart-Ost, der Strom ausgefallen. War nix mit Sportschau. Dafür gab es dann einiges zu sehen: Adam und Eva alias Gabi Hanschel, die Postbotin des Viertels, und Hans-Gerd Baitz, Kriminalkommissar, nackt und um Hilfe winselnd auf dem Kopfsteinpflaster, notdürftig mit den Händen die empfindlichsten Stellen bedeckend, johlende Kinder, Polizei, Pfarrer Plöntzke von den Evangelen, die Feuerwehr (na gut, die fuhren nur zufällig durch die Straße und hatten mit der Gabi und dem Hans-Gerd nichts am Hut, aber geguckt haben die auch und das nicht schlecht) – Äktschn vom Feinsten und alles für umsonst und vom Kissenplatz am Wohnzimmerfenster aus.

Jedenfalls war ich jetzt wieder solo und dachte sehnsüchtig an die zahllosen eingeölten Prachtexemplare, mit denen sich Jurate zweifelsohne gerade vergnügte. Seufz.

Anfang September schob ich Spätschicht in der *Kundalini*. Den ganzen August war ferienbedingt tote Hose gewesen, und auch jetzt noch verirrten sich nach sieben Uhr abends höchstens ein oder zwei Individuen in unseren Laden, die weder ein Lebenshilfebuch noch ein Räucherstäbchen erstehen, sondern nur Geld für den Automaten im Parkhaus gegenüber wechseln wollten, der schon seit ewigen Zeiten Diät machte und keine fetten Scheine mehr fraß, nur noch klingelnde *light*-Münzen.

Den dritten Tag in Folge gehörte ein schmucker Mittvierziger zu diesen Individuen. Da selbst ein Einzeller mittlerweile gerafft hätte, Münzgeld mit sich zu führen, und er unserem Angebot an transzendentem Merchandising offenbar nichts abgewinnen konnte, wertete ich sein wiederholtes Erscheinen als Interesse an meiner Person und brezelte mich entsprechend auf. Bei fünfunddreißig Grad im Schatten hinter der Kasse legte ich bereits so gegen fünf mehr Farbe auf als jede Geisha, fuhr mir mit den Fingern durch die frisch mahagonibraun gefärbte Lockenpracht und nestelte so lange an meinem Ausschnitt, bis die Füllung optisch ansprechend präsentiert wurde. Dann wartete ich in seliger Vorfreude bis sieben.

Auch am vierten Tag kam er und wollte seinen Zehner wechseln. Ich atmete schwer und sprach mit verruchter Stimme: »Aber gern doch.«

»Öhm«, räusperte er sich (und mein Herz machte einen Hopser), »wo haben Sie denn die Fotobände?«

»Fotobände?« (Besagtes Herz hatte schlagartig ausgehopst.)

»Ja, Aktaufnahmen. Sie wissen schon. Von jungen Männern.«

Wäre meine Libido nicht so furchtbar ausgehungert gewesen, ich hätte es schon am ersten Abend bemerkt. Der Typ wollte gar nicht zu uns und schon gar wollte er kein Geld wechseln. Es war einer von diesen schwäbischen Landeiern, die wohl eine Woche lang in Stuttgart auf Seminar waren und sich trotz des neuen Jahrtausends nicht trauten, ohne Scham nach der Schwulenbuchhandlung *Erlenreiter* zu fragen. Und Ladenschilder lesen konnte er offensichtlich auch nicht. O mein Instinkt, warum hast du mich verlassen?

»Für Jungs ist zwei Türen weiter. *Erlenreiter*, mit dem Hengst auf der Ladentür.«

Sein Rückzug war ebenso rasch wie unauffällig, aber ich hatte ihm die diversen Hochglanzmagazine zu verdanken, die er in der Eile auf dem Tresen liegen ließ. Vor lauter Langeweile schlug ich eines von ihnen, das er sich nur zur Tarnung vor seinen Seminarkumpeln besorgt haben konnte, wahllos auf. Und wer lachte mir da als Miss August auf einer Jacht entgegen? Jurate! Na, wenigstens in ihr hatte ich mich nicht geirrt.

Als ich am darauf folgenden Sonntag Jurates Hausboot wieder am Neckar entdeckte und sah, dass die Bullaugen geöffnet waren, nahm ich mir die Freiheit, sie zu besuchen.

Sie saß achtern auf Deck. Kaum wurde sie meiner ansichtig, winkte sie begeistert, verschwand nach unten und tauchte Sekundenbruchteile später mit einer Flasche *Baileys* und zwei leeren Marmeladegläsern wieder auf.

»Wir müssen unbedingt anstoßen«, rief sie und goss großzügig ein.

Schön, ich war also willkommen. Wie brachte ich ihr jetzt bei, dass ich *Baileys* nicht ausstehen konnte?

Eine Ablenkung war gefragt. Vielleicht konnte ich das Zeugs in einem unbeobachteten Augenblick über Bord gießen und damit die Fische vergiften, die sich übrigens ebenso wie die Möwen in erstaunlich großer Anzahl um das Boot tummelten.

»Wieso hast du mir denn nicht gesagt, dass du Model bist?« fragte ich.

»Ach das.« Jurate winkte ab. »Das mache ich nur nebenher, um das Boot abzuzahlen.«

»Nicht so bescheiden. In dem Artikel, äh, den Bildunterschriften, die ich gelesen habe, stand, dass du in einem Atemzug mit den großen deutschen Schönheiten Claudia Schiffer, Tatjana Patitz und Heidi Klum zu nennen bist.« Nicht, dass ich gewusst hätte, wer die alle waren.

Jurate winkte neuerlich ab.

»Ich habe die letzten Monate so oft an dich denken müssen«, sagte sie, beugte sich vor und legte ihre Hand auf mein Knie.

»Ahem.« So was Ähnliches war mir mal im Frauencafé Sara passiert.

»Naja, nicht an dich, um genau zu sein, sondern an deine Worte.«

Jurate zog ihre Hand ruckartig zurück, als ob sie mit etwas Schleimigem in Berührung gekommen wäre. Das war mir jetzt auch wieder nicht recht.

»Was für Worte?«, verlangte ich zu wissen.

»Wie man die wahre Liebe erkennt! Du hast mir die Augen geöffnet! Du hast mein Leben verändert!«

Ich wäre ja gern stolz darauf gewesen, wie ich das Leben einer Mitmenschin zum Guten gewandelt hatte, aber ich konnte mich beim besten Willen an nichts mehr erinnern.

Jurate sah mir meinen Gedächtnisverlust an. »Du weißt doch, wenn ein Typ völlig fertig ist, am Ende ist, und ich trotzdem weiche Knie bekomme, dann liebe ich ihn.«

»Ach das.« Jetzt fiel's mir wieder ein. Vielleicht hatte ich meine Berufung verfehlt, vielleicht sollte ich Liebesschnulzen-Drehbücher à la *Pretty Woman* oder *Love Story* verfassen. »Heißt das, dass du jemanden gefunden hast, den du wirklich liebst?«

»Nein«, lachte Jurate kehlig, »aber jetzt kann ich mir wenigstens sicher sein, dass ich sie nicht liebe. Komm, ich zeig's dir.«

Sie zeigt's mir?

Ich folgte Jurate die schmale Kajütentreppe hinunter. Fotos ihrer diversen Eroberungen? Mit Grausen erinnerte ich mich an die Dia-Sammlung mit dazugehörigem Poesiealbum meiner Exfreundin Gabi. In Letzterem klebte sogar mal ein gebrauchtes Kondom. Manche Frauen schrecken echt vor nichts zurück.

»Hier bitte!«, rief Jurate triumphal.

Ich konnte im Halbdunkel erst mal nicht viel erkennen. Die Bücher waren noch an Ort und Stelle, die Harfe lugte hinter dem Vorhang hervor, der Papp-Hägar lachte mich an, und in dem Wassertank saß Boris, nunmehr nur noch mit sechs Armen.

Gerade wollte ich fragen »Ja, und?«, als mir auffiel, dass die abstrakten Gemälde verschwunden waren. An ihrer Stelle hingen schmale Glaskästen mit wilden Collagen an den Wänden.

Ich bin eine eingefleischte Kunstmuffelin und hatte keine Ahnung, was man einer Künstlerin zu ihren Werken sagt.

Wunderbar? Zu normal.

Ich spüre, wie mich dieses Werk anspricht? Nicht schlecht, aber was sollte ich antworten, wenn sie wissen wollte, was ihr Werk denn so zu mir sagte?

Bahnbrechend! Ja, so was in der Art würde ich von mir geben.

Doch Jurate kam mir zuvor. »Sieh's dir ruhig genauer an. Die Details erkennt man nur von nahem.«

Ich trat an den nächstbesten Glaskasten. Auf den ersten Blick stachen mir eine rotblonde Haarsträhne, ein Kino-Ticket, etwas Popcorn, ein Daumen und ein Papierschnitzel, auf dem *Patrick* stand, ins Braunauge.

»Wirklich bahnbrechend«, erklärte ich.

Jurate strahlte.

Dann fiel mir auf, dass aus dem unteren Ende des Daumens ein Stück Knochen ragte. Verdammt naturgetreu. Eigentlich nichts für meinen schwachen Magen.

»Das habe ich in Irland gemacht. Mein Erstlingswerk.

Gleich nach unserer Begegnung im Mai. Das hier ist mein letztes Werk. Es ist vorige Woche in Kapstadt entstanden.«

In dem Glaskasten befanden sich einige Scherben einer südafrikanischen Weinflasche, das dazugehörige Etikett, ein Stück Stoff, wahrscheinlich von einer Tischdecke, eine Zunge und ein Papierschnitzel mit der Aufschrift *Hans*.

Die Zunge war offenbar erst konserviert worden, als sie schon anfängliche Spuren der Verwesung zeigte. Was dem Zungenpiercing nichts hatte anhaben können.

Mein Magen hatte an diesem Mittag nichts bekommen (Kühlschrank leer, Pizzaservice wegen Hochzeit des Pizzabäckers geschlossen), daher stieg nur etwas Galle hoch.

»Weißt du, dank dir ist mir einiges klar geworden. Ich weiß jetzt, wie ich erkennen kann, ob mir an einem Kerl wirklich etwas liegt«, plauderte Jurate und nippte zwischendurch immer mal wieder an ihrem *Baileys*. Was war eigentlich mit meinem Glas geschehen? Hielt ich es noch in der Hand?

»Schau mal, hierauf bin ich besonders stolz – das war letzten Monat in Tokio. Wir haben da die neue Wintermode fotografiert. Das ist *Joshi*.«

Was ich da von Joshi beziehungsweise von seiner männlichen Anatomie sah, gab mir den Rest. Ich wirbelte herum und erbrach mich punktgenau über Boris, der vor lauter Schreck bestimmt wochenlang keine Selbstverstümmelungsorgien mehr benötigte, krächzte eine Entschuldigung und hastete von dannen. Jurate rief mir noch hinterher »He, das Beste kommt erst noch …«, aber da war ich schon weg.

Jurate, Boot wie Frau, sah ich nie wieder.

Aus reiner Gewohnheit gehe ich nach wie vor jeden Sonntag am Neckar spazieren, wiewohl man nicht von Spaziergang sprechen kann, eher von Schweinsgalopp. Mich trieben kleinbürgerliche Schuldgefühle, weil ich meine Erlebnisse keiner Menschenseele und auch keinem Polizistenohr anvertraut hatte – mich verfolgte aber auch die Frage ›Was, wenn man beim Zerstückeln merkt: Ja, ich liebe jedes einzelne Teil?‹ War es wohl befriedigender, die präparierten Einzelteile hinter Glas auf ewig ganz für sich zu haben, anstatt das rülpsende Echt-Exemplar schnaufend auf dem Bauch der besten Freundin vorzufinden? Hm – hätte ich Jurate doch, bevor sie aus meinem Leben verschwand, nur gefragt, wo sie diese handlichen Glaskästen fertigen ließ …

Der Kettenbrief

Stuttgart, 21. November

Liebe Leserin, lieber Leser –
ich habe letzten Freitag per E-Mail einen Kettenbrief erhalten, der nach eigenen Angaben im Jahre sechs nach Christus auf Papyrus begonnen hat, später von einem Kreuzritter, der seine Pfählung überlebte, nach Europa gebracht wurde und seitdem von einer Generation an die nächste weitergereicht wird. Besagter Kettenbrief drohte mir bei Nichtweiterleitung an mindestens fünfzig Personen damit, dass der böse Kettenbriefdämon eine Wochenendschicht einlegen würde, um mir die übelsten Flüche der Menschheitsgeschichte anzuhängen.

Gute Güte, habe ich gedacht, was soll mir schon groß passieren? Dass ich den Rest meiner Tage ungepoppt und glücklos fristen muss? Das zeichnete sich ohnehin schon am Horizont meiner Zukunft ab. Also habe ich ihn nicht weitergeleitet …

Jetzt sind meine Sittiche zu Kampfhunden mutiert (ich hundesitte für Sophie, die mit Trümmerbruch im Krankenhaus liegt, dabei bin ich Hundehaarallergikerin), mir sprießen plötzlich Haare in der Nase (mit denen man Zöpfe flechten könnte) und ich musste wegen eines schweren

Wasserrohrbruchs mitsamt Sittichen und Hunden wieder zu meinen Eltern und in mein altes Kinderzimmer ziehen!

Außerdem kommt jeden Tag mein ehemaliger Grundschulfreund Matze mit einer Bonbonniere vorbei und tut so, als himmele er mich an, aber hinter seinem dick bebrillten Volksbankfilialleiterblick sehe ich überdeutlich, dass er sich zu einem kannibalistischen Serienkiller entwickelt hat, der meine Weichteile marinieren und meinen Schrumpfkopf an meinen Nasenhaarzöpfen an seine Wohnzimmerwand hängen will.

Ich würde mir ja gern die Viecher schnappen und weit weg in einer billigen Pension auf dem Lande Zuflucht suchen, aber meine Mutter hat sich die Autoschlüssel gekrallt. Sie will sie mir erst wieder geben, wenn sie mich »aufgepeppelt und mich anständig eingekleidet hat« und ich mit »diesem reizenden jungen Mann« einmal ausgegangen bin. Mir droht ein Schicksal, weit schlimmer als der Tod: Vor all meinen alten Freunden aus Hall werde ich, gekleidet in Twinset und Schottenrock, Matze beim Vertilgen einer Schwarzwälder Kirschtorte im Café am Markt zusehen müssen. Lässt sich diese Tragödie noch abwenden?

Liebe Leserin, lieber Leser, könnten Sie freundlicherweise diese Seiten kopieren und sie an fünfzig Freunde und Bekannte verschicken? Ich wäre Ihnen sehr verbunden!

Mit wuchtbrummigen Grüßen

In tormentis

(*Unter Qualen*
oder: Achtung – Schnulleralarm!)

Wie viele Frauen kennen Sie, die kompetent, erfolgreich im Beruf und gepflegt sind – und ein Kind haben? Die Zahl ist kleiner gleich eins, wette ich mal. Wie viele Männer kennen Sie, die Karriere machen – und ein Kind haben? Fangen Sie gar nicht erst an zu zählen, das dauert Tage. Das Brutverhalten der Spezies Mensch schließt auch im 21. Jahrhundert aus, dass die Weibchen ein selbstbestimmtes, erfülltes Leben führen und die Männchen sich um den Nachwuchs kümmern. Weswegen viele Frauen sich für einen Weg entscheiden: Kind oder Karriere. Ich persönlich kenne eigentlich nur Karrierefrauen. (Na, sagen wir besser, ich kenne nur Frauen, die sich für ihren Beruf entschieden haben und noch freudig auf die Karriere warten …)

Folglich war ich doch etwas überrascht, als an einem sonnigen Frühsommermorgen eine Karte in meinen Briefkasten flatterte. Ein riesiges, kreisrundes Babygesicht – und darunter die frohe Kunde: *Ich bin da! Wanja Lehnert, 12.05., 3761 Gramm.*

Lehnert? Ich kannte keine Lehnerts. Da entdeckte ich das Gekritzel auf der Rückseite: *Endlich komme ich dazu, Dir Wanjas Geburtsanzeige zu schicken. Mein Wonneproppen ist da – ist es nicht klasse? Komm doch am nächsten Samstag zur*

Babyparty, ich würde mich freuen. Gabi. P.S.: Bring ein Babyfoto von dir mit!

Gabi? Welche Gabi?

Ich warf die Karte weg.

Abends trafen wir uns zum Krimistammtisch. Im Biergarten mitten im Schlosspark, weil es wettermäßig schon so traumhaft schön war. Plötzlich lag da, umgeben von großen Apfelschorlen und Riesentellern mit Pommes, die Geburtsanzeige von Wanja.

»Wie kommt das denn hierher?«, wollte ich wissen.

Silke strahlte. »Habt ihr die Karte auch bekommen? Man stelle sich vor: Gabi hat geworfen!«

Der despektierliche Ausdruck sei ihr verziehen: Sie war eine kinderlose Singlefrau unter kinderlosen Singlefrauen.

»Nein!«, erklärte Sharon. »Nicht unsere Gabi!«

Da dämmerte es mir dunkel. Gabi Fissel, Pressesprecherin im Landtag, *die* Karrierefrau schlechthin. Deswegen hatte sie nach wenigen Stammtischabenden auch beschlossen, der Runde fortan nicht länger beizuwohnen. Wir Loser, die noch auf den Durchbruch hofften, passten nicht zu ihrem Image als erfolgreiche Macherin, die es bereits geschafft hatte.

»Unsere Gabi ist Mutter geworden?« Nur durch vielfache Wiederholung konnte man das glauben.

Wir sahen uns schweigend an. Keine von uns war in der Lage, sich vorzustellen, wie die flotte Gabi ein sabberndes Etwas auf ihrem *Donna-Karan*-Hosenanzug balancierte, wie sie sich die linke Brust aus der transparenten *Dolce-Gabbana*-Bluse zerrte und ihren Abkömmling stillte, während sie nebenher Vertretern der deutschen Medienlandschaft eine Richtigstellung zu der neuesten Entgleisung des Ministerpräsidenten in die Mikrofone diktierte.

Nein, es gibt Dinge, die gibt es einfach nicht. Streitlose Familienfeiern. Nicht-essgestörte Models. Weihnachten und Ostern an einem Tag. Gabi als Mutter.

»Nein!«, erklärte ich.

»Wir haben die Einladung zur Babyparty doch alle bekommen. Lasst uns am Samstag hingehen und die Sache prüfen«, schlug Grit vor.

Gesagt, getan. Gabi wohnte in einem Hochhaus in Weilimdorf, mit Blick auf Schloss Solitüde. Keine wirklich feine Adresse, aber dafür war die Wohnung ein Traum. 180 Quadratmeter. Natürlich ein Penthouse.

Wir waren früher schon einmal eingeladen gewesen, zu einem Cocktailabend. Alle anderen Gäste hatten Zweireiher und das kleine Schwarze getragen, nur wir vom Stammtisch waren in unseren üblichen, mehr oder minder geschmackvollen, leicht durchgesessenen Alltagsfummeln gekommen. Gabi hatte uns den anderen in etwa so verschämt vorgestellt, wie man seine Gäste auf ein Schimmelproblem im Klo aufmerksam macht. Wir waren dann später auch die einzigen auf der Party, die nach diversen Cocktails pro Nase lauthals Dieter-Thomas-Kuhn-Hits schmetterten und den Ententanz tanzten.

Als wir jetzt aus dem Aufzug stiegen, mochte ich meinen Augen nicht trauen: Das sterile Interieur in Chrom und Marmor war einem edlen Landhausstil gewichen, alles sehr blumig und in Pastell. Und mitten drin: unsere Gabi – in einem knielangen Rüschenkleid. Mit Strickjäckchen. Und Söckchen in Ballerinaschuhen.

»Mädels!«, kreischte sie und umfasste uns alle in einer Kollektivumarmung.

»Gabi!«, hauchten wir ungläubig.

Wir waren wieder mal die Letzten. Alle anderen Frauen

hatten sich schon eingefunden. In Rüschenkleidern. Mit Strickjäckchen. Wir kinderlosen Singlefrauen waren megaeasy zu erkennen: Es hatte empfindlich abgekühlt, darum trugen wir alle schwarze Mäntel, wahlweise aus Kamelhaar oder Lederimitat, und darunter – wir sind schließlich lernfähig – mehr oder weniger kleine schwarze Kleider, mit mehr oder weniger gewagtem Ausschnitt, vorn wie hinten, und mit mehr oder weniger echten Perlenketten.

»Was habt ihr mir mitgebracht?«, wollte Gabi wissen, mit dem Ausdruck echter Vorfreude im Gesicht. Welcher sich rasend schnell auflöste. Ich hatte ihr eine große Flasche Qualitäts-Bourbon mitgebracht, weil ich mir beim besten Willen nicht vorstellen konnte, dass diese Frau stillte. Und wenn doch, würde das Kind diesen Trost brauchen.

Die anderen hatten mehr Grips und folglich auch passendere Geschenke, aber in völliger Verkennung der Sachlage war nichts in Pastelltönen mit Troddeln oder Rüschen dabei.

Gabi bewahrte Fassung. »Ach, ist das lieb von euch«, sagte sie, und es klang glaubhaft. Ein letztes Aufflammen ihrer professionellen Wahrheitsauslegung als Pressesprecherin? »Jetzt zeig ich euch mal die Kleine. Aber psst, sie schläft. Seid leise.«

Wanja lag in einer entzückenden pastellfarbenen Wiege im ebenfalls entzückenden pastellfarbenen Kinderzimmer. Neben dem Kinderbettchen waren mehr Plüschtiere aufgehäuft, als ich in meinem ganzen Leben je besessen hatte. Wir stellten uns um die Wiege und gurrten lautlos *Aaaah* und *Ooooh* und *Wie süß*!

Ein wenig störend war dabei der Umstand, dass man über das Babyfon die anderen Gäste lästern hören konnte.

»Habt ihr die gesehen?«

»Aus welchem Gruselkabinett sind die wohl entsprungen?«

»Gabi hatte uns ja vorgewarnt, aber das ist doch echt der Hammer.«

»Bourbon, da bringt eine Alkohol mit!«

»Gott, bin ich froh, keine abgedrehte Singlefrau mehr zu sein.«

Gabi tat so, als würde sie nichts hören. »Kommt wieder mit ins Wohnzimmer. Ich habe gebacken.«

Und das aus dem Mund einer Frau, die noch vor einem guten Jahr auf die Keksdose von Svenja geblickt und verkündet hatte: »Nun ja, Backen ist ein schönes Hobby. Nicht ganz mein Fall, natürlich. Ich habe jetzt mit Kite-Surfen angefangen.«

Woraufhin Svenja nie wieder Selbstgebackenes mitgebracht hatte. Wirklich unverzeihlich von Gabi.

Der Tag zog sich. Nach den Keksen kam das Babyfotospiel. Alle mussten ihre Fotos in einen von sizilianischen Bäuerinnen handgeflochtenen Korb werfen. Dann wurden die Fotos eins nach dem anderen wieder herausgezogen, und alle mussten erraten, wer das wohl sein könnte. Bei einem Foto tippten alle auf Helmut Kohl. Sehr lustig. Wirklich sehr lustig. Es war natürlich meines.

Danach kam eine weitere Keksrunde mit heißem Früchtetee aus großen Bechern.

Ich traf Gabi auf dem Weg zum Klo. »Du hast ihm also geheiratet. Gratuliere«, kondulierte ich ihr en passant.

Gabi blieb stehen. »Wie kommst du denn darauf?«

Ich stockte kurz. »Na, deine Tochter heißt Lehnert.«

Gabi lachte perlend und umarmte mich. »Oh du Unschuldslamm. Natürlich ist das der Name ihres Vaters, aber geheiratet haben wir nicht.«

Ich kam mir wie eine Landpomeranze mit mittelalterlichen Moralvorstellungen vor. Ausgerechnet ich.

»Ja, klar, nicht«, stotterte ich. »Wer heiratet heutzutage schon noch. Altmodisch!«

Ich versuchte, meinen Ruf wiederherzustellen.

Gabi nickte. »Eben. Und außerdem ist Eberhard schon verheiratet.« Sie drückte mich noch einmal fest und zog dann in die Küche ab.

Eine Stunde später saßen sieben erschöpfte Singlefrauen in teuren Fummeln an der Theke einer versifften Kneipe in Gerlingen. Es war das erstbeste Etablissement gewesen, das wir nach Verlassen von Gabis Bleibe gesichtet hatten, und nach all den Keksen und Früchtetees brauchten wir dringend etwas Geistvolleres. Ich beendete gerade meine Erzählung.

»Sie bekommt ein Kind von einem verheirateten Mann, der sich nicht für sie scheiden lässt, und gibt der Kleinen *seinen* Nachnamen!«

Alle schüttelten ihre Köpfe.

»Und sie hat ihren Job gekündigt«, ergänzte Sharon. »Stellt euch vor, er hält sie und das Kind aus.«

»Nur so lange, bis seine Frau den Geldhahn zudreht«, warf Grit ein. »Gabi hat ausgeplaudert, dass er sich schon deswegen nicht scheiden lassen kann, weil er einen Ehevertrag hat und das ganze Firmenvermögen ihr gehört. Wenn seine Angetraute ihn in die Wüste schickt, ist er pleite.«

»Sie wird ihn schon nicht in die Wüste schicken«, prophezeite Maren. »Sie konnte ihm keine Kinder schenken und ist froh, dass sich sein Wunsch nach Gen-Weitergabe so geschickt hat lösen lassen.«

»Woher weißt du das?«, wollte ich wissen.

»Die Spitzmündige mit der Strähnchenfrisur und dem Gipsarm hat es mir erzählt.«

»Und woher will die das wissen?«, hakte ich nach.

»Na, das war sie. Das war seine Frau. Ulrike Lehnert«, trumpfte Maren auf.

Wir glotzten sie weitmündig an.

45 Minuten und zwei Bier später wurden wir philosophisch.

»Wenn ich mal Kinder habe, dann klassisch: mit einem Mann, der mir allein gehört!«, verkündete ich.

»Du willst dich fortpflanzen? Gibt es da kein Gesetz gegen?«

Die Runde lachte.

»Ich will keine Kinder, niemals«, erklärte Maren. »Außerdem bin ich eh zu alt.«

»Heute kann man noch mit sechzig Mutter werden – danket der Wissenschaft auf Knien«, lallte Sharon, die sonst nie trank.

Maren nickte. »Das ist einer der Gründe, warum ich denke, dass in diese Welt kein Nachwuchs geboren werden sollte.«

»Ehrlich gesagt, das ist meine größte Angst.« Grit schluckte.

»Was?«, rülpste ich.

»Ungewollt schwanger zu werden. Ich nehme die Pille. Und diesen Schaum. Und natürlich bestehe ich auf Kondome. Aber ich habe trotzdem Angst, es könnte was passieren.«

Wir anderen schwiegen.

»Kennt ihr diese Angst auch?«, fuhr Grit fort. »Ich mag schon gar nicht mehr mit Männern schlafen, weil mich der Gedanke an eine ungewollte Schwangerschaft hemmt.«

»Kein Sex mehr?« Ich verschluckte mich.

»Es geht sehr gut ohne. Mit den richtigen Hilfsmitteln!« Silke, bislang still gewesen, zwinkerte uns zu.

Wir blickten skeptisch.

Silke kam in Fahrt. »Überlegt doch mal: Wir Frauen sind ohnehin das bessere Geschlecht. Wir besitzen geistige und moralische Überlegenheit. Ja doch! Wir müssen uns nicht dauernd selbstvergessen in den Schritt langen. Und wir können mit jemandem vom anderen Geschlecht reden, ohne ihn uns nackt vorzustellen.«

Hm, überlegte ich, nicht wenn es Bruce Willis ist.

»Wir wissen, dass Schokolade wirklich alle Probleme löst. Und wir waren so clever, die *Titanic* als Erste zu verlassen. All das spricht eine deutliche Sprache: Männer sind überflüssig!« Silke triumphierte.

»Aber …«, fing ich an.

»Dafür gibt es Manfred«, unterbrach mich Silke.

»Wer ist Manfred?«

»Das neueste Vibratormodell! Ja, geht ihr denn nicht regelmäßig zur Neuheitenvorstellung in den Frauenerotikladen in Esslingen?«

Werd ich auch alt wie eine Kuh, lern ich doch immer noch dazu – lautete das inoffizielle Motto von Konrad Adenauer und meiner Oma Nölle. Das hat auch mich geprägt.

Wir verabredeten uns alle für Montag nach der Arbeit am Bahnhof Esslingen. Die Sinnkrise auf der Babyparty war vergessen, jetzt wollten wir Manfred kennen lernen.

Ich war wie immer die Erste und lümmelte mich auf einer verdreckten Bank, während ich auf die nächste S-Bahn wartete, mit der sicher die anderen eintrudeln würden. Erst nach fünf Minuten fiel mir die verdächtige Gruppe Trenchcoat- und Sonnenbrillenträgerinnen am anderen Ende des Bahnsteigs auf. Ja, tatsächlich, meine lieben Freundinnen hatten sich als Geheimagentinnen getarnt, um bei ihrem sündigen Unterfangen nicht erkannt zu werden. Sharon trug sogar Handschuhe.

»Seid ihr noch bei Trost?« Ich gesellte mich zu ihnen.

»Manche von uns haben noch einen Ruf zu verlieren.« Grit war schonungslos.

Ich schmollte.

»Jetzt auf, meine Damen«, drängte Silke, »sonst macht der Laden zu.«

Wir stiefelten durch die hübsche Altstadt von Esslingen in Richtung Milchgasse, wo Silke vor einer unscheinbaren, hell gestrichenen Buchhandlung stehenblieb.

»Das sieht ja gar nicht schmierig aus«, sagte Grit.

Grit hat zwar promoviert, aber ihr Weltbild ist immer noch von den Erfahrungen des winzigen Dorfes auf der Schwäbischen Alb geprägt, aus dem sie stammt.

»Wieso soll das schmierig sein?«, ereiferte sich Silke. »Das ist ein ganz normaler Laden, in dem absolut natürliche Bedürfnisse befriedigt werden. Sexualität ist nichts Schlimmes!«

Zwei vorübergehende Girlies applaudierten.

Silke wurde rot. »Rein jetzt«, befahl sie.

Ich stürmte voran.

Es gab erotische Romane und Bildbände, die aktuelle Ausgabe des *Playgirl*, scharfe Unterwäsche, Brüste aus Marzipan, Kondome in allen Größen und Geschmacksrichtungen und jede Menge Spielzeug für alle nur denkbaren Neigungen. Manches, ach was, vieles war auch mir fremd, aber zum Erweitern meines Horizonts war ich ja da.

Während Silke sofort zu Manfreds Klon stürmte und ihn anschmachtete und die anderen verschämt in der Nähe der Eingangstür herumdrucksten, ließ ich mir von der bezaubernden Besitzerin den Ladeninhalt zeigen.

Erst als wir vor Manfred und seinen Freunden zum Stehen kamen, trauten sich auch die anderen näher. Grit und Svenja kicherten albern, Maren war krebsrot, und Sharon hatte einen nervösen Tick, aber keine wollte es sich entgehen lassen, als die Inhaberin uns die Handhabung von Manfred, Ernesto und Billy-Bob näher brachte. Rein theoretisch, versteht sich. Und eigentlich hießen diese summenden Teile auch anders, aber »ein ansprechender Vorname macht die Sache irgendwie persönlicher«, bestätigte auch Silke.

Was soll ich sagen?

Ich entschied mich für den feurigen Ernesto und Maren, Sharon und Svenja erstanden je einen Manfred. Silke, die ja schon glücklich bedient war, kaufte sich einen Bildband, weigerte sich jedoch hartnäckig, uns zu zeigen, welchen der scharfen Bände sie erwählt hatte. Nur Grit hielt sich damenhaft-scheu zurück und wartete draußen, während wir anderen an der Kasse für unsere »Begleiter« löhnten. (Wie wir jedoch später erfuhren, war sie zwei Tage danach, als ihr Torsten auf Dienstreise war, wiedergekommen und hatte Billy-Bob nach Hause entführt.)

In den nächsten Tagen, nun ja, wohl eher Wochen, traf sich der Krimistammtisch nicht. Wir hatten auch untereinander keinen Kontakt mehr. Irgendwie schienen wir alle beschäftigt. Nur Sharon habe ich in dieser Zeit mal tagsüber beim Bücherkauf im Wittwer gesehen. Sie trug so ein entrücktes Lächeln im Gesicht. Und ich wette, ich auch …

Non liquet

(Es ist nicht klar, ob Schuld oder Unschuld vorliegt …)

EIN KAMMERSPIEL

Die Kellnerin	(21) eigentlich Schauspielschülerin, glaubt noch an die große Liebe und daran, dass Erdbeerjoghurt aus echten Erdbeeren gemacht wird.
Die Hausfrau	(44) war früher Krankenschwester, wollte immer den Chefarzt ehelichen, wurde dann aber vom Hausmeister der Klinik schwanger, den sie dann auch heiratete. Lebt von der Erinnerung an ihre Träume.
Der Passant	(37) nach außen hin unheilbarer Optimist, der jedoch heimlich Nietzsche liest.

Der Grauhaarige	(59) ein zwielichtiger Unsympath. Hat er seine Frau ermordet?
Moi	(das wüssten Sie wohl gern) stadtbekannte Wuchtbrumme.

I

Abnehmen? Ich?

Also, bevor ich je wieder in ein Kleid der Größe 38 passe, muss ich tot sein – und das schon eine ganze Weile. Ich bin, die ich bin, weil ich mich systematisch nach oben gegessen habe. Ich bin ein Kunstwerk, jede Speckfalte ist ein Pinselstrich, alles, was wabbelt, ein Sonnett, das dreifache Kinn ein Concerto grosso, wie Robert Morley einmal zu sagen pflegte. Und ebenso wie er bin auch ich in meiner Form ein Meisterwerk!

Dieses epochale Werk will natürlich erhalten werden, weswegen ich Stammgast in diversen Fresstempeln Stuttgarts bin, am liebsten jedoch im *Murrhardter Hof*. Da isses gemütlich, und da bekomme ich schwäbische Spezialitäten, die besten der Welt.

Dunkles Holz allenthalben, jahreszeitlich dekoriert – schwäbisch dezent, versteht sich. Auf der Speisekarte das Beste, was die schwäbische Küche zu bieten hat: Maultascha, Bubaspitzle, Kutteln …

Natürlich werde ich als Stammgästin im *Murrhardter Hof* hofiert ohne Ende, und wenn ich komme, ist immer ein Tisch frei.

»Nein, tut mir Leid, es ist nichts frei, aber Sie können sich gern dazusetzen.«

Die junge Kellnerin war offensichtlich neu.

»Ich sitze nicht gern dazu.«

Die Kleine zuckte mit den Schultern. Sehr freundlich zwar, aber für mich irgendwie nicht befriedigend.

Dazusetzen? Etwa zu dem schmuddeligen Endzwanziger, auf dessen verdrecktem T-Shirt gerade noch die Worte »Freiheit für die Fleckenzwerge« zu entziffern waren? Wohl kaum. Oder zu der verbiestert an ihrem grünen Salat mümmelnden Kurzhaarigen, die in einer Zeitung mit dem Titel – Moment, kurz zur Seite lehnen – mit dem Titel »Fit for Fun« blätterte? Ganz sicher nicht. Blieb nur noch er.

Er war ein sehr ansehnlicher Mann um die Fünfzig, mit vollen grauen Haaren und Grübchen. Ich hatte ihn schon oft hier gesehen, aber wir waren nie ins Gespräch gekommen. Man könnte auch sagen, dass er auf meine Flirtversuche nie eingegangen war, aber ich bevorzuge die Darstellung, dass er immer ohne Brille essen ging und daher nicht sehen konnte, wenn eine rassig-aufregende Venus ihm verführerisch zublinzelte.

»Darf ich mich zu Ihnen setzen?«

Er nickte mir nur kurz zu und winkte gleich darauf die Kellnerin zu sich.

»Das Steak ist nicht durch. Ich hatte aber durch verlangt.«

»Ich bringe es gern noch mal in die Küche.«

Der Grauhaarige nickte zackig militärisch. »Davon gehe ich aus.« Er blickte grimmig. »Ich bitte Sie, Fräulein, ein halbwegs guter Tierarzt könnte dieses Rind hier mit Mund-zu-Mund-Beatmung wieder zum Leben erwecken.«

Die Kleine wurde erst rot, dann röter, und schließlich zog sie mit dem Teller ab.

Ich stand wieder auf und setzte mich zu dem Fleckenzwerg.

Von da an hatte ich den ›grauen Wolf‹ immer im Visier. Selbstredend ohne Blinzelattacke. Gut, wenn sich unser Krimistammtisch im *Murrhardter Hof* traf, wurde meine Aufmerksamkeit auch mal abgelenkt, aber wenn ich allein speiste, konnte ich mich ganz auf ihn konzentrieren.

Er kam nie in Begleitung.

Und verbreitete immer eine dunkle Aura. Nicht, dass ich so was Eso-haftes wie eine Aura hätte sehen können, weder dunkel noch hell, aber wenn er da war, schien das Geplauder gedämpfter, das Licht dunkler, und anwesende Hunde versteckten sich winselnd unter den Tischen.

Ich weiß oft eine Menge mehr, als die Fakten belegen. Und bei diesem Kerl war mir eines klar: Da stimmte etwas nicht!

II

An einem lauschigen Sommerabend geschah es dann.

Die meisten Gäste saßen draußen und beobachteten faul das Treiben auf dem Wilhelmsplatz. Nur er und ich und eine mir unbekannte Mittvierzigerin im grauen Kurzarm-Twinset mit *C&A*-Schal hatten unsere Stammplätze im vorderen Teil des Restaurants eingenommen.

Ich hatte Weinsülze mit Bratkartoffeln bestellt. Lecker!

Er, sichtlich kein Genussmensch, zersäbelte grob und lustlos seine Kässpätzle.

Die junge Kellnerin, mittlerweile bestens eingearbeitet, erkannte an meinem durstigen Augenbrauenwackeln und dem wilden Schwenken meines leeren Glases, dass ich noch eine große Apfelschorle wollte, und brachte mir flugs das Gewünschte.

Dann eilte sie nach draußen, um an dem Tisch mit den Beamten aus dem nahe gelegenen Jugendamt, die immer gemeinsam das Wochenende im *Murrhardter Hof* einläuteten, abzukassieren.

Es war neunzehn Uhr null zwo. Das weiß ich noch ganz genau.

Denn in diesem Augenblick ging die Welt unter.

Nur bildlich gesprochen, versteht sich, sonst könnte ich ja jetzt nicht von den nachfolgenden Ereignissen Zeugnis ablegen.

Ich habe schon so manches Sommergewitter miterlebt, aber eine so plötzlich unter Blitz und Donner einsetzende Sintflut ließ selbst mir den Unterkiefer nach unten klappen.

Die Kellnerin schaffte es mit einem gewagten Hechtsprung gerade noch auf die Treppe und hinein ins Restaurant. An ihren Rockschoß klammerte sich ein zufällig vorbeikommender Passant. Die Beamten spülte es jedoch mitsamt Stühlen und Tisch in Richtung Hauptstätter Straße hinunter. Das Hupen des Feierabendverkehrs und das Geschrei der Passanten ging in dem Regenschauer unter, aber die entsetzten Gesichter, die vor den Scheiben vorbeigeschwemmt wurden, sprachen Bände.

»Meine Güte«, hechelte der klatschnasse Passant.

Die Kellnerin reichte ihm ein Geschirrhandtuch. »Hoffentlich geht es dem Chef gut«, meinte sie, »der wollte nur mal schnell zur Bank.«

Der Wind schlug mit lautem Knall ein Fenster zu.

»Ach Gott, und mein Werner ist ganz allein zu Haus.« Die Unbekannte im Twinset presste sich die zusammengeballte Faust in den Mund.

»Keine Sorge«, beruhigte ich sie, »der Kleine hat doch bestimmt ein PC-Spiel oder ein Horrorvideo, mit dem er sich jetzt in Ruhe vergnügen kann.«

»Werner ist mein Mann!«, wurde ich schnöde korrigiert.

Der Grauhaarige grunzte.

Der Passant kicherte.

Na, das konnte ja heiter werden.

III

Um neunzehn Uhr elf fiel der Strom aus.

Ich erwähne das nur, damit Sie verstehen, warum unser bunter Haufen eng aneinander gepresst an dem kleinen Tisch gleich links neben dem Eingang kauerte.

Durch die Scheiben sah man nur noch Wasser. Womöglich war das gar kein Gewitter, sondern Atlantik und Nordsee waren aufgrund der polaren Eisschmelze über die Ufer getreten, und Stuttgart lag jetzt auf dem Grund des Meeresbodens eines frischgeborenen Giganto-Ozeans.

Die Kellnerin hielt immer noch tapfer das Handy in der Hand, mit dem sie ihren Chef hatte erreichen wollen. Aber das Netz war zusammengebrochen, und auch das gute alte Standtelefon brachte nur das Besetztzeichen. Es gab kein Fernsehgerät, und die Batterien im Radio des Kochs waren leer, darum fühlten wir uns vom Rest der Welt abgeschnitten.

Ich würde ja gern sagen, dass so eine Notsituation zusammenschweißt, aber dem war nicht so.

»Wenn ich hier schon im Licht einer mickrigen Kerze sitze, dann möchte ich wenigstens einen guten Schoppen dazu«, nölte der Grauhaarige, obwohl sämtliche Kerzen des Hauses flackerten und der Flutlichtbeleuchtung im

Gottlieb-Daimler-Stadion ernsthaft Konkurrenz machten. »Bringen Sie mir mal die Weinkarte.«

Die Kellnerin sprang auf.

»Können Sie nicht freundlicher sein?«, erkundigte sich der Passant.

»Sie soll sich ihr Trinkgeld ruhig verdienen«, fuhr ihn der Unsympath an.

»Ich ertrage das nicht!« Das Twinset zerrte an ihrem *C&A*-Schal, als ob er ihr die Luftröhre abdrückte. »Ich leide an Klaustrophobie!« Sie sah uns vorwurfsvoll an. »Wir werden hier drin alle ersticken.«

Ich tat meine Meeresboden-Theorie kund. Das Twinset wurde bleich, fing an zu würgen und verschwand in Richtung Damenklo. Tja, ich hab's immer noch drauf.

»Ich heiße übrigens Eilert-Christian Fehrenbach«, stellte sich der Passant vor. »Lebenskünstler von Beruf.«

Die Kellnerin und ich schüttelten ihm die Hand. Der Grauhaarige ignorierte uns und stierte in die Weinkarte.

»Ich studiere Schauspiel. Das Kellnern mache ich nur nebenbei«, sagte die Kleine schüchtern. »Ach so, also, ich bin die Elsa.«

»Elsa? Klingt nach Kuh«, meckerte der Grauhaarige. »Bringen Sie mir einen Uhlbacher Trollinger.«

Elsa sah ihn durchdringend an. Aber sie blieb ganz Profi. »Gern.« Sie drehte sich zu uns um. »Was darf es für Sie sein?«

Eilert und ich bestellten je ein Haller Löwenbräu. Ich aus Verbundenheit mit meiner alten Heimat, stamme ich doch schließlich aus Schwäbisch Hall, er, weil er es echt gern trank, wie er verlauten ließ.

Das Twinset kehrte von der Toilette zurück. Mit einem Stück Papierhandtuch tupfte sie sich den Mund ab. Irrte ich mich, oder schien sie um zwei Kilo leichter?

»Wir haben uns gerade vorgestellt.« Eilert bemühte sich wirklich um eine entspannte Atmosphäre. Er machte uns bekannt.

»Margarethe Raff.« Sie streckte uns ihre noch leicht feuchte Hand hin. »Eigentlich *von* Raff, aber in den unsäglichen Wirren der Nachkriegszeit wurde der Familie meines Mannes der Adelstitel aberkannt. Und das Gut im Osten ging auch verloren.« Sie seufzte auf.

»Raff wie Raffzahn?«, mutmaßte daraufhin der Grauhaarige. »Kein Wunder, haben sich die Massen erhoben.«

»Ich muss doch bitten!« Die gute Margarethe klang höchst indigniert, dabei sollte sie dem Unsympath dankbar sein – er ließ sie zumindest ihre Klaustrophobie vergessen.

»Kenne ich Sie nicht?«, fuhr sie fort. Frau Raff nahm eine Kerze und fuchtelte dem Grauhaarigen damit vor der Adlernase herum.

»Natürlich!« Sie triumphierte. »Ihr Foto war letztes Wochenende in der *Sonntag aktuell*!«

»Hui, wir teilen uns diesen Tisch mit einem Prominenten?« Echte Begeisterung drang durch Eilerts Worte.

»Oh nein«, stellte Frau Raff richtig. »Dieser Mann hat seine Frau ermordet!«

IV

»Hugo Dörrbrink! Oder Dörrbach? Jedenfalls ist er Fotograf. Vor ein paar Jahren ist seine zweite Frau bei einer Wanderung im Gran Canyon in den Tod gestürzt. Ihr Bruder hat immer gesagt, dass es Mord war, aber der hier«, Frau Raff zeigte mit einem anklagenden Finger auf den Grauhaarigen, »der hier hat den trauernden Witwer gemimt, der sein Leben riskierte, um sie zu retten, und dann doch gegen das Schicksal verlor. Da es keine Zeugen gab, kam der Fall nie zur Anklage. Aber seine erste Frau ist vor einem guten Jahrzehnt ebenfalls im Urlaub ums Leben gekommen. Das kann doch kein Zufall sein!«

Der Grauhaarige schlürfte lautstark seinen Trollinger. »Haben Sie den Artikel auswendig gelernt?«, war sein einziger Kommentar.

»Mit einem Mörder kann ich nicht an einem Tisch sitzen!«

»Das ist, wie mit jedem anderen Menschen auch: Man stellt sich vor den Stuhl, lässt die Beine einknicken und schon sitzt man.«

Dörrbrink alias Dörrbach war offensichtlich nicht völlig humorlos.

Eilert schürzte die Lippen. »Ganz schön starker Tobak«, sagte er und nahm einen kräftigen Schluck aus der Löwenbräuflasche. »Und? Was haben Sie zu Ihrer Verteidigung zu sagen?«

Ich fuhr meine Ohren aus.

Der Grauhaarige lächelte.

»Glauben Sie ernsthaft, ich breche wimmernd zusammen und gestehe alles, bloß weil eine unbefriedigte Nur-Hausfrau mit dem Finger auf mich zeigt?«

»Ich arbeite halbtags!«, empörte sich Frau Raff. »Und wir haben einen großen Garten!«

Eilert schüttelte den Kopf. Er ignorierte Frau Raffs Zwischenrufe, ganz auf den Unsympath konzentriert. »Sie haben doch sicher etwas zu sagen. Meinetwegen, wie man als Unschuldiger in die Mühlen des Gesetzes gerät.«

»Ich würde lieber hören, ob der perfekte Mord tatsächlich möglich ist«, meldete ich mich zu Wort.

»Wie geschmacklos!«, bäffte der Raffzahn.

Der Grauhaarige lächelte mich an. Dann streckte er seine Arme aus und betrachtete seine Pianistenfinger.

Wir anderen schwiegen.

»Sehen Sie diese Hände?«, fragte er. »Sind das die Hände eines Mörders?«

Ich spitzte die Lippen. Schwer zu sagen.

Elsa nickte heftig.

Frau Raff und Eilert blieben reglos.

»Schon in meiner Jugend wollte ich Fotograf werden«, fuhr Dörrbrink fort. »Dank meiner ersten Frau, einer reichen Erbin, kam ich in exotische Länder in Asien und Afrika. Zu meinem eigenen Vergnügen?« Er lächelte in sich hinein. »Ja, sicher. Aber auch, um Fotos von den Kindern dieser Welt zu schießen. Die Menschen auf das Leid aufmerksam zu machen. Sie kennen sicher das Foto, mit dem ich beim UNICEF-Fotowettbewerb den dritten Preis erzielte?«

Er zog ein Foto aus seiner Brieftasche. Es zeigte drei Buben aus Sierra Leone beim Fußballspiel, wie er uns erläuterte, einer hatte nur noch einen Arm, die beiden anderen jeweils nur noch ein Bein. Opfer von Tretminen.

»Meine erste Frau starb ebenfalls durch eine solche Mine. Zu diesem Zeitpunkt hatten wir ihr Erbe bereits durchgebracht. Habe ich sie ermordet? Sie nicht gewarnt, obwohl ich wusste, dass es sich um einen Sperrbezirk handelte?«

Er lächelte uns diabolisch an. Das Handy in Elsas Hand klingelte. Offenbar tat es das Netz jetzt wieder. Sie schaltete das Handy ab.

»Kurz darauf lernte ich meine zweite Frau kennen. Auch sie von Haus aus reich. Und obwohl wir nie in Luxus reisten, war auch ihr Geld bald aufgebraucht. Meine Fotos mit dem Leid dieser Kinder wollte kaum jemand kaufen.

Zu deprimierend, hieß es immer. Aber diese Arbeit war mir wichtig. Ich durfte sie nicht aufgeben. Bin ich deshalb mit meiner Frau in den Grand Canyon gefahren, um sie sterben zu lassen, um den Weg frei zu machen für eine neue Erbin?«

Draußen hörte man Feuerwehrsirenen. Der Regen schien nachzulassen.

»Habe ich sie an den Abgrund gelockt? Vermeintlich, um ein Foto zu machen – in Wirklichkeit, um ihr den Todesstoß zu versetzen? Hing sie vielleicht noch an einem Wurzelstrunk, flehte mich um Hilfe an? Habe ich ihr Staub in die Augen geschüttet, damit sie, in einer Reflexbewegung, den Strunk loslässt und in den Tod stürzt?«

Wir waren alle bleich geworden.

Frau Raff atmete heftig.

»Können diese Hände töten?« Er streckte nochmals die Hände aus. Dann sah er uns an.

»Sehen Sie die vielen Muttermale auf meiner Haut? Sind gar keine Muttermale. Melanome. Krebs. Im Endstadium. Ich habe nur noch drei Monate. Maximal.« Er schlürfte noch etwas Trollinger. Uns anderen war der Durst vergangen.

»Deswegen wird die Maschinerie der Staatsanwaltschaft auch nicht angeworfen. Lohnt sich nicht. Man müsste von Glück reden, wenn ich am ersten Prozesstag noch am Leben wäre.«

Er holte weitere Fotos heraus. Kinder aus aller Welt, verstümmelt, missbraucht, mit ängstlichen Augen.

»Das sollte mein Vermächtnis sein.« Seine Stimme brach. »Ich hatte schon einen Verlag gefunden, der einen Bildband nur mit meinen Fotos veröffentlichen wollte. Aber jetzt weigert er sich, den Vertrag zu unterschreiben – wegen der negativen Publicity.«

Elsa wischte sich mit dem Ärmel ihres neongrünen Pullovers über die Augen.

Eilert kippte stumm den Rest seiner Bierflasche.

Nur Frau Raff presste die Lippen aufeinander. »Mein Gott, wie ergreifend. Mit solchen Rührstorys kommt mein Walter auch immer an, wenn er mal wieder von einer Hausmeisterkonferenz nach Hause kommt und nach Parfüm riecht.«

V

In diesem Moment wurde die Tür aufgerissen. Der Chef vom *Murrhardter Hof* stürmte herein. Klatschnass.

»Was für ein Wetter!«, keuchte er. »Ist hier alles in Ordnung?«

Wir erfuhren, dass draußen das Chaos tobte.

Aufgrund der Kessellage der schwäbischen Metropole fluteten die Wassermassen von den Hängen und sammelten sich auf den großen Durchfahrtsstraßen und in den Unterführungen. Die S-Bahnen verkehrten nicht mehr, die Tunnels an der Konrad-Adenauer-Straße waren für den Verkehr gesperrt.

Doch ein Ende war in Sicht. Der Regen ließ sichtlich nach, und kaum hatte der Chef seinen Katastrophenbericht beendet, gab es auch wieder Strom.

Es betraten sogar zwei Gäste das Restaurant, Sachbearbeiter aus dem SPD-Büro von gegenüber, die den Wilhelmsplatz todesmutig überquert hatten. Ihr Appetit auf den Rostbraten war stärker als ihre Angst vor möglichen Schlammlawinen und Flutwellen. Ich sage doch, im *Murrhardter Hof* kann man köstlich essen.

Unsere kleine Beichtgruppe fiel auseinander. Elsa kümmerte sich um die Neuankömmlinge, und Frau Raff, die in der Olgastraße wohnte, wollte rasch heim zu ihrem Walter und entschwand.

Eilert und Herr Dörrbrink erhoben sich gleichzeitig.

»Tja, aufregender Abend«, meinte Eilert. »Tschö denn«, rief er uns noch über die Schulter zu.

»Wiedersehen.« Dörrbrink legte zwei Scheine auf den Tisch, dann schüttelte er mir die Hand.

Das Geld langte gerade für das, was er verzehrt hatte. Für das Bier von Eilert musste ich löhnen.

VI

Ich sah den Grauhaarigen nie wieder. Auch Eilert und Frau Raff verblichen in der Erinnerung.

Ein knappes halbes Jahr später trudelte ich mal wieder als Erste unseres Krimistammtisches ein. Die anderen würden erst in einer halben Stunde kommen, also bestellte ich mir eine große Apfelschorle. Es war einer der Abende, an denen Elsa bediente.

»Ach hallo, schön, Sie wiederzusehen«, begrüßte sie mich.

»Gleichfalls. Und? Schon ein Engagement in Aussicht?«

Gute Frage. Elsa strahlte. »Das ist heute mein letzter Tag hier. Ich habe ein Engagement im THEATER DER MITTE.«

Ich lächelte wissend in mich hinein. »Gratuliere!«

»Ich bin so glücklich. Ich spiele den Schrei in dem Stück *Der Wahnsinnige und das Mädchen.*«

Den Schrei? Nur nicht nachfragen.

Elsa lief kurz zur Theke, dann eilte sie zurück und reichte mir einen braunen, wattierten Umschlag. Er trug meinen

Namen, c/o *Murrhardter Hof*. Absender: eine Anwaltskanzlei.

»Erinnern Sie sich noch an diesen merkwürdigen Menschen? Diesen Fotografen? Damals, als es so furchtbar gewitterte? Der ist gestorben. Ich hab's in der Zeitung gelesen. Und zwei Wochen später kam dann dieser Umschlag für Sie.«

Ich starrte den Umschlag an. Seine gesammelten Fotos? Eine Bombe?

Es war dann doch nur eine Filmrolle. Die ich natürlich entwickeln ließ. Noch am selben Abend. Bei *Quickfoto*, die haben bis zwanzig Uhr geöffnet.

Auf dem Film war nur ein einziges belichtetes Bild. Von einer Brünetten, die sich mit schreckgeweiteten Augen an einen Wurzelstrunk klammert. Unter ihr der Grand Canyon.

Posthum kam ein Jahr darauf ein vieldiskutierter und später auch mehrfach preisgekrönter Bildband von Hugo Dörrbrink heraus, *Kinder dieser Welt*.

Ich habe mir das Buch nie gekauft.

Hunc hominem decet auro expendi

(Dieser Mensch sollte mit Gold aufgewogen werden …
aber keine Angst, ich werde beim Wiegen nur hauchzarte, megaleichte Unterwäsche tragen)

Ich stand in einem rubinroten Bügel-BH mit Tülleinsatz am Dekolleté (Größe 105, D-Cup) und einem dazu passenden Miederstring mit Viskoseglanz (75 % Polyamid, 19 % Elasthan) mitten auf dem Schillerplatz in Stuttgart und fror mir den üppig gerundeten Hintern ab. Es war Sonntag früh, sieben Uhr.

Nein, es war keine Vorbereitung auf einen *Peta*-Einsatz, von wegen lieber im Dessous als im Pelz. Und nein, ich war nicht nach durchzechter Nacht halb bekleidet aus der Wohnung eines mir fremden Mannes geflohen.

Es herrschte mal wieder Ebbe in der Kasse, und ich jobbte als Fotomodel für Übergrößen. Dass die Aufnahmen im Freien und nur in Unterwäsche stattfinden würden, hatte die Agentur irgendwie vergessen zu erwähnen.

Vor mir hüpfte Helge, machomäßig in der Lederkutte auf jung getrimmt, mit der Kamera herum und quatschte mir einen Knopf an die Backe.

»Du kannst das, ja, ja, ja. Mach ein Hohlkreuz. Den rechten Arm schlängelst du am guten, alten Schiller hoch. Prima. Die Hüften mehr nach vorn. Super. Gib alles. Ja, ja, ja!«

Ich schmiegte mich wie eine Odaliske an die a…kalte, taubenverkackte Statue und zwang mir ein verführerisches Lächeln ins Gesicht.

Wir waren nicht allein. Frühe Kirchgänger auf dem Weg zur Messe, ein paar Junkies, zwei Streifenbeamte und ein Kerl in der Uniform der öffentlichen Verkehrsbetriebe (der im übrigen verstohlen fotografierte und die Bilder sicher zu Hause übers Bett nagelte, bäh) – wir hätten Eintritt verlangen sollen. Außerdem war da noch Bine, Helges Anhängsel (Kleidergröße 36, zweifelsohne *Schiesser*-Feinripp, gestreift), die warm eingemummelt und noch im Halbschlaf auf einem Campinghocker saß und dampfenden Kaffee schlürfte.

Schließlich nahm Helge die Kamera herunter. »Wir machen eine Pause. Schätzchen, du hast da ein paar Haare unter dem Kinn. Rasier die dir mal ab.«

Das spärliche Publikum johlte. Ich verschwand im bereit stehenden Wohnwagen, der mir als Umkleide diente. Ich kochte. Das würde dieser überhebliche Fatzke mir büßen. Dem würde ich es heimzahlen. Mit Zinsen. Und Zinseszinsen. Grrrr. Rache!

Doch jemand anderer nahm mir die Arbeit ab.

Montag früh stand in der Zeitung, dass der Fotograf Helge K. in seiner Dunkelkammer von einem oder mehreren Unbekannten ermordet worden war.

Ich war gerade beim Bügeln – meine liebste Haushaltspflicht, gleich nach Zehennägel einzeln ausreißen und den Kopf gegen eine Betonmauer rammen –, als Bine anrief.

Sie stellte sich zwar nicht vor, aber aus dem lang anhaltenden Geheule und Geschluchze schloss ich, dass sie es sein musste.

»Er ist tot!«, jammerte sie. Aha, also keine Zeitungsente.

An dieser Stelle sollte ich vielleicht einwerfen, dass sich Bine und Helge gerade mal eine knappe Woche gekannt hatten. Eine Disco-Bekanntschaft. Er hatte sie mit seiner üblichen Anmache geködert: *Hey, du siehst klasse aus – ich bin Fotograf, ich kann dir zur Weltkarriere verhelfen, blablabla.* Folglich hielt ich ihren Schmerz zwar für echt, aber er galt weniger dem Menschen Helge, als vielmehr dem tragischen Umstand, dass jetzt niemand mehr da war, der ihre Weltkarriere fördern wollte.

Doch wie üblich war das ein Fehlschluss meinerseits.

»Ich war dabei, als er ermordet wurde!«, schrie Bine urplötzlich.

Ich fuhr zusammen. Sprach ich gerade mit einer Komplizin? Sollte ich zeitgleich über Handy die Polizei verständigen?

»Er wurde ermordet, als wir miteinander telefonierten!«, jammerte Bine weiter. »Was soll ich denn jetzt tun?«

»Erst mal tief durchatmen. Und dann einen Tee aufsetzen. Ich bin in einer Viertelstunde bei dir.«

Wer glaubt, dass man in fünfzehn Minuten von der Stuttgarter Innenstadt in den vorortgelegenen Kümmelweg kommt, denkt jetzt noch mal nach.

Erst mit der Linie 9 bis in den Vorort Hedelfingen, dann in den Bus der Linie 63 bis in den Vorort Heumaden. Dann per Pedes die richtige Hausnummer gesucht und wegen galoppierender Kurzsichtigkeit zweimal an der richtigen Adresse vorbeigelatscht.

Als ich endlich auf den Klingelknopf drückte, war es eine Stunde später, und mein leuchtend grüner Overall (darunter gelb-rot-karierter Baumwollslip mit passendem BH, Maschinenwäsche bei 30°) war völlig durchgeschwitzt. Nicht, weil es heiß gewesen wäre, im Gegenteil, der Spätsommer fiel in diesem Jahr relativ kühl aus, sondern vor ängstlicher Erregung.

»Wer ist da?«, flüsterte es hinter der Eingangstür.

»Ich bin's, Bine, mach auf!«

Bine öffnete die Tür millimeterbreit und lugte durch den Spalt, als ob sie sicherstellen wollte, dass nicht irgendein mordlüsterner Außerirdischer, einem perfiden Plan folgend, meine Stimme angenommen hatte.

Hinter ihr bellte es Unheil verkündend.

Nach erfolgter Blickinspektion sank mir Bine zitternd in die Arme, und ihr Dackel verbiss sich in die Schnürsenkel meiner Stiefeletten.

»Gottseidank, endlich bist du da. Ich bin völlig am Ende.«

Wir gingen durch einen langen, schmalen Flur in ein *Neckermann*-Wohnzimmer: rustikale Schrankwand (Front Eiche massiv, Korpus furniert), zwei Drei-Sitzer (inklusive Kippschlaffunktion) und ein nussbaumfarbener Couchtisch (höhenverstellbar). Auf Letzterem standen zwei zarte Teetassen mit etwas Grüntee. Die Höflichkeit gebot, dass ich einen Schluck nahm. Der Tee war kalt. Und mein Mund danach voller Teeblätter.

»Jetzt erzähle bitte der Reihe nach«, murmelte ich und zuselte mit der Zunge die Blätter zwischen meinen Zähnen hervor.

Bine hob den Dackel vom Boden – wobei Stücke meiner Schnürsenkel unsanft mitgerissen wurden – und drückte ihn an sich.

»Helge hat mich gestern Abend angerufen. Er war total aufgeregt. Er hatte gerade die Dessous-Fotos vom Morgen entwickelt und dabei offenbar etwas entdeckt.«

»Was denn?« Dass mir nicht nur am Kinn, sondern auch in den Nasenlöchern Haare wuchsen und sich dieses wildwuchernde Gestrüpp nicht wegretuschieren ließ?

Bine schluchzte. »Das konnte er mir nicht mehr sagen, weil es an der Tür klingelte. Er sagte noch, bleib dran, dann hörte ich Schritte und ...« – schluchz, schluchz, verschluck, röchel, hust, neuerlich schluchz – »... und einen Schrei!«

Ich hatte endgültig alle Blätter zurück in die Tasse entsorgt. »Das ist echt schrecklich. Hast du das auch der Polizei erzählt?«

Bine nickte. »Ich habe gleich die eins-eins-null angerufen. Aber als die Beamten bei ihm eintrafen, war er schon tot.« Ihre Tränen flossen jetzt in Strömen, und der Dackel widmete sich schwanzwedelnd der Sysiphus'schen Aufgabe, die Flut aufzulecken.

»Sie sagen, es war ein Raubmord«, jammerte Bine.

Tja, möglich, dachte ich bei mir. Doch dass ein bekannter Fotograf just in dem Moment von einem zufälligen Raubmörder abgeschlachtet werden sollte, in dem er nach eigener Aussage eine wichtige Entdeckung gemacht hatte, passte so gar nicht in meine Denke.

Bine, Attila (der Dackel) und ich machten uns folglich auf den Weg in die Lindenspürstraße. Bus 63, Stadtbahn 9 und den nicht unbeträchtlichen Rest zu Fuß. Das deckte so in etwa mein Gesamtfitnessprogramm für einen Monat ab. Ach was, für ein halbes Jahr.

Die Tür zu Helges Wohnung war noch amtlich versiegelt, aber das focht uns nicht weiter an. Mich schon gar nicht, es waren schließlich *Bines* Schlüssel und *ihre* Fingerabdrücke und die Haare *ihres* Dackels. Ich würde im Zweifelsfall leugnen, jemals einen Fuß über die Schwelle gesetzt zu haben.

Was uns empfing, war nicht Unordnung, sondern Chaos. Die einstmals bestimmt todschicke Wohnung glich nun einem Möbellager nach dem Ausverkauf: aufgeschlitzte

Kissen, abgesplittertes Holz, Glasscherben. Und in der Dunkelkammer war es noch schlimmer.

»Was wurde denn gestohlen?«, erkundigte ich mich angesichts eines edlen Designer-Discmans, der auf etwas Blumenerde und Rosenthalporzellanscherben ruhte. Bine, die vergeblich versuchte, Attila von dem gammeligen, auf dem Boden verstreuten Kühlschrankinhalt wegzuzerren, zuckte mit den Schultern.

»Das weiß man nicht. Man vermutet, dass der Typ nur das Bargeld mitgenommen hat.«

Hm. Und dafür so ein Aufstand? Kissen aufschlitzen, Kühlschrankinhalt ausleeren, Fotos zerschnipseln – und das alles in einer Wohnung, die einen förmlich anschrie, dass alles Bargeld des Besitzers auf Schweizer Nummernkonten ruhte beziehungsweise in diversen Aktienfonds arbeitete.

Und das war dann der Moment, in dem mir auffiel, dass in der Dunkelkammer weder Fotos noch Negative zu finden waren.

Ich suchte noch eine geschlagene Stunde die gesamte Wohnung ab. Nichts. Kein einziges Foto. Nicht mal ein Jugendbild mit der Pfadfindergruppe. Mehr Beweise brauchte ich nicht, um sicher zu sein, dass es sich hier keinesfalls um einen zufälligen Einbruch mit Todesfolge handelte.

Wir wollten schon gehen – Bine bekam langsam Muffensausen, und Attila drückte die Blase –, da kam mir noch die Idee, die Schränke und Tische in der Dunkelkammer zu verrücken. Wahrscheinlich weibliche Intuition.

Jedenfalls fand ich nach einem kurzen Möbelrückintermezzo hinter einem kleinen Schrank mit länglichen Schubladen ein fertig entwickeltes Foto. Viel war darauf nicht zu erkennen: Die rechte Hand von Schiller, mein linkes Ohr, meine linke Brust, ein paar rubinrote Dessousspitzen und dahinter der Torbogen, der zur Stuttgarter Königstraße führt und in dem sich zwei wackere Passanten einem Morgenspaziergang hingaben. Dennoch – es war ein Beweisstück, also steckte ich es ein. Nicht filmreif in den BH, sondern ganz profan in meine Umhängetasche.

»Was willst du denn damit?«, erkundigte sich Bine.

Ich lächelte diabolisch. »Den Mörder überführen!«

Es lag doch auf der Hand, oder? Industriespionage! Ein konkurrierender Dessoushersteller wollte sich Einblick in die Firmengeheimnisse verschaffen. Helge wehrte sich und bezahlte die Loyalität zu seinem Auftraggeber mit dem Leben. Bin ich brillant oder was?

Ich begab mich also gleich am nächsten Vormittag zu der entscheidenden Figur in der Vorstandsetage der *Röslein Wäsche und Wirkwaren GmbH*. Nein, nicht zum Geschäftsführer, sondern zu seiner Sekretärin.

Erst wollte mich Frau Kunkel-Schumm abwimmeln, weil sie glaubte, ich wolle mich um ein neues Shooting bemühen, aber als ich ihr meine Theorie mitteilte, guckte sie erst verdutzt, dann heiter, dann lachte sie lauthals und zu guter Letzt bat sie mich auf eine Tasse Kaffee in die Besucherecke.

Frau Kunkel-Schumm, im eleganten champagnerfarbenen Kostüm (Größe 44, darunter zweifelsohne ein prüder weißer Entlastungsbody mit dezenten Spitzenblenden am Beinausschnitt), goss kichernd die feine Krönung in die beiden Hutschenreuther-Tassen.

»Industriespionage?«, gurgelte sie fröhlich, wenn auch unchefsekretärinnenhaft. »Köstlich. Industriespionage!«

Ich blickte pikiert. »Das ist doch sonnenklar. Die Raubmordtheorie ist lächerlich – sämtliche wertvollen Gegenstände befinden sich noch in der Wohnung. Der oder die Täter waren ausschließlich auf der Suche nach Fotos!«

»Meine Liebe«, Frau Kunkel-Schumm hatte sich wieder gefasst und wurde mütterlich, »die Zahl der Firmen in Deutschland, die sich auf Unterwäsche für Übergrößen spezialisiert haben, lässt sich an einer Hand abzählen.« Sie nahm einen Schluck Kaffee, und natürlich spreizte sie den kleinen Finger ab. »Ich kenne sie alle, und glauben Sie mir, selbst wenn man sich hin und wieder eine Trend-Idee abguckt, morden würde dafür keiner.«

Ich blickte skeptisch auf meine Kaffeetasse, die wirbelnde Dampfpartikel zur Decke hochschickte. Bevor ich etwas einwenden konnte, fuhr Frau Kunkel-Schumm mit ihrer Abschmetterungstaktik fort. »Und dann ausgerechnet unsere rubinrote Tüllserie – wir haben da nur neue Fotos machen lassen, damit die Kundinnen nicht merken, dass es sich um Ladenhüter aus der vorigen Saison handelt. Nein, nein, nein, meine Teure, Ihre Theorie ist absolut abwegig.«

Sie schlug die Beine übereinander, und ich sah, dass sie keine Strumpfhose, sondern nur Nylonkniestrümpfe trug. Ich musste mir von einer, die zum Businesskostüm hautfarbene Nylonkniestrümpfe trug, sagen lassen, meine kühlen, deduktiven, eines Sherlock Holmes würdigen Berechnungen seien abwegig.

Wie tief konnte ich noch sinken?

Auf diese Schmach hin nahm ich ein spätes Frühstück im Café de Planie. Mein Stammplatz unter der Dix-Kopie war an diesem Horrormorgen natürlich besetzt, ebenso mein zweitliebster Stammplatz auf der kleinen Empore.

Die Zeitung, die ich mir unterwegs gekauft hatte, brachte auch nur Unangenehmes: Tarifstreitigkeiten, Preisabsprachen, Inflation der Arbeitslosenzahl, Doping-Skandal,

Kinderschänderprozess – und das war nur die Titelseite des Lokalteils.

Na, wenigstens waren meine Eier im Glas lecker.

Doch der Fall ließ mich nicht los. Lag ich wirklich so daneben? Ging es gar nicht um die Fotos? War Helge womöglich von einer der vielen essgestörten Schnepfen gemeuchelt worden, denen er eine Megakarriere versprochen hatte, nur um sie flachzulegen?

Ich zog das Foto aus meiner Tasche. Ja, ich sah gut aus, wie ich mich leichtbekleidet an den steinernen Dichterfürsten schmiegte. Jede Rundung wurde formvollendet betont. Ich habe noch nie verstanden, warum manche Frauen edle Unterwäsche für überflüssig halten. Oder sie ausschließlich zu Verführungszwecken trugen. Falls mich mal ein plötzlicher Infarkt niederstrecken sollte, würde der herbeigerufene Notarzt beim Öffnen der Oberbekleidung auf aufregende Dessouswaren stoßen, an diesem Tag beispielsweise auf einen Bügel-BH mit dunkelroten Spitzeneinsätzen im oberen Cup-Bereich und zartem Rosendruck im unteren Cup-Bereich, dazu ein passender Miederslip, atmungsaktive Qualität, ebenfalls mit Rosendruck.

Schon gut, ihr in die Jahre gekommenen Mitstreiterinnen für das Frauenrecht: Ich habe auch mal die Kultivierung von Achselhaaren und Körpergeruch für ein zwingend vorgeschriebenes, politisches Statement aller Feministinnen gehalten, damals, in den Siebzigern, als ich noch Afrolook und Latzhose favorisierte (und diese unsäglichen Minislips, die einem immer in die Pospalte rutschten).

Ich lächelte das Foto an: Wie gut, dass frau lernfähig ist. Heute bin ich selbstbestimmt und sehe trotzdem gut aus. Edle Unterwäsche verwandelt eben jede Frau in eine rassige Sirene.

Apropos Sirene. Irgendwo weit hinten in meinen grauen

Zellen bimmelte eine Alarmglocke. Das Foto wollte mir etwas sagen. Nur was?

Ich beugte mich etwas tiefer. Tja, meine Zeit als Häuptling Adlerauge war doch schon vorbei, ich brauchte eine Lupe. Da der Kellner mir diesbezüglich nicht helfen konnte, eilte ich zum nächstbesten Schreibwarenladen.

»Wollen Sie die Lupe nun kaufen oder nicht?«, fragte der Verkäufer pampig, nachdem ich satte fünf Minuten durch eine Riesenlupe probegeguckt hatte.

»Oder nicht!«, erwiderte ich und marschierte schnurstracks zur Polizei.

Hach, wohlig aufseufz, ich sehe nicht nur göttlich gut aus, ich bin auch ein echt schlaues Kerlchen.

Der Torbogen auf dem Foto, der den Blick auf einige Passanten freigab, erwies sich als Schlüssel zur Lösung im Mordfall Helge K. Der Blick durch die Lupe hatte mir offenbart, dass es sich mitnichten um frü haufstehende Spaziergänger handelte, sondern um zwei Männer, die augenscheinlich einen festen Handschlag tauschten. Zwei einflussreiche Wirtschaftsbosse, deren Gesicht mir aus dem Lokalteil der Zeitung mächtig bekannt vorkam: Sie waren der illegalen Preisabsprache bezichtigt worden. Der Handschlag auf dem Foto sprach Bände. Auch ihr Gesichtsausdruck: Offensichtlich hatten sie in dem Moment, als Helge den Auslöser drückte, bemerkt, dass sie bei ihrem schnöden Akt wohl fotografiert wurden.

Einer der beiden brach dann beim Verhör auch prompt zusammen und gestand, dieses »Problem mit den Fotos aus der Welt geschafft zu haben«. Das ausführende Organ, ein Osteuropäer, war untergetaucht, aber der Drahtzieher kam in den Knast.

Gott, wie ich es liebe, wenn ich der Gerechtigkeit mal

wieder in den Sattel verhelfen konnte. Und die Dessouswaren vom Shooting durfte ich auch behalten. Ja, das Leben kann so schön sein! Ob ich schon mal meine Dankesrede für die Verleihung des Bundesverdienstkreuzes einübe?

P.S.: Als ich Bine telefonisch mitteilen wollte, dass ihr verblichener Lover gerächt worden war, fragte sie nur »Helge wer?«. Sie hatte mittlerweile einen Neuen an der Angel, der sie ganz groß rausbringen würde. *Vogue*. *Cosmopolitan*. *Otto*-Katalog. Ganz bestimmt!

Fahrstuhl zur Hölle

(Etwas, was die alten
Römer noch nicht kannten,
wofür sie echt dankbar sein sollten …)

Morgens halb zehn in Deutschland. Muntere Menschen, allesamt gut drauf, legen ihr Tagewerk beiseite und eine Frühstückspause ein. Sie lächeln fröhlich. Alle. Nur nicht die sieben, die mit mir zwischen dem zweiten und dritten Stock des Einwohnermeldeamtes in Stuttgarts Eberhardstraße im Aufzug eingeschlossen waren.

»O Gott, wir werden alle sterben!«

Der Doris-Schröder-Köpf-Verschnitt klammerte sich mit dürren Fingerchen an einen Bodybuildertypen im Blaumann.

»Jetzt seien Sie doch nicht albern. Die deutschen Aufzüge sind die sichersten der Welt!«, dozierte ein Brillenträger mit karierter Fliege von ganz vorn.

Unsere Nerven lagen blank. Es gab keine Sprechanlage. Nur uns und das unbewegliche Stück Metall, in dem wir festsaßen. Schon seit unendlich langen dreißig Sekunden.

»Mami, ich muss mal.«

Wir hatten ein Kind an Bord. Eine entzückende Fünfjährige mit blonden Engelslöckchen in einem Tigerentenkleidchen.

»Jetzt nicht, Schatz«, säuselte lieblich die Mami, die vielleicht auch mal blonde Engelslöckchen besessen hatte, jetzt aber einen blau gefärbten Irokesenschnitt bevorzugte, der sehr gut zu ihrem Tarnanzug und den Springerstiefeln passte.

»Nun, am besten stellen wir uns einander vor«, schlug der Fliegen-Brillen-Träger vor.

»Warum das denn?«, nölte die Mami, plötzlich gar nicht mehr so lieblich klingend.

»Hätten Sie Ihren Knigge gelesen, wüssten Sie, dass der Anstand das verlangt.«

Punk hin, Stiefel her, hier wurde eine Mitschwester verunglimpft. Ich meldete mich von hinten links zu Wort.

»Knigge hat keine Silbe über korrektes Verhalten in einem Aufzug verloren!«

Alle Augen wandten sich zu mir.

Was soll ich sagen: Ich war unausgeschlafen, ungewaschen und ungekämmt. Ich bitte Sie: halb zehn!

Alle Augen wandten sich wieder ab. Das Wort *Sozialhilfeempfängerin* waberte unausgesprochen in der spärlichen Aufzugsluft. Dabei wollte ich nur meinen Reisepass verlängern lassen. Ob ich das richtigstellen sollte?

»Mein Name ist Dr. Volker Rosch«, erklärte der Brillen-Fliegen-Träger.

Der untersetzte Mann neben dem Doris-Schröder-Kopf-Verschnitt stellte sich auf die Zehenspitzen und streckte seinen rechten Arm aus. Nein, nicht zum Gruß. »Dann können Sie sich vielleicht mal meinen Furunkel hier ansehen.«

Wir anderen rückten etwas ab.

»Ich bin kein Humanmediziner!«, stellte Rosch richtig.

»Was?«

Der Furunkelträger war wohl schwerhörig.

»Humanmedizin!«

»Ach, Zahnmedizin. Dann schauen Sie sich doch mal gleich den Zahn hier an, der wackelt …«

»Dirk, ich bitte dich, er kann das von da drüben doch gar nicht sehen«, rief Doris, die offenbar zum Furunkelträger gehörte, auch wenn sie sich immer noch in den Bodybuilder verkrallt hatte.

»Das macht doch nichts«, beschwichtigte Furunkel-Dirk und nahm sein Gebiss raus. »Hier, der da wackelt.«

Langsam wurde es ungemütlich.

»Zu Hilfe!«, donnerte ich lauthals.

Die anderen sieben zuckten entsetzt zusammen.

Dirk ließ seine Zähne fallen.

Es herrschte kurz eisiges Schweigen.

»Ich heiße Pucki«, meldete sich da ein kleines Stimmchen aus Bodennähe. Die kleine Engelslocke lachte uns alle fröhlich an. Das bewahrte mich zweifelsohne vor dem Gelynchtwerden durch meine Mitgefangenen.

»Hallo Pucki«, sagte Rosch, der offenbar doch menschliche Züge besaß.

»Ich bin Tarek abd el Kalek«, meldete sich der Letzte von uns acht zu Wort, ein junger, südländisch aussehender Mann in Jeans und Lederjacke.

Ich lachte laut auf. »Ja klar!«

Schon wieder schwappten bäd vibrations in meine Richtung.

»Frechheit! Wie können Sie über den Namen dieses Herrn hier lachen! Ich dulde keine fremdenfeindlichen Bemerkungen in diesem Aufzug.« Klein-Doris funkelte mich böse an. War ich denn die Einzige, die in dem Namen eine herrliche Kunstfigur des begnadeten Komikers Kaya Yanar erkannt hatte? Oder war das vielleicht tatsächlich ein gängiger Name in arabischen Breiten? Oi.

Tarek abd el Kalek blinzelte mir zu.

Hm. War das jetzt verschwörerisch? Oder verhieß das Blutrache?

Ich drückte mich noch etwas weiter in meine Ecke.

»Mami, ich muss mal«, piepste Pucki neuerlich.

»Gleich, mein Spatz.«

»Ich muss aber mal nötig! Und zwar jetzt!« Das Kind würde dereinst wunderbar zu seinen Springerstiefeln passen.

»Jetzt mach sich doch mal einer für die da draußen bemerkbar«, schalt uns die Mutter.

Bitte, ich hatte es ja versucht, aber da hatte es noch keiner hören wollen.

»Alle gemeinsam«, erklärte Dr. Rosch. »Auf drei. Eins, zwei, drei!«

»Zu Hilfe!«

»Hallo!«

»Hierher!«

»Rettet uns!«

Es war trommelfellzerfetzend.

»So geht das nicht!«, donnerte Dr. Rosch. Wir müssen schon alle dasselbe rufen. Wir rufen also ›Zu Hilfe‹. Eins, zwei, drei.«

Dr. Rosch rief laut ›Zu Hilfe‹.

Als Einziger.

Dirk suchte zwischen unseren Beinen immer noch nach seinem Gebiss. Beziehungsweise nach dem wackelnden Zahn, der nun nicht mehr wackelte, sondern sich den Weg in die Freiheit erkämpft hatte.

Doris flüsterte dem Bodybuilder irgendwas ins Ohr, der daraufhin breit grinste.

Die Punk-Mutter brachte ihrem Kind bei, wie man durch passende Muskelkontraktionen die Blase verschließt. So sah es zumindest aus.

Tarek blinzelte mir zu. Ein nervöses Muskelleiden?

»Ja, so wird das aber nichts«, ereiferte sich Dr. Rosch.

»Wir sollten uns alle setzen. Dann sind die Verletzungen beim Aufprall nicht so schwer«, säuselte Doris.

»Hier setzt sich keiner! Und es wird keinen Aufprall geben!« Dr. Rosch transpirierte.

Der Bodybuilder, der allem Anschein trotzend doch des Sprechens mächtig war, zog eine Plastiktüte aus seinem Overall. »Ich habe hier Eierbrötchen. Will jemand eines?«

Ja klar, Eierbrötchen. Genau das Nahrungsmittel, das ich nach langer Gärzeit in der feuchttropischen Achselhöhle eines Zweimetermannes gern meinem Lieblingsfeind angeboten hätte.

Nur Doris griff zu. »Hm, wie lecker.«

»Verdammt, Helga, wenn du so auf den Boden krümelst, finde ich meinen Zahn nie«, erboste sich Dirk von unten.

»Mann, jetzt machen Sie doch Ihre Frau nicht so an«, warnte der Muskelmensch.

»Hey, was guckst du!«, rief der Ledertürke fröhlich.

»Würden Sie sich jetzt, verdammt noch mal, alle zusammenreißen!«, polterte Dr. Rosch mit auf und ab hüpfender Fliege am Hals.

»Mami, ich kann's nicht mehr halten«, rief Pucki.

»Nur noch eine Sekunde, Schatz!«

»Hallo, ist da jemand drin?«

Endlich. Rettung nahte!

Als Tobias L. aus S., 34, Hausmeister und Hobbyradrennfahrer, gegen 9 Uhr 57 die Türen von Aufzug zwo aufstemmte, bot sich ihm ein erschreckendes Bild, das sich bis ans Ende seiner Tage in seine Netzhaut einbrannte.

Schreiende Menschen, ein nass gestrullertes Gebiss, überall Eierbrötchenkrümel, eine abgerissene Fliege und ein nicht-botanisches Veilchen.

Und hinten links, als Berg der Ruhe inmitten des Chaos,

eine ungekämmte Unausgeschlafene, die sich von einem knackig aussehenden Halbaraber eine Telefonnummer in ihren abgelaufenen Reisepass kritzeln ließ und dabei gurrend lachte.

Morgens zehn Uhr in Deutschland.

Und wieder beginnt ein wunderbarer Tag!

Lege artis

(*Nach allen Regeln der Kunst*
oder:
Knapp daneben ist auch vorbei …)

Die Regierung des Landes Baden-Württemberg
und
Die Landeshauptstadt Stuttgart

geben sich die Ehre
zur Verleihung der Medaille

Moralisches Vorbild des Jahres

mit anschließendem Stehempfang

am Samstag, 27. Oktober, 19 Uhr 30
in den Weißen Saal des Neuen Schlosses
einzuladen.

Es wird gebeten, diese Einladung als
Einlasskarte mitzubringen und vorzuweisen.

Um Antwort wird mit beiliegender Karte
gebeten.

Es konnte sich natürlich nur um ein Versehen handeln. Die Regierung des Landes Baden Württemberg und Die Landeshauptstadt hatten mich noch nie zu irgendwas eingeladen. Und ein Blick auf die Antwortkarte bestätigte: Es war eine Verwechslung. Irgendwie hatte sich über den Namen des eigentlichen Empfängers – eines bekannten Gynäkologen – mein Name geschlichen. Also, wenn die Regierung meinen Namen überhaupt irgendwo gespeichert hatte, dann auf einer schwarzen Liste. Schließlich hatte ich mich in meiner wilden Jugend für die schwäbisch-weibliche Version von Che Guevara gehalten, Rathausmännerklos gestürmt und *Alle Macht den Frauen* über die Pinkelbecken gesprüht. Aber mit den Jahren war ich solider und ruhiger geworden. Nur mit den geltenden Regeln der Machthabenden nahm ich es noch immer nicht sehr genau, weswegen ich nicht einfach beim Protokollamt anrief und den Irrtum richtigstellte, sondern mein Sparschwein knackte und loszog, um mir den passenden Fummel zu kaufen.

Nach einer kurzen Zitterpartie würde der hühnerbrüstige Opa am Eingang, der einen Gewalttäter nie und nimmer hätte aufhalten können, mich nach einem Blick auf die Einladungskarte als Betrügerin entlarven und laut schreiend die versammelten Promis auf meine Schandtat aufmerksam machen? – gelangte ich am Abend des 27. Oktober in den rechten Seitenflügel des Neuen Schlosses.

Natürlich starrten mich trotzdem alle an. Das bin ich gewöhnt.

Ich trug hautenge Leggings aus Glitzerstoff, dazu ein noch hautengeres Top aus demselben Stoff, und darüber einen weiten, transparenten Überwurf mit Paillettenmuster. Ich war groß, ich war breit, ich war schillernd. Und ich war overdressed.

Wie sich herausstellte, trug die moderne Frau von heute bei der Verleihung einer Medaille für beispielhaftes moralisches Verhalten ein schlichtes Businesskostüm. Einem Herrn, der stirnrunzelnd auf mich zutrat, hauchte ich entgegen: »Ich bin die künstlerische Einlage«, dann stob ich durch die Menge hinauf in den ersten Stock und zum Weißen Saal.

Der Weiße Saal ist nicht reinweiß, sondern hat eierschalenfarbene Vorhänge, graue Stühle und einen grauen Läufer. Nur der Stuck an den Wänden ist weiß.

Ich rauschte wie ein Eisbrecher durch die Anwesenden und suchte einen Stuhl ohne Reservierungszettel. Da ich in der ersten Reihe anfing, wurde das ein wenig peinlich, denn reserviert war bis fast ganz hinten.

Ich kurvte also im Zickzack durch die Reihen, fegte mit meinem Transparentüberwurf so manches Programmheft von den Stühlen und zog eine Duftspur von *Emporio Armani* hinter mir her. Schlussendlich saß ich direkt vor der Kabine mit dem Simultandolmetscher.

Verleihung der Medaille
Moralisches Vorbild

Es sprechen:

Dr. Hanna Bofinger
Leiterin der Bofinger-Stiftung

Dr. Baldur Häuble
Oberbürgermeister der
Landeshauptstadt Stuttgart

Professor Dr. Dr. Dr. Erwin Kallfass
Präsident des Moralvereins Deutschland

Hollingsworth Doolittle
Preisträger des diesjährigen Friedenspreises
des Deutschen Buchhandels

Märchenerzähler Tobias Bracke

Preisverleihung an Julius Rosenberg

Der Raum füllte sich von da an nur langsam. Erst nachdem zwei Mädels in altmodischer Dienstmädchenuniform alle Fenster geöffnet und für Frischluft gesorgt hatten, kam Bewegung in die Menge. Meine Reihe blieb merkwürdigerweise frei, obwohl einige der feinen Damen und Herren auf den breiten Fenstersimsen Platz nehmen mussten.

Der Weiße Saal ist dummerweise flach angelegt, nicht ansteigend wie ein Hörsaal, weswegen man von der hintersten Reihe aus nur mit Mühe die kleinen Figuren weit vorn auf der niedrigen Bühne ausmachen konnte. Vor mir erhob sich ein Meer aus Glatzen, Plautzen und kahlen Schädeln, nur selten unterbrochen von den dieses Jahr so angesagten Kurzhaarwuschelfrisuren einiger weniger Damen.

Aus Ermangelung sinnvoller Beschäftigung spielte ich ein wenig mit diesen Übersetzungsgeräten, die auf sämtlichen Stühlen lagen. Wozu brauchte man die? Nur für diesen Friedenspreisempfänger? Wenn Roger Whitaker deutsch vom Blatt singen konnte, ohne die Sprache überhaupt zu sprechen, dann musste das ein Friedenspreisempfänger doch auch können.

Ich riss die Plastikhülle auf, mit der die Kopfhörer hygienisch einwandfrei verschlossen waren, und stöpselte mir die knollenförmigen Stecker in die Ohren. Da noch keiner redete, übersetzte auch niemand, und mir schlug nur ein kratziges Rauschen entgegen. Bis zu dem Moment, ungefähr zwei Sekunden später, als urplötzlich der Bass des Simultandolmetschers trommelfellzerfetzend durch meinen Kopf jagte. Ich glaube, ich habe aufgeschrien, woraufhin sich die Reihen vor mir ungnädig umdrehten und die Rednerin, Frau Bofinger, in ihrer Begrüßung innehielt. Ich guckte blasiert zurück und stellte den Ton leiser.

Natürlich waren alle deutschen Redner staubtrocken – die als Moderatorin völlig fehlbesetzte Industriellentochter, der bis zur Selbstaufgabe servile Oberbürgermeister und der verschwurbelt philosophierende Moralapostel mit Professorentitel. Sie faselten von hohen ethischen Normen, von der inneren Verpflichtung zum Guten, die wir alle hätten, von Mahatma Gandhi und Mutter Teresa. Ich hätte möglicherweise wohlwollender gelauscht, wenn ich nicht zufällig haargenau gewusst hätte, dass der Bofinger-Konzern – dessen Gründertochter eine Stiftung mit Sitz in Kanada ins Leben gerufen hatte, um jedes Jahr mehrfach steuerlich absetzbar in ihr Ferienhaus auf Momsen-Island vor Vancouver zu fliegen – es mit dem Umweltschutz sehr locker nahm, was ihm auch problemlos gelang, weil der Oberbürgermeister und sein Kegelkumpel, der Innenminister, schützend ihre Hände über den Konzern hielten. Und das letzte Buch des Tübinger Professors Kallfass über das menschliche Zusammenleben im neuen Jahrtausend hatte ich auch gelesen: Es war frauenfeindlich.

Nur der Amerikaner war lustig. Ein ellenlanger Kerl im gestreiften Anzug mit Ellbogenschützern, den sogar ich, hinten auf den billigen Plätzen, noch gut ausmachen konnte.

Er fing damit an, dass die Liebe zum Nächsten nicht zu theoretisch behandelt werden dürfe, deshalb bat er uns alle, aufzustehen und unsere Nebensitzer zu umarmen. Unter großem Hallo und viel Gelächter fiel sich die Stuttgarter Prominenz in die Arme. Da ich allein in meiner Reihe saß, drehte ich mich zur Dolmetscherkabine und zum Mischpult des Tontechnikers um. Der Tontechniker hechtete in die Kabine, und der Dolmetscher verriegelte hinter ihm die Tür. Dann machten die beiden Jungs auf beschäftigt. Ha! Kostverächter!

Ich verstehe Amerikanisch ja sehr gut, aber als Kollegin wollte ich einfach mal hören, wie der Simultandolmetscher seine Sache machte. Er machte sie nicht schlecht. Genauer gesagt, machte er sie beneidenswert gut. Noch dazu hatte er eine vorbildliche Aussprache. Ich stöpselte mich wieder aus. Dieser Mensch verursachte mir Minderwertigkeitskomplexe.

Doolittle sprach sehr anregend über sein Verständnis von Moral, das zufälligerweise auch das meine war. Leider sprach er viel zu kurz, und da kündigte Frau Dr. Bofinger auch schon die künstlerische Einlage an: Den Märchenerzähler Tobias Bracke aus Villingen-Schwenningen mit seiner Sprechversion der West-Side-Story als Parabel auf das moralische Elend der Welt.

Der Raum wurde abgedunkelt, und die riesigen kreisrunden Kronleuchter, die aussahen wie Kristall-Ufos an langen Eisenstangen, gingen aus.

Im Scheinwerferlicht trat ein Mann auf die Bühne. Er spielte Blockflöte. Es sollte wohl eine arabische Melodie sein. Offensichtlich hatte Mami ihm das Kostüm geschneidert, wie sich eine Mami eben einen arabischen Umhang mit Turban so vorstellt.

Er flötete sich zu einem Barhocker in der Mitte der Bühne, setzte sich und fing an, mit großen Gesten zu erzählen. Auf Deutsch. Zumindest eine Art von Deutsch. Zweifelsohne sein Heimatdialekt. Was sprach man da unten in Villingen-Schwenningen? Alemannisch? Suaheli? Ich verstand kein Wort. Schnell stülpte ich mir wieder den Kopfhörer ums Kinn – auf Englisch würde ich mehr verstehen.

Der Dolmetscher musste sich jedoch total ausgepowert haben. Er war in der Tat so mies, dass ich mich umdrehte und in die Kabine spähte. Merkwürdig, er las vom Blatt ab. Und das stockend. Sehr stockend. Und mit starkem deutschen Akzent. Es war ein großes Blatt, von dem er da so erstklässlerhaft ablas, und das Blatt hatte noch viele Geschwisterchen. Ich rutschte etwas tiefer auf meinem Stuhl und dachte über ein kleines Nickerchen nach.

In diesem Moment griff sich der Märchenerzähler an die Brust, röchelte lautstark und rutschte vom Barhocker.

Der Dolmetscher in seiner schalldichten Kabine merkte erst, dass es nichts mehr vorzulesen gab, als die Lichter im Saal angingen.

Mich überkam eine merkwürdige Zen-Ruhe. Ein Déjà-vu-Gefühl. Ich sitze stoisch auf meinem Stuhl und denke nach. Ja, ich hatte schon genug plötzliche Todesfälle erlebt, um zu wissen, dass ich es hier mit Foul play zu tun hatte: offenbar Schalldämpfer. Oder ein südamerikanischer Giftpfeil – hatte ich alles schon erlebt.

Die Menge war wie erstarrt. Ich wusste, was ich zu tun hatte.

»Mord!«, gellte ich, »ein Mord!«

Da kam auf einmal Leben in die Bude. Alles rannte, rettete, flüchtete. Ein paar Männer schrien auf, ein paar Frauen kreischten.

Dr. Bofinger hauchte in ihr Mikro »O Gott, o Gott, o Gott«.

Oberbürgermeister Häuble versicherte in Richtung der Kameras, dass alles unter Kontrolle sei – leider ohne Mikro, ich schloss die Botschaft nur aus seinen Lippenbewegungen und den Beschwichtigungsgesten.

Prof. Dr. Dr. Dr. Kallfass, Vorsitzender des Moralvereins, machte Mund-zu-Mund-Beatmung am Märchenerzähler. Ich hatte das zwar seinerzeit im Rote-Kreuz-Kurs für Ersthelfer anders gelernt, aber vielleicht war die Methode »mit Zunge« der letzte Schrei in moderner Wiederbelebung.

Es gab zwar zwei Notausgänge, aber vor denen standen zuhauf Fernsehkameras und Fotojournalisten. Darum strömte die Masse Mensch in ihrer Gesamtheit zum einzigen noch zur Verfügung stehenden Ausgang an der Haupttreppe, der unter diesen Umständen zum Nadelöhr wurde und die entsprechende Bibelstelle mit dem Kamel trefflich illustrierte.

Früher hätte so ein einzelner Toter nicht gleich eine Massenpanik hervorgerufen, aber die weltpolitische Lage machte aus jedem Zwischenfall gleich einen mutmaßlichen Terrorakt. Darum zerrten feiste Honoratioren den Matronen vor ihnen die Haarteile vom Kopf, und eben volljährig gewordene Zweitfrauen rammten ihren greisen Männern die spitzen Ellbogen in die Seite.

Alle wollten sie raus aus diesem Saal. Auch der Dolmetscher. Ein durchschnittlich großer, durchschnittlich aussehender Mittdreißiger im marineblauen Anzug mit gelber Krawatte. Ein Umstand, der mich ein klitzekleines bisschen verblüffte, weil ein durchschnittlich großer, durchschnittlich aussehender Mittdreißiger in marineblauem Anzug mit gelber Krawatte und identischen Gesichtszügen in selbigem Moment noch in der Dolmetscherkabine saß.

Mir ward Erleuchtung zuteil. Ein Zwilling!

Darum auch die höchst unterschiedliche Sprachbeherrschung. Ich schoss in die Höhe und drehte mich zur Kabine um. Der Dolmetscher zuckte zusammen, sah mir in die braunen Schicksalsgöttinnenaugen und ergriff die Flucht. Er war nur halb so schwer wie ich und konnte darum etwas agiler durch die Stuhlreihen flitzen.

»Haltet den Mann auf!«, schrie ich, aber die Meute war anderweitig beschäftigt.

Doch als es darum ging, sich einen Weg durch die Menschenmassen zur Tür zu bahnen, konnte ich rasant schnell aufholen. Er war vergleichsweise eine Nussschale, ich dagegen ein Zerstörer mit den Ausmaßen der Queen Mary. Direkt hinter der Tür, noch am oberen Ende der Treppe, hatte ich ihn eingeholt.

»Nicht so schnell, Freundchen!«, befahl ich und packte ihn am marineblauen Kragen.

Doch hinter uns drückten noch Hunderte nach, und er glitschte mir aus den Fingern.

Ich hinterher.

In Höhe des Treppenabsatzes sah ich seinen Bruder, der es schon bis in den Vorraum geschafft hatte.

Diese beiden würden mir nicht entgehen! Ein diabolischer Plan mit einem perfekten Alibi: Während der eine Zwilling aus welchem Grund auch immer den Märchenerzähler umnietete, sorgte der andere Zwilling für das Alibi, indem er in der Dolmetscherkabine brav seinen Dienst versah. Ha! Ich würde dieses mörderische Duo seiner gerechten Strafe zuführen!

Ich war bei genug Rock-Konzerten gewesen, um zu wissen, dass man sich ruhig mit Schmackes in die Menge werfen kann. Wenn die Leute so eng beisammen stehen, kommt man nicht zu Schaden.

Ich holte also tief Luft, sammelte all meinen Mut, ging leicht in die Knie und federte dann schwungvoll ab.

Tja …

Bitte stellen Sie sich die folgende Szene in Zeitlupe vor: Etwa zweihundert Stuttgarter Promis, die in wilder Panik eine spätbarocke Steintreppe hinunterhechten, dazwischen ein kleines blaues Männchen mit schreckgeweiteten Augen. Darüber schwebt – wir stellen uns dazu die Horrorklänge aus »Der weiße Hai« vor – darüber schwebt also, einem Blauwal gleich, nur nicht in Blau, sondern silbern glitzernd und mit Pailletten, eine Frau mittleren Alters, die mit verzerrtem Gesicht »Banzai!« brüllt und dann mit einem dumpfen PLOPP auf ihre Mitmenschen knallt, darunter ein hochrangiger Funktionär des VfB, ein leitender Controller von Daimler Chrysler und die führende Galeristin der Stadt Stuttgart.

Es gibt bestimmt ein physikalisches Gesetz, das erklärt, warum die von mir auf der Treppe platt gedrückten Prominenten nicht einfach liegen blieben, sondern eine Eigendynamik entwickelten und ihrerseits in die Knie der Vorauseilenden rollten.

Um es kurz zu machen: Das Ganze ähnelte einem Weltrekordversuch im Dominosteinchenumstürzen – wir hätten gewonnen: Bis hinaus auf den Schlossplatz kippten alle um.

Einige versuchten noch, sich an der Garderobentheke festzuhalten oder hinter den Sesseln der Lobby Schutz zu suchen, aber das war zwecklos.

Und kurz bevor mich ein Zweihundert-Kilo-Mann in einem Anzug mit Fischgrätmuster unter sich begrub, sah ich noch, dass die beiden fiesen Zwillinge ebenfalls im Gewühle der Leiber verschüttet wurden.

»Haltet die Dolmetscher auf«, konnte ich noch röcheln, dann wurde alles dunkel.

Ich wachte in einem Krankenhaus auf den Fildern wieder auf. Man hatte uns nach Bekanntheitsgrad auf die Notaufnahmen der Stuttgarter Krankenhäuser verteilt, und mich kannte keiner. Außerdem war ich nicht so schwer verletzt wie viele andere, die Knochenbrüche, Gehirnerschütterungen und Quetschungen davongetragen hatten.

Ich hatte ein paar Hautabschürfungen und eine angeknackste Rippe. Die behandelnde Assistenzärztin, offensichtlich noch minderjährig und ohne Berufserfahrung, wickelte mir – taub gegen meine Schmerzensschreie – eine Art Streckverband um die Leibesmitte.

»Meine Güte, da muss ja ganz schön was los gewesen sein im Neuen Schloss«, wandte sie sich im Smalltalkstil an mich.

Ich blickte sie nur aus waidwunden Augen an.

»Massenpanik«, fuhr sie fort. »Wir haben ja leider nur die leichten Fälle bekommen.« In ihrer Stimme lag echtes Bedauern.

»Wissen Sie«, krächzte ich und räusperte mich, »wissen Sie, was aus dem Toten wurde?«

»Was für ein Toter?«

Die Frau war offensichtlich eine Subalterne und nicht umfassend informiert worden.

»Die Massenpanik wurde durch einen Todesfall auf der Bühne ausgelöst. Der Märchenerzähler …«

Ich hielt inne. Was interessierte das diese Nichtsahnende, die hier auf den Fildern, weitab von der Metropole, nur ihre Nachtschicht versah.

»Ach, der Märchenerzähler«, lachte die Weißbekittelte heiter. »Herzinfarkt. Ein ganz leichter. Nicht weiter schlimm. Den haben wir hier in Bett vier. Er hat Schwester Ursula vorhin in den Hintern gekniffen. Der kommt garantiert durch, keine Sorge.«

»Aber …«, müpfte ich auf.

»Ehrlich, der schafft das. Kennen Sie ihn?«

»Nein.«

»Wissen Sie, es heißt, eine Frau habe die Massenpanik ausgelöst.«

»Tatsächlich?« Ich setzte mein Unschuldslammgesicht auf.

»Ja, schlimm, wenn sich Frauen nicht im Griff haben.« Die Ärztin klang jetzt ärgerlich. »Das trägt nur wieder zu diesem Weibchenimage bei.«

Ich nickte. »Ganz genau! Furchtbar, diese hysterischen Schnepfen! Kann ich jetzt gehen?«

Die Stuttgarter Tagespresse berichtete sehr ausführlich über diese »entsetzliche Tragödie, die glücklicherweise kein Menschenleben forderte«.

Der Märchenerzähler, der keineswegs so jung war, wie ich gedacht hatte, fand ausführliche Erwähnung. Er würde den Mini-Herzinfarkt überleben und konnte am folgenden Wochenende schon wieder seine nächsten Erzählabende abhalten.

Die diversen Blessuren der Promis wurden einzeln aufgeführt.

Auch der Umstand, dass offenbar eine Frau mit dem Ruf »Ein Mord! Ein Mord!« diese Panik ausgelöst hatte, fand Eingang in den Blätterwald. Die Behörden versuchten herauszufinden, wer für diese schnöde Tat verantwortlich war. Da Einlass nur mit schriftlicher Einladung gewährt worden war, glaubte man sich sicher, die Schuldige schnellstmöglich aufzuspüren. Im Verdacht stehe ein Gynäkologe, der jedoch hartnäckig abstritt, mit dieser Sache etwas zu tun zu haben. Allerdings hatte er kein Alibi, und in seinem Kleiderschrank hatte man diverse Frauenkleider in seiner Größe gefunden, darunter auch ein silbernes Lamékleid.

Und die Täterin war von verlässlichen Zeugen, nämlich einem Zwillingsbrüderpaar, das bei städtischen Ereignissen dieser Art immer zu zweit Dolmetscher- und Übersetzeraufgaben wahrnahm, als »schillernd« beschrieben worden, als »schillernd – auf eine abwegige Art und Weise und mit einem teuflischen Blick«.

Hmpf.

Ehrlich, hätte man den Gynäkologen irgendwie rechtlich belangt, ich hätte mich gemeldet. Aber er wurde einfach nur von der Einladungsliste des Oberbürgermeisters gestrichen. Und das hält mein Gewissen aus.

Sic transit gloria mundi!

(*So vergeht der Ruhm der Welt*
oder: Wie meine makellose Schönheit auf ewig geschändet wurde …)

»Wie, Herz? Ich dachte, Sie sagten Nerz!«

Glauben Sie mir, das sind die Worte, die Sie am wenigsten hören wollen, wenn Sie mit entblößtem Hinterteil bäuchlings auf einer Pritsche in einem Tätowierstudio liegen. (Wahlweise geht auch: »Ich wette, niemand merkt, dass ich das zum ersten Mal gemacht habe.« Gulp.)

Natürlich hatte ich HERZ gesagt, ich hatte sogar eine süße, kleine Vorlage mitgebracht, auf der sich wappenmäßig eine Lilie um das pochende Organ rankte. Ent-zück-end! Es hatte was von einem französischen Adelswappen und … und es kann Ihnen ja egal sein, mit welchem Bild ich meine Rückfront zieren wollte. Mir aber nicht.

»Herz! Ich wollte ein HERZ!«

»Alle Frauen haben ein Herz. Sie haben aber doch gesagt, Sie wollten was Außergewöhnliches.«

»Alle Frauen haben eine Rose. Zumindest an der Stelle. Am Oberarm kann es auch gern mal was Abstraktes oder ein chinesisches Schriftzeichen sein. Ich finde ein Herz außergewöhnlich genug. Und so ein Nagetier ist mehr als außergewöhnlich – es ist pervers!« Mein hysterischer Sopran gellte durch das Tätowierstudio. Eine der Kundinnen in der Warteecke machte sich unauffällig davon.

Langsam reichte es mir. Der Mann hatte zweifelsohne einen IQ im mehrstelligen Minusbereich. Wieso nur hatte ich mich ihm überhaupt anvertraut?

Ich wollte nie zu den dümmlichen Schnecken gehören, die sich mit 16 ein »I love Waldemar« auf den Podex tätowieren lassen und zehn Jahre später viel Geld ausgeben, um es sich weglasern zu lassen – nachdem sie zwischenzeitlich mit Jochen, Denis, Thomas, Steffen und dem schmucken Burschen aus der Land-Disco, der sich eigentlich nie richtig vorgestellt hatte, nur im Dunkeln und in der Missionarsstellung Sex hatten.

Aber ein namenloses Herz ist unvergänglich und passt immer. Als ich mir also kurz vor meinem Vierzigsten mit viel Vino eine Liste zusammenzimmerte, was ich in meinem Leben alles noch nicht ausprobiert hatte (und machbar sowie finanziell erschwinglich war – Lambada mit Markus Schenkenberg in Acapulco musste leider wegfallen), stand »ein Tattoo« ganz oben – und natürlich musste es dieses klassische Herz sein, das ich in einem mittelalterlichen Stundenbuch aus dem Burgund entdeckt hatte, welches ich seinerzeit auf dem Damenklo im ersten Stock der Württembergischen Landesbibliothek entdeckt und eingesteckt hatte.

Die Suche nach einem geeigneten Tätowierstudio gestaltete sich schwierig. Ich kannte nur die versiffte Bude etwas außerhalb des Stadtkerns, auf deren Schaufenster die Worte »Letzte Tätowiermöglichkeit vor der Autobahn« stand und aus deren Tür immer Truckertypen und Motorradlederheinis traten, wenn ich mal vorbeikam. Witziger Spruch, aber so mutig war ich dann doch wieder nicht.

Dann entdeckte ich im Bohnenviertel ein unscheinbares

Studio, das von einer wirklich schicken Endzwanzigerin geführt wurde, deren Piercings, Brandings und Tattoos sich in Grenzen hielten und die auch kein Leder trug, sondern ein Strickkleid mit rosa Anti-Brustkrebs-Schleife am Kragen. Ich reichte ihr meine Vorlage, sie nickte und gab mir einen Termin.

Doch als ich dann an einem Freitagnachmittag kam, hielt nicht *sie* die Nadel in der Hand, sondern ein Typ, den man am liebsten nur mit antibakteriellen Feuchttüchern angefasst hätte. »Ich bin der Beste«, versicherte er mir, dann drückte er mich auf die Pritsche. »Machen Sie sich frei.«

Er war mindestens zwei Meter groß, wog zweifelsohne eine Tonne und blickte finster.

Na, da hatte ich mich eben frei gemacht.

»Geld zurück ist nicht«, erklärte das Tätowiermonster und verschränkte die massigen Arme.

Aus der Soundanlage trällerte Frank Sinatra *I've got you under my skin.*

»Dann malen Sie was drüber!«, befahl ich, mehr oder weniger am Ende meiner Kraft. Ich bitte Sie – ein puscheliger Nager auf meinem Edelpopo. Für den Rest meines Lebens!

»Das muss erstmal abheilen«, wurde ich beschieden.

»Wie? Abheilen?«

Das Monster ging zu einem riesigen Designer-Kühlschrank und holte sich ein Import-Bier raus. Er kippte es in einem Zug weg und warf die Dose in einen Pappkarton, der bis zum Rand mit verwandten Dosen gefüllt war. *Weißblechrecycling* hatte jemand mit Marker und in Schönschrift auf den Karton gekritzelt. Na bravo, mein Tätowiermonster hatte mich zwar in volltrunkenem Zustand auf ewig verunstaltet, aber zumindest lag ihm die Umwelt am Herzen.

Apropos Herz.

»Ich rühre mich hier nicht von der Stelle, bis dieses Problem aus der Welt geschafft ist!«, deklamierte ich bühnenreif und setzte mich auf.

Gaaaaanz schlechte Idee.

Mein Hintern schmerzte so sehr, dass ich zur gefügigen Maid mutierte. Ich verlangte nicht mal mehr, die Geschäftsführerin zu sehen, sondern biss mir nur leidend auf die Unterlippe. Das Tätowiermonster rieb irgendeine glitschige Salbe auf dieses blutige Desaster, das mal meine rechte Gesäßbacke gewesen war, und pappte anschließend ein Stück Mullbinde drauf.

»Das muss jetzt ein bis zwei Wochen gut abheilen. Den Verband regelmäßig wechseln, damit er nicht festklebt. Klar? Und ich empfehle diese tierversuchsfreie Wundsalbe, damit es schneller heilt.« Er hielt mir ein unscheinbares Salbendöschen entgegen.

Ich nickte nur.

»Sitzen ist jetzt erst mal nicht. Und am besten schlafen Sie die ersten Nächte auf dem Bauch.«

Diese winzigkleine Änderung meiner liebgewonnenen Alltagsverhaltensweisen war mir vor meinem Entschluss, meinen Körper permanent verzieren zu lassen, natürlich nicht gekommen.

»Ich kann doch unmöglich den ganzen Tag stehen!«, mäkelte ich.

Er glotzte mich an, wie ein Mathelehrer eine Abiturientin anglotzt, die in der mündlichen Prüfung erstmal überlegen muss, was die y- und was die x-Koordinate ist. (Habe ich selbst erlebt, ich kenne also diesen Blick). »Na, Sie können sich ja auch hinknien«, schlug er vor und ging zur Tür. »Der Nächste!«

Abgang des Opfers.

Ich hatte niemandem von meinem Plan erzählt, nicht mal meiner besten Freundin Sophie. Die hatte sich nämlich schon Mitte der Siebziger einen Totenkopf auf ihr Schulterblatt meißeln lassen und mir zwischenzeitlich ungezählte Male vorgehalten, wie schmerzhaft diese Prozedur gewesen sei. Bei einem Hungerhaken wie ihr wunderte mich das auch nicht weiter, da lag die Haut ja pufferlos direkt auf den Nerven auf. Bei mir war jedoch eine exzellente Schutzschicht aus Fettzellen vorhanden, die keinen Schmerz durchlassen würde. Und so war es dann auch. Ein herrliches, vibrierendes Gefühl. Eine Stunde lang. Bis das Monster die Nadel aus meinem Fleisch riss und mir verkündete, dass ich jetzt einen Nerz auf der Hinterbacke hatte.

Am nächsten Tag nahm ich den Verband ab, duschte lauwarm und riskierte einen Blick nach hinten. Doch auch mit Hilfe zweier Taschenspiegel war nichts weiter zu erkennen, als eine aufgequollene, verfärbte Masse. Ich salbte die Masse ein, packte wieder eine Mullbinde darauf und legte mich bäuchlings auf meine Couch, wo ich einen Beutel mit Eiswürfeln auf meinen Hintern packte. In dieser Stellung verharrte ich mehr oder weniger 48 Stunden, bis ich aus dem Haus und zur Modenschau von *Feminatrix* musste.

Hauteng ist angesagt! Auch für Übergrößen. Die Zeiten, in denen ich meine rubeneske Fülle in bunte Kaftane hüllte, waren endgültig vorbei. Jetzt mussten es knallenge, knallbunte Miniröcke sein, dazu ein Wonderbra und ein tief dekolletiertes Top aus transparentem Strick. Die beste Adresse für ausgefallene Modelle in großen Größen ist – mais oui! – *Feminatrix*.

Frau Dahlke, die Gründerin der Firma, reiste höchstselbst zweimal im Jahr durch die Lande und besuchte ihre Kundinnen bei so genannten privaten Modenschauen. Der

Vorteil: Ein Haufen Freundinnen sitzt entspannt in einem Privathaus und lacht, trinkt Hochprozentiges, knabbert Salzgebäckiges, hat Spaß und kann die Modelle auch gleich selbst anprobieren. Alle kreischen verzückt, und am Ende hat man immer doppelt so viel gekauft wie bei jedem Einkaufsbummel in Normaloläden.

Natürlich müssen es mindestens drei oder vier Frauen sein, damit sich die Anreise für Frau Dahlke lohnt, und nachdem Ulli und Konstanze abgesagt hatten, flehte mich Sharon, in deren Haus das Ganze diesmal stattfinden sollte, quasi auf Knien an, nicht auch noch abzuspringen.

Ich erfand schnell einen Vorwand.

»Ist doch egal, wenn du nichts kaufen kannst, weil du mal wieder pleite bist. Komm einfach vorbei. Die Dahlke schlachtet mich sonst ab.«

Gesagt, getan. Obwohl die Schmerzintensität an meiner Rückseite bereits signifikant nachgelassen hatte, stülpte ich über meinen String-Body nur ein Auslaufmodell von Kaftan. Je weniger Hautkontakt zwischen Stoff und Po, desto besser.

Johanna hatte angeboten, mich im Auto mitzunehmen, aber ich hatte dankend abgelehnt. Sie fuhr einen Smart – wie sollte ich mich da hinlegen können? Also fuhr ich stehend in der S-Bahn nach Sindelfingen und lief die letzten zwei, drei Kilometer zu Sharons reizender renovierter Doppelhaushälfte zu Fuß. Ich kam verschwitzt und viel zu spät, aber ich kam.

Die anderen hatten mich weinmäßig längst abgehängt und johlten vergnügt, als Frau Dahlke die Dessous auspackte. Ich stand sabbernd daneben, gierte nach all den Spitzen und Strings und Strapsen, aber als Frau Dahlke meinte »Nur zu, ich weiß doch, wie sehr Sie das Ausgefallene mögen und habe ein paar wunderbare Pariser Modelle extra für Sie geordert«, musste ich dankend ablehnen. Frau Dahlke bekam einen Spitzmund. »Tja, wenn Sie nicht interessiert sind.«

Fortan ignorierte sie mich. Ich konnte nur dastehen und zusehen, wie sich mangelhaft körperrasierte Frauen mit Achselhaarbüscheln, ausgeleierter Unterwäsche, abgeblättertem Lack auf den Zehennägeln und versagendem Deodorant in Fummel quetschten, in denen vor ihnen schon Dutzende ebensolcher Frauen aus ganz Deutschland gesteckt hatten. Nüchtern war so eine Modenschau mit Anprobe irgendwie schwerer zu ertragen.

Auch bei den Kleidern und Röcken stand ich salzsäulig daneben und konnte nur neidisch glotzen, als Sharon in ein aufregendes, nicht ganz knielanges Glitzerkleid schlüpfte. Wir hatten dieselbe Größe. Es hätte mir auch gestanden. Sogar viel besser. Aber ich wagte mich nicht an eine Anprobe. Wie hätte das auch gehen sollen, mit meinem Mullteil am Po?

Doch dann zog Frau Dahlke den *coup de grace* aus ihrem großen Sesam-öffne-dich-Koffer: einen auf Körper geschnittenen Strickzweiteiler mit asymmetrischem Schnitt. Es war eigentlich nicht meine Farbe – Schiefergrau mit einem Hauch Anthrazit –, aber dieser ungewöhnliche Schnitt war ein echter Hingucker. Ich musste dieses Teil haben!

»Dieser Zweiteiler ist mein besonderer Liebling«, promotete Frau Dahlke. »Nicht ganz billig, aber dafür in streng begrenzter Stückzahl. Und ich bin die Einzige, die ihn in Deutschland verkaufen darf.«

Bevor Sharon auch nur zucken konnte, hatte ich mir die beiden Teile schon gekrallt. »Da steht mein Name drauf«, erklärte ich, »das ist meins!«

Zack, hatte ich meinen Kaftan abgeworfen und mich in den Rock und das Oberteil gezwängt. Und ich darf sagen, ich sah sehr gut aus! Nein, ich sah umwerfend aus! Mit hochgesteckten Haaren und passenden Ohrringen hätte ich eine Vorstandssitzung bei Daimler-Chrysler leiten und gleich danach die Vernissage eines selbst ernannten avantgardistischen Neo-Kubistikers eröffnen können – und wäre für beide Gelegenheiten perfekt angezogen gewesen. Ich schmolz dahin. Auch der Preis schockierte mich nicht.

Schockiert waren allerdings Johanna, Sharon, Renate und Frau Dahlke, als ich anschließend aus dem Rock stieg. Beim Ausziehen blieb nämlich die Mullbinde im Rock hängen. Und nun war meine Pobacke für alle zu sehen – nackt, wie Gott und das Tätowiermonster sie geschaffen hatten.

Jetzt konnte ich in dem Ganzkörperspiegel, den Sharon zur Begutachtung unserer neuen Modelle aus dem Schlafzimmer geholt hatte, auch zum ersten Mal meinen Hintern in seiner ganzen Pracht bewundern. Mitsamt Nerz. Allerdings war es kein gewöhnlicher Nerz – es war der schlimmste Albtraum aller Fische oder Mäuse oder was Nerze in freier Natur sonst so fressen: Es war ein Monsternerz mit riesigen Hauern und blutunterlaufenen Augen und überlangen Krallen und gesträubtem Fell. Es war der Hannibal Lector aller Nerze. Leider fehlte die Gesichtsmaske.

Ich glaube, Sharon schrie auf, und Frau Dahlke musste sich übergeben. Sicher bin ich nicht, denn in diesem Augenblick fiel ich in Ohnmacht.

Was soll ich sagen? Das Vieh war so groß, dass die Besitzerin des Tätowierstudios es für völlig ausgeschlossen hielt, etwas anderes daraus zu machen als einen Zeppelin oder ein atomgetriebenes U-boot oder die Gebirgskette des Himalaya. Sie entschuldigte sich und erklärte, mein Tätowierer habe bis vor kurzem noch in der letzten Tätowierstube vor der Autobahn gearbeitet und sich motivmäßig noch nicht wirklich umgestellt. Sie verwies darauf, dass es ein Missverständnis war, eine Art höhere Gewalt. Ich verklagte sie nicht auf Schadenersatz, dafür musste ich nur die Hälfte des Preises zahlen. Hm.

Ich werde wohl mit diesem Nerzuntier leben müssen.

Und wenn Sie das jetzt lustig finden, warten Sie ab, bis mich Ihr Dreijähriger im Schwimmbad in meinem String-Bikini sieht – na, Sie werden schon lernen, mit einem dauerhaft traumatisierten Kleinkind zu leben …

P.S.: Ich weiß gar nicht, was ich früher gegen Sex im Dunkeln hatte. Ein ganz neues Tasterlebnis!

Lacrimae rerum

(*Es ist zum Heulen*
oder: Erstens kommt es anders,
zweitens als man denkt …)

Ich steige aus dem Zug, und es schüttet. Ich trete aus dem Bahnhof und sehe eine Baustelle. Es ist aber nicht Mannheim, sondern Karlsruhe. Soll ich mir ein Taxi gönnen? Ach was, das Hotel liegt laut Prospekt quasi um die Ecke. Die paar Meter werden ich und mein Trolley schon aushalten.

Dabei fing alles so märchenhaft an. Höchst offiziell ward ich zur *Karlsruher Literaturschau* eingeladen. Moi – eine völlig unbekannte Sachbuchautorin, die nur mal im Selbstverlag eine dünne Broschüre über ihren Berufsstand veröffentlicht hatte. Es gab sogar Geld dafür. Und eine Übernachtung. Zur Belebung der Podiumsdiskussion: »Literarisches Übersetzen – ernst zu nehmende Profession oder brotlose Liebhaberei?«

LEKTION 1: TRAUE NIEMALS EINEM HOTELPROSPEKT. Die Karlsstraße, in der mein Hotel lag, war mitnichten nur einen Steinwurf vom Hauptbahnhof entfernt, es sei denn, man hätte den Stein von einem Katapult geschleudert. Und dann kam beim Anblick der Hausnummern noch mal echte Freude auf – die Straße war lang, seeehr lang. Und wie gesagt regnete es. *Stell dich nicht an*, schalt ich mich selbst, *geh doch in Gedanken noch mal den bahnbrechenden Vortrag durch, mit dem du in wenigen Stunden vor einem illustren Kreis aus Wissensdurstigen und FachkollegInnen brillieren wirst.* Ich kam bis zu der Stelle »Ich freue mich sehr, heute hier vor Ihnen sprechen zu dürfen«, als neben mir eine dunkelgrüne Limousine hielt.

Ich beäugte sie misstrauisch. Konnten die sich nicht denken, dass jemand mit einem klatschnassen Trolley im Schlepptau nur auf der Durchreise war und keine Orientierungsauskünfte geben konnte?

Ein Fenster wurde heruntergekurbelt.

»Wir dich bringen um, Natascha Rasnowa!«, schrie eine Männerstimme mit starkem Akzent.

Und schon düste der Wagen mit quietschenden Reifen und schlammverkrustetem Nummernschild davon.

Parbleu!

Ich tat dieses putzige Intermezzo als bizarr, aber unwichtig ab.

Mächtig großer Fehler.

LEKTION 2: EINEM GESCHENKTEN GAUL SCHAUT MAN NICHT INS MAUL. Mein Zimmer war für eine Frau meines Formats gerade ausreichend – nur ein Kilo mehr, und ich hätte mich weder zwischen Bett und Schrank zum Badezimmer durchquetschen, noch mich in der Dusche umdrehen können.

Damit und mit der lieblosen Standardeinrichtung kann man natürlich leben, aber der alle 33 Minuten im zweistelligen Dezibelbereich losdonnernde Kühlschrank (ich habe die Zeit gestoppt) war schon ein wenig lästig.

Auch die Tatsache, dass es nur drei Fernsehprogramme gab, die zudem nicht mit der angegebenen Senderübersicht korrespondierten, trug nicht zur Hebung meiner Stimmung bei.

Die Dusche hatte einen modrig riechenden Stoffvorhang, der nicht bis zum Boden reichte und somit der Überschwemmung Tür und Tor öffnete, dafür jedoch lichtundurchlässig war, sodass ich mich unter der Dusche nur nach Gefühl einseifen konnte.

Nennen Sie mich kleinlich, aber so was trübt meine Optimistenlaune. Das und die Tatsache, dass gleich nach dem Duschen das Zimmertelefon klingelte. Als ich abnahm, röhrte eine männliche Stimme mit russischem Akzent: »Wir dich machen alle, Natascha Rasnowa!«

Habe ich schon erwähnt, dass ich *nicht* Natascha Rasnowa heiße?

»Das wundert mich nicht, dass dich jemand umbringen will, ich habe auch schon mit dem Gedanken gespielt.«

Diese gefühllose Bemerkung konnte natürlich nur von meiner Busenfreundin Sophie stammen. Was rief ich sie in meiner Not auch an? Saddam Hussein oder Hannibal Lecter hätten mir mehr Trost gespendet, das war von vornherein klar. Wahrscheinlich hatte ich nur aus alter Gewohnheit zum Hörer gegriffen.

»Weißt du, das beunruhigt mich schon ein wenig«, stieß ich weinerlich nach.

Und das war auch nicht gelogen. Morddrohungen gehören nicht zu den Ingredienzien, aus denen mein Alltag normalerweise zubereitet wird.

»Mach dir nicht in den Schlüpfer, die werden schon noch merken, dass da eine Verwechslung vorliegt.« Sophie war nur undeutlich zu verstehen, weil sie ihre geliebten *Maltesers* mümmelte.

»Und was, wenn sie das erst nach vollbrachter Tat checken?«

»Ja, das wär dann Pech. Jetzt stör mich nicht weiter, es

läuft gerade ›Wer wird Millionär‹. Ist das zu glauben? Herpes! Da soll eine den griechischen Götterboten benennen: Hermes, Hekate, Herpes oder Helmut stehen zur Auswahl – und sie entscheidet sich für Herpes! Herpes!«

Der Rest ging in Mümmeln unter.

Ich legte auf.

Viktor, der Hotelportier, versicherte mir, dass es zum Gebäude, in dem die *Literaturschau* stattfand, wirklich nur ein Katzensprung sei.

»Was für eine Katze?«, bohrte ich nach. »Eine untrainierte Hauskatze oder eine Weitsprungspezialistin aus dem Zirkus?«

Er musterte mich.

»Nehmen Sie doch ein Taxi«, schlug er vor. In Unkenntnis der Tatsache, dass Taxispesen in dem großzügigen Arrangement der Organisatoren nicht vorkamen.

Wie wichtig die Vererbung für die psychosoziale Struktur des Menschen ist, lässt sich an dem Umstand ersehen, dass ich trotz Todesangst und einer Abneigung gegen sinnlose Ertüchtigungsübungen nicht das Taxi nahm, sondern zu Fuß losstiefelte. Will sagen, die schwäbischen Gene verweigerten mir diesen unnötigen Luxus.

Es ist ja auch wirklich nicht weit, versicherte mir eine Passantin, die ich vor einem der unzähligen Karlsruher Friseursalons ansprach, *nur die Karlsstraße hoch, die Kriegsstraße entlang und am Ettlinger Torplatz nach links, schon sind Sie da*. Es war mittlerweile zappenduster, und bei dem miesen Wetter waren nur noch wenige Unerschrockene unterwegs. In erster Linie Radfahrer auf dem Gehweg.

An der Ecke Karls- und Kriegsstraße wartete ich endlos vor einer roten Ampel. Ich blickte ein klein wenig besorgt auf die Uhr, nur noch zwanzig Minuten bis zu meinem Vortrag. Als es endlich Grün wurde, hörte ich aus den Ohrenwinkeln aufquietschende Reifen.

Der Auftritt der bösen Jungs, die mir ans Leder wollten, war filmreif.

Mein Hechtsprung ins Überleben auch.

Sie donnerten mit Vollgas auf mich zu, doch ich ließ mich einfach fallen und vertraute darauf, dass mich mein stattliches Lebendgewicht auf der leichten Schräge in Sicherheit rollen würde. Was auch geschah.

»Adieu um Mitternacht, Natascha Rasnowa!«, hörte ich die Stimme mit dem Akzent noch rufen.

Dann schwanden mir die Sinne.

Ich bin sicher, die Karlsruher sind hilfsbereite Menschen, nur konnte mich wohl in der Dunkelheit niemand ausmachen. Man ließ mich also liegen. Mein komatöser Zustand dauerte auch nicht lange; die Grünphase an der Ampel war noch nicht vorbei, als ich die Augen wieder aufschlug.

Mit eiskalten Fingern klopfte ich mich ab – noch alles dran, noch alles heil.

Ich hievte mich hoch. Schluck. Ja, ich war am Leben. Aber mein Herz verdeutlichte mir laut pochend, dass sich dieser Zustand sekündlich ändern mochte.

Meine Verfassung besserte sich auch dann nicht, als ich an einer Reisebuchhandlung vorbeischlappte und dadurch an den Schmachtstreifen *Notting Hill* erinnert wurde – was mir, wäre ich noch bei Sinnen gewesen, unweigerlich ein romantisches Lächeln ins Gesicht gezaubert hätte.

Fünfzehn Minuten später betrat ich immer noch zitternd das Foyer der *Literaturschau*.

»Da sind Sie ja endlich!«, rief mir eine dralle Blondine im hautengen Minikleid zu. »Es geht gleich los!«

»Ja, ich weiß. Hören Sie, man will mich umbringen!«

Sie schälte mich aus meinem Mantel. Wobei ihr Blick besagte: *Große Göttin, wie sieht die denn aus.*

»Man wollte mich überfahren!«, empörte ich mich. »Ich sehe nicht immer so aus.«

Bei meinem Überrollmanöver musste sich mein Mantel wohl geöffnet haben, denn meine ursprünglich weiße Marlene-Hose war bis zum Oberschenkel voller Straßenschlamm, und auch meine weiße Spitzenbluse zierte ein asynchrones Fleckenmuster.

»Ich gebe Ihnen meine Jacke, dann sieht man es nicht so.« Die Gute wollte bestimmt nur hilfreich sein, aber wahres Verständnis sah für mich anders aus: Aufschreien, die Polizei rufen, hochprozentige Alkoholika reichen, Sie wissen schon.

Der Mutter-Teresa-Verschnitt stopfte mich wie eine Gänseleber, sprich, sie steckte mich in eine meterdicke Schafwolljacke. Schon bei deren Anblick brach ich in Schweiß aus.

»Nein«, versuchte ich mich zu wehren, aber die Natur kennt keine Kraft, die einer drallen Blondine gewachsen wäre.

Eine Minute später saß ich – voll gefleckt, schweißgebadet und mit wirren Haaren – vor einem ausverkauften Saal, zweihundertfünfzig Menschen, um genau zu sein, neben mir zwei wie aus dem Ei gepellte männliche Koryphäen auf dem Gebiet der literarischen Übersetzung und eine schicke Moderatorin vom Rundfunk.

Ich sage nur: Peinlich!

Dass ich bei der anschließenden Podiumsdiskussion keinen einzigen zusammenhängenden Satz herausbrachte, war gewissermaßen nur noch der krönende Abschluss.

Hätte ich hinterher, kurz nach halb elf, noch zur Polizei gehen sollen? *Warum sind Sie nicht früher gekommen? Schock?*

Ach, Sie waren noch fit genug für eine spritzige Konversation vor Publikum. Hm.

Das musste ich mir nicht geben. Ich gab mir allerdings ein Taxi.

Als ich auf mein Zimmer kam, fand ich dort eine weiße Lilie vor. Mit einem Zettel: »Du stirbst um Mitternacht, Natascha Rasnowa!«

Na Prosit. Geisterstunde.

Ich griff zum Telefon.

»Hier Schölbel.«

Meine Freundin Kerstin war zwar jetzt Hausfrau, aber in einem früheren Leben hatte sie eine glänzende Karriere als investigative Journalistin gemacht.

»Du musst mir helfen. Jemand hält mich für Natascha Rasnowa!«, kreischte ich in den Hörer.

Es kicherte zurück. »Besser, als wenn dich jemand für eine der Jakob-Sisters hält. Dann müsstest du dir einen Pudel zulegen.«

»Wer stört denn da noch so spät«, hörte ich es im Hintergrund röhren. Das musste der werte Herr Gatte sein.

»Bitte, Kerstin, es ist mir todernst. Die wollen mich umbringen.«

Es spricht für Kerstin, dass sie nach meiner minutiösen Darstellung der Ereignisse nicht einfach auf einen Wodka Martini zu viel tippte, sondern die Angelegenheit mit dem nötigen Ernst behandelte.

»Ich aktiviere mal alte Quellen, vielleicht kennt jemand diese Natascha Rasnowa«, versicherte sie mir. »Und du solltest abtauchen. Man weiß ja nie.«

»Abtauchen? Wie denn?«

Nach kurzem Nachdenken packte ich meinen Trolley, verabschiedete mich von der ungastlichen Bleibe und fuhr mit dem Taxi zum Bahnhof. Ich hatte wieder mal mehr Glück als Verstand: Der letzte Zug nach Stuttgart ging um 24 Uhr 17.

Um 1 Uhr 39 gondelten wir am Stuttgarter Hauptbahnhof ein. Das Erste, was ich hörte, war eine Lautsprecherdurchsage.

»Frau Natascha Rasnowa, ich wiederhole, Frau Natascha Rasnowa, bitte kommen Sie zum Informationsschalter an Gleis neun. Es liegt eine Nachricht für Sie vor.«

Ich sah mich um: keine finsteren Typen, die nach Russkis aussahen – nur ein Schwarzer, der einsame Gepäckwagen einsammelte, ein paar Versprengte aus den Nachtzügen und zwei Polizisten, die mich musterten, als sei ich ein entflohener Häftling. Ich ging zum Serviceschalter.

»Sie haben mich ausgerufen?«

»Natascha Rasnowa?«

Ich nickte.

»Wir rufen Sie schon den ganzen Tag aus. Ihr Onkel wusste nicht, mit welchem Zug Sie aus Karlsruhe kommen würden. Hier bitte«.

Ich nahm einen Umschlag entgegen.

Darin zwei Fotos. Von einer Leiche. Von einer unappetitlichen Leiche, um genau zu sein.

Sie waren mir nicht nur dicht auf den Fersen, sie waren mir sogar immer einen Schritt voraus. Ich fuhr also nicht nach Hause, sondern nahm mir ein Zimmer im Interconti. Teurer geht es zwar in Stuttgart kaum, aber wenn das eigene Leben auf dem Spiel steht, haben selbst schwäbische Spar-Gene das Nachsehen.

Keine Nachricht für Natascha am Empfang, kein todkündender Lilienstrauß im altrosa gehaltenen Zimmer. Ha, damit hatten sie nicht gerechnet!

Es war kurz nach ein Uhr nachts, und ich lebte noch. Ich wertete das als Erfolg.

Am nächsten Morgen klingelte ich meine Nachbarin zu Hause aus dem Bett. Wenn *ich* schon nicht schlafen konnte, dann der Rest der Welt gefälligst auch nicht.

Meine Nachbarin, eine reizende ältere Dame, kümmert sich immer um meine Blumen, meine Sittiche und meine Post, wenn ich unterwegs bin.

»Nein«, nuschelte sie ziemlich verschlafen, »alles in Ordnung. Nur ein einziger Brief war gestern im Kasten: das Schreiben einer Lebensversicherung mit der Aufforderung, ihre Police zu erhöhen.« (Ja gut, sie öffnet meine Post, aber diesen Preis zahle ich gern für die Versorgung meiner Mätze.)

Als Nächstes weckte ich Kerstin. »Nein, ich habe noch nichts gehört. Ach verdammt, jetzt hast du die Kleinen geweckt.«

Unter der Dusche meditierte ich. Es musste sich eindeutig um eine Verwechslung handeln – nicht einmal im Vollsuff würde ich unter falschem russischem Namen die Gegend unsicher machen.

Offenbar wurde mir mein Null-acht-fuffzehn Gesicht zum Verhängnis. Irgendeine Russin war mein Klon, und weil sie in ihrem früheren Leben Böses getan hatte, wollte man ihr nun ans Leder. Nur, dass man nicht sie, sondern mich erwischt hatte.

Nach dem Trockenrubbeln nahm ich mir die Fotos von der Leiche noch mal vor.

Kein Wiedererkennungsblitz. Der Tote war mir gänzlich fremd. Natürlich waren seine Gesichtszüge nicht mehr recht deutlich auszumachen, alldieweil ihm jemand mit einem ebenfalls abgelichteten Baseballschläger die Birne zertrümmert hatte. Aber ich kannte niemanden, der einen Anzug mit

Schlangenmuster tragen würde. Außer mir selbst, versteht sich, aber ich war ja noch am Leben. Betonung auf »noch«.

Zum Frühstück bekam ich keinen Bissen herunter, und wer mich kennt, weiß, was das heißt. (Eigentlich heißt das gar nichts, weil ich nie groß frühstücke, außer es wäre umsonst, was man im Interconti nun wirklich nicht behaupten konnte.)

Mitten im Rührei mit Kräutern klingelte mein Handy. Zwei säuerlich blickende Manager am Nebentisch bedachten mich mit einem säuerlichen Blick. Ich säuerte zurück.

»Ich habe sie gefunden!«

Es war Kerstin.

»Natascha Rasnowa?«

»Ja, wen sonst? Stell dir vor – das war eine russisch-amerikanische Doppelagentin im Kalten Krieg!« Kerstins Stimme platzte fast vor Stolz.

»Im Kalten Krieg? Da war ich doch noch ein Kleinkind! Sehe ich etwa aus wie eine abgehalfterte siebzigjährige Ex-Agentin?«

Ich musste wohl meine Stimme etwas erhoben haben, jedenfalls stierten mich die beiden Manager, die Rothaarige hinter der Warmhaltetheke und ein Passant draußen auf der Straße mit offenen Mündern an.

»Wie kann man mich mit so einer verwechseln?«, flüsterte ich daraufhin in die Sprechmuschel.

»Keine Ahnung. Aber ist das nicht total spannend?«

Kerstin atmete schwer. Gleich würde sie vor journalistischer Begeisterung einen Orgasmus bekommen.

»Na toll!« Ich klickte sie schnöde weg.

Es hatte keinen Zweck – hier waren echte Profis gefragt. Gleich nach dem Zähneputzen würde ich zur Polizei gehen und ihnen meine Zwangslage verklickern. Ich würde schon jemanden finden, der mich ernst nahm, und wenn ich mich bis zum Sankt-Nimmerleinstag auf der Wache anketten musste.

Ich wollte gerade die Zimmertür öffnen, als ich am Ende des Flurs eine Bewegung wahrnahm.

Nein, doch nicht.

Oder doch?

Plötzlich hörte ich ein Surren, und die Luft neben meinem Ohr bewegte sich. Als ich noch mal den Flur hinunterblickte, sah ich einen alten Mann in einem zerknitterten grauen Anzug mit einem Revolver samt Schalldämpfer in der Hand.

Alles in mir erstarrte, aber meine Finger zogen blitzschnell die Karte durch den Schlitz, und schwups war ich auch schon im Zimmer und hatte die Tür hinter mir geschlossen.

Eine Tür, die, wie sich wenige Sekunden später herausstellte, nicht kugelsicher war. Holz splitterte, und ich konnte durch ein daumennagelgroßes Loch meinen Widersacher sehen.

Ich schrie auf.

Fragen Sie mich nicht warum, aber anstatt zum Telefon zu laufen, rannte ich die paar Schritte zum Fenster. Das Zimmer lag im ersten Stock, und ich dachte wohl irgendwo im Hinterkopf: *Lieber gebrochene Knochen als ein durchschossener Torso.*

Ich riss das Fenster auf. Auf einen Schlag wummerte der frühmorgendliche Verkehrslärm durch den Raum, und ich hörte außer Hupen und Motorgeräuschen nichts mehr. Nur durch den neuerlichen Lufthauch wurde mir bewusst, dass der greise Finsterling das Türschloss aufgeschossen haben musste und nun freies Schussfeld hatte.

Ich drehte mich um und warf mich im Drehen auf den Boden. Ein guter Schachzug, denn der Alte, der mordlüstern hereinstürmte, stolperte über meine üppigen Hüften, ballerte noch zweimal in die Luft, verlor die Balance und rauschte mit Schmackes durch das offene Fenster in die Tiefe.

Den ganzen darauf folgenden Sonntag verbrachte ich auf dem Hoppenlaufriedhof. Besser einen Sonntag als den Rest meines Lebens. Ich fühlte mich dort meinem überarbeiteten Schutzengel am nächsten und wollte ihm danken, dass er mich vorerst noch weiter wursteln ließ.

Natürlich war ich nie wirklich in Gefahr gewesen: Mich hatte kein hochbezahlter Killer verfolgt, auch kein versierter Spion – nur der senile Onkel von Boris Boschenko, einem ehemaligen Opfer der Doppelagentin Natascha Rasnowa, die übrigens, wie ich später einer kurzen Notiz in der Zeitung entnahm, schon im Spätherbst 1983 an den Folgen einer Lungenentzündung in einem Karl-Marx-Städtischen Krankenhaus verblichen war. Das dazugehörige Foto zeigte eine Frau, die mir in keinster Weise ähnelte.

Ich hatte versucht, das dem Onkel auf seinem Krankenlager in der Paulinenhilfe zu erläutern, aber er sprach nur Russisch und wollte es auch gar nicht einsehen, er wollte nur Blutrache. Der Onkel wurde später abgeschoben und kam in eine geschlossene Anstalt.

Tja, c'est la vie, c'est la guerre, c'est la famille folle. Und wer hätte keine verrückten Anverwandten in seiner Sippe? Na eben. Ich vergab ihm. Allerdings strich ich Russland von der Liste möglicher Urlaubsdestinationen – man weiß ja nie …

Ars longa, vita brevis

(*Die Kunst ist lang, das Leben kurz …*
oder: Die besten Slapstickeinlagen bietet immer noch die Wirklichkeit)

»Grüß Gott, ich hatte für Samstag zwei Karten reserviert.«

»Für Sonntag.«

»Nein, für Samstag.«

»Ja, aber für Sonntag.«

Ich war kurz davor, dem Milchbubi mit meiner schon beinahe antiken MCM-Handtasche die gesichtliche Vorderfront neu zu modellieren, als mir einfiel, wer in diesem Dialog der Depp war.

»Öhm, ja, Christoph Sonntag. Für die Vorstellung am Samstag.«

Kennen Sie Christoph Sonntag? Von den vielen exzellenten schwäbischen Kabarettisten ist er einer der Besten. Begnadet! Und wenn der Mann schon mit einem Programm auf die Bühne kommt, das *Reich und schön an einem Abend* heißt, dann versteht es sich ja wohl von selbst, dass ich mit von der Partie bin. Und an meiner Seite Gernot Krummhaar, mein Ex-Nachbar, Kunstkritiker und derzeitiger Strohwitwer.

»Gott, Tisch 10«, motzte er, als wir uns auf die farblich eher misslungen bezogene Sitzbank im THEATER WIDERBORST quetschten. Das WIDERBORST schnappte mit schöner Regelmäßigkeit dem THEATER DER MITTE die besten Solokünstler vor der Nase weg, weswegen ich diesen Kabarettbesuch vor Jacques um jeden Preis geheim halten musste.

Tisch 10 bot Beinfreiheit und ungehinderten Blick auf die Bühne. Ich war sehr stolz auf meine Wahl gewesen. »Hättest du die billigen Plätze auf der Empore bevorzugt?«, erkundigte ich mich. Vernehmlich.

Die Leute, die auf den billigen Plätzen auf der Empore saßen, musterten mich giftig.

Ich sah wie immer blendend aus. Statt meines üblichen überweiten Kaftans in Quietschefarben trug ich ein hautenges, lindgrünes Strickminikleid mit transparenter lindgrüner Strickjacke und wirkte allein durch die Stoffersparnis fünf Zentimeter schmaler.

Und diese fünf Zentimeter brauchte ich dringend, es war nämlich echt eng. Natürlich drängten sich Gott und die Welt ins WIDERBORST, um Christoph Sonntag zu erleben, der Mann ist ja auch wirklich gut, aber mussten deswegen alle Zweiertische für fünf Personen bestuhlt werden, was eine Sardinendose vergleichsweise geräumig erscheinen ließ? Jede Sardine, die auf sich hielt, hätte sich geweigert, im Theater Platz zu nehmen, aber mit uns Stuttgartern konnte man es ja machen. Ob ich den feuerpolizeilichen Kontrollorganen mal einen anonymen Hinweis geben sollte?

Ich drückte mich eng an Gernot. Noch vor wenigen Monaten hätte ihm das eine gesteigerte Blutzirkulation und feuchte Handflächen beschert, nun aber muffelte er nur: »He, lass mir noch Luft zum Atmen.«

Gernot, einst ein glühender Verehrer von mir, war jetzt mit einer Krankenschwester liiert. Irgendwie war es auch mein Verdienst, dass die beiden zusammen waren, darum hatten sie mich zur Patentante für Klein Berti ernannt.

Klein Berti war mitnichten ihr gemeinsamer Nachwuchs, sondern der fünf Monate alte, einäugige Beagle, den sie aus dem Tierheim hatten. Klein Berti und sein Frauchen besuchten gerade die Oma, und ich musste Gernot strohwitwersitten.

Normalerweise verliefen solche Strohwitwersitterabende dergestalt, dass Gernot mir stundenlang die neuesten Fotos von Berti zeigte und jede einzelne Untat, die das kleine sichtbehinderte Hundemonster begangen hatte, liebevoll und in allen Einzelheiten erzählte: Von den mehr feucht als fröhlichen Stunden in der Wanne mit dem Quietscheentchen bis hin zum kräftigen Biss in die Wade des Paketzustellers. Kein Wunder, torkelte ich immer sturzbetrunken aus der Krumhaar'schen Eigentumswohnung in der Rosenbergstraße. Doch an diesem Abend sollte alles anders werden.

Während Gernot versuchte, die Aufmerksamkeit des Kellners auf sich zu lenken, betrachtete ich die anderen Gäste. Eins meiner Lieblingshobbys. Und ein sehr ergiebiges.

Der Typ am Tisch vorn links beispielsweise, wenn der kein Toupet trug, wollte ich Gabi heißen. Das Haarteil schien eine Nummer zu groß und stand an den Enden ab. Die verhuschte Blondine neben ihm leckte sich regelmäßig die Finger der rechten Hand und strich ihm dann mit feuchten Klauen die abstehenden Enden glatt. Was aber nicht dauerhaft fruchtete. Ein göttliches Paar.

»Entschuldigung, wir sind zu fünft. Könnten Sie beide an den Nebentisch rutschen? Dann passen wir alle an diesen Tisch hier.«

Ein vierschrötiger Flanellhemdträger mit einer aufgebretzelten Rothaarigen am Arm fuchtelte mit einem Programmheft vor meiner Nase herum. »Heiderose, du setzt dich da hin«, wandte er sich im nächsten Atemzug an seine Begleiterin. Hinter ihm standen noch drei Gestalten, die zwar keine Einheitskleidung trugen, aber zweifelsohne die Mitglieder eines ländlichen Kegelvereins waren. Oder Skatclubs. Oder Gartenzwergvereinigung.

Ich krallte mich in Gernots Ellbogen, der sich gerade – ganz Gentleman – erheben wollte.

»Wir bleiben lieber hier. Außerdem ist es so verdammt eng, dass Sie ohnehin in Flüsterreichweite sitzen werden, auch wenn Sie sich auf zwei Tische verteilen.«

Die fünf Kegler (wahlweise Skatgeschwister oder Gartenzwerge) sahen mich fassungslos an. Ich hatte die Todsünde der zivilisierten Welt begangen und auf ein freundliches Ansinnen mit Verweigerung reagiert. Man merkte ihnen sichtlich an, dass sie in ihren Gehirnwindungen nach einer adäquaten Reaktion suchten. Und keine fanden.

»Hach, aber wenn wir Sie ganz lieb bitten?«, flötete die Rothaarige namens Heiderose.

»Nö.«

Ich würde diese Menschen mein Lebtag nie wieder sehen. Warum sollte ich mich hier unnötig verrenken? Tisch zehn hatte ich mir mühsam erobert, nun gehörte er mir. Ich verschränkte in einer finalen Geste der Gesprächsbeendung die Arme.*

Vor, hinter und neben uns ertönten noch die üblichen Vorbereitungsgeräusche auf einen erbaulichen Kabarettabend im WIDERBORST.

»Machen Sie sich nicht so breit!«

* Zwei Wochen später erkrankte mein Lieblingsfriseur Enzo an einer Singapurgrippe, und seine neue Fachkraft, eine Rothaarige, die mir seltsam bekannt vorkam und auf deren Namensschild H. Schlissek stand, kümmerte sich statt seiner um meine wallende Lockenpracht. Nur so viel: Ich trage jetzt eine Kurzhaarfrisur …

»Rücken Sie doch ein wenig zur Seite.«

»Wohin denn bitte?«

»Unverschämt!«

Dann servierte uns der Kellner den Sekt, und ein infernaler Hupton kündigte den Beginn der Vorstellung an.

Was soll ich sagen: Sonntag war begnadet. Äußerlich vielleicht nicht gerade die Erhörung eines jeden jungfräulichen Gebets, dafür aber im Maßanzug und sehr gut duftend. Und dann dieser entzückende schwäbische Zungenschlag. Ich schmolz dahin.

Sonntag machte ein paar gelungene Scherze zur aktuellen politischen Lage, dann begann die Lehrstunde zum Thema *Reich und schön*.

Irgendwann war es soweit: Der Kabarettist brauchte ein Opfer aus dem Publikum. Immer ein heikler Moment. Die Leute, die rasend gern mal im Rampenlicht stehen würden, sitzen grundsätzlich gaaaanz hinten. Und die Leute, denen so ein Bühnenauftritt schlimmer deucht als der Tod, sitzen fatalerweise immer an Tisch 10 und werden, einem noch unerforschten physikalischen Gesetz folgend, mit absoluter Sicherheit ausgesucht.

Prompt stand der Künstler vor uns und machte Gernot zum Glückspilz des Abends. Oder zum »Häppi Mushroom«, wie es aus der Tonanlage mit disharmonischen Fanfarentönen schepperte.

Gernot musste, da es irgendwie um Socken ging, seine Socken ausziehen. Ich will ja nichts gesagt haben, aber meine Mutter hatte Recht: Kind, zieh IMMER saubere Unterwäsche an, pflegte sie zu sagen, du weißt nie, was passiert. Gut, meine Mutter dachte dabei an Autounfälle und gutaussehende Sanitäter oder Notärzte, die mich meiner Fummel entledigten und dann von der sauberen, gepflegten

Feinrippunterwäsche, die Mutter mir immer zu Weihnachten schenkte, so begeistert sein würden, dass sie mich vom Fleck weg heirateten. Aber diese güldene Regel galt auch für einen Kabarettbesuch.

Jedenfalls legte Gernot ziemlich ausgeleierte, abgetragene Socken bloß, als er sich seiner italienischen Treter entledigte, und in einer der Socken prangte sogar ein daumengroßes Loch. Megapeinlich. Die fünf Kegler (Skatgeschwister, Gartenzwerge) grinsten hämisch. Die Frau des Perückenträgers musterte mich mitleidvoll. In ihrem Blick stand der Vorwurf: »Könnet Sie sich net besser um Ihren Mann kümmern? Des is doch a Schand für jede schwäbische Hausfrau.«

Ich rückte etwas von Gernot ab. Was unter anderem auch an der plötzlich einsetzenden Geruchsentwicklung lag.

Gernot war sich keiner Peinlichkeit bewusst, sondern strahlte breit, weil ihn sein Lieblingskabarettist zu höheren Weihen auserwählt hatte.

Männer!

Der Saal war definitiv zu klein für die Massen an Menschen, die sich um die winzige Bühne drängten. Ein Physiker könnte Ihnen jetzt bestimmt auf drei Stellen hinter dem Komma genau ausrechnen, wie lange es dauern würde, bis auch das letzte Sauerstoffmolekül verbraucht wäre und das Publikum gemeinschaftlich in Ohnmacht sänke. Christoph Sonntag, der hin und wieder hinter dem Bühnenvorhang verschwand – zweifelsohne, um kurz an einer Sauerstoffflasche zu schnüffeln –, hatte ein Einsehen und machte eine Pause.

Die Gelegenheit für Gernot, sich begeistert über den Abend auszulassen und dann beiläufig die neuesten Fotos von Klein Berti auf der Hundewiese aus der Hosentasche zu ziehen. Während er parlierte, gab ich regelmäßig angemessen interessierte Grunzlaute von mir und musterte dabei neuerlich das Publikum.

Es waren zwar immer noch dieselben Leute, aber bei der zweiten Guck-Runde entdeckt man immer noch Kleinigkeiten, über die sich am nächsten Tag mit der besten Freundin trefflich ablästern lässt: der abgeblätterte Nagellack der *Biagiotti*-Trägerin seitlich rechts beispielsweise oder die Lippenstiftflecke am Kragen und im Schritt des *Hugo Boss*-Trägers zwei Tische weiter links.

Ich machte drei Kreuze, als es endlich weiterging. Mit einer Nummer über frisch gebackene Väter. Gernot schwebte im siebten Himmel. Er fühlte sich als Hundevater mitangesprochen.

Ich allerdings wurde erst wieder so richtig hellwach, als die Messernummer schief ging.

In der Rückschau kann ich mich gar nicht mehr so recht erinnern, wie alles begann. Christoph Sonntag stand plötzlich mit zwei langen Messern auf der Bühne, das ist mir noch im Gedächtnis. Aber wie es dann dazu kam, dass ich lebenslang Besuchsverbot im THEATER WIDERBORST bekam, warum Gernot mir zwei Tage später schriftlich den Titel Patentante für Klein Berti aberkannte, wieso ein Unschuldiger schwersttraumatisiert in psychotherapeutische Behandlung kam und ich nur dank des grenzenlosen Humors von Christoph Sonntag und der Theaterleitung haarscharf an einer Klage vorbeischrammte, liegt irgendwie im Dunkeln.

Wie gesagt stand der Kabarettist plötzlich mit zwei Messern auf der Bühne. Alles lachte laut, offenbar hatte ich eine

Pointe verpennt. Dann stieg der Künstler ins Publikum hinab. Immer noch zwei Messer in der Hand. Er lief durch die Reihen. Alle quietschten vergnügt, juchzten laut und duckten sich. Alle. Auch ich. Nur nicht der Typ zwei Tische weiter links. Der mit den Lippenstiftflecken im Schritt.

Und da wurde mir klar, dass es gar kein Lippenstift war. Es war Blut.

Gellend schrie ich auf!

Die meisten dachten natürlich, ich würde zu der Nummer dazugehören, lachten fröhlich und applaudierten brav (bis auf die Kegler, Skatgeschwister, Gartenzwerge neben mir, die mich mit missgünstigen Seitenblicken bedachten.)

Der Kabarettist, an Zwischenrufe aller Art gewöhnt, setzte zu einer lockeren Erwiderung an, aber da hatte ich mich auch schon hinter dem Tisch vorgequetscht und zur Leiche durchgekämpft.

Bei den Umsitzenden keimte eine erste Ahnung vom Ernst der Lage auf. Christoph Sonntag gab seinem Techniker ein Zeichen, und es ward Licht.

In diesem biblischen Augenblick fiel es mir wie Schuppen von den Augen. Wo war der Perückenträger? Sein Platz wäre direkt neben der Leiche gewesen, doch nur die Fingerleck-Haareglatt-Streicherin saß immer noch auf ihrem Stuhl und äugte entsetzt.

Hatte sich der Perückenträger nicht schon die ganze Zeit so merkwürdig benommen? Und wer trug in diesen Zeiten des perfekten Lifestyles schon noch falsch angepasste Toupets? Das roch doch oberfaul.

Ich drehte mich um. Von einem der Hocker vor der Bar glitt ein Glatzkopf mit Kinnbart und schlich zum Notausgang.

»Haltet ihn!«, schrie ich. »Er ist der Mörder!«

Mittlerweile war es mucksmäuschenstill im Publikum.

Die Männer erbleichten, einige Frauen auf den hinteren Rängen erhoben sich neugierig.

Ich zeigte mit dem Finger auf den Glatzkopf, während ich mich durch den Gang fädelte. Was nicht ganz einfach war, da aufgrund der Überbestuhlung eigentlich nur noch Platz für eine Größe 34 war. Zehen tretend, Gläser umkippend, Jacken von Stuhllehnen reißend pflügte ich wie ein Eisbrecher im arktischen Meer voran, dabei immer den Glatzkopf im Auge. Wie billig. Er hatte sein Toupet einfach zum Kinnbart umgestylt. Doch mich täuschte er damit nicht.

Es herrschte immer noch Totenstille, als ich mich vor dem Glatzkopf aufbaute.

»Was wollen Sie von mir?«, flüsterte er mit verräterischen Schweißperlen auf der Stirn.

»Das hier!«, bellte ich und zog kraftvoll an dem falschen Kinnbart.

Wenn in meinem untrainierten, schlaffen, kurz vor den Wechseljahren stehenden Altfrauenkörper noch irgendwo Kraft steckt, dann in meinen Armen. Das kam daher, dass ich bei meinem Nebenjob in der Eso-Buchhandlung *Kundalini* immer die schwersten Ladenhüter eigenhändig auf das oberste Regal unter der Decke hieven musste. Mein Chef weigerte sich, das zu tun, weil er angeblich unter Höhenangst litt, und die zweite Aushilfe, ein rachitischer Rastalockenträger, der nach eigenen Angaben nur vom Licht lebte und auch tatsächlich so aussah, konnte kaum ein Taschenbuch halten, geschweige denn, einen Hardcoverband über seinen Kopf hinauf in eine Regalwand bugsieren.

Mit dieser geballten Kraft meiner Arme zog ich also an dem Kinnbart. Und zog. Und zog. Er saß natürlich fest, was alle außer mir schon längst geschnallt hatten.

In diesem Moment konstatierte ein Mann in einem Teletubbies-T-Shirt, der sich als Leiter der chirurgischen Abteilung des Marienhospitals vorstellte, dass es sich bei den Blutflecken auf der Leiche um Lippenstift handelte und der Mann nur einfach stockbesoffen weggetreten war.

Wie sich herausstellte, hatte der Bruder der Schnapsnase dessen Zustand bereits entdeckt, und war losgelaufen, um den Wagen aus der Tiefgarage zu holen und sein schwarzes Schaf von Bruder möglichst unauffällig nach Ende der Vorstellung im allgemeinen Gewühle nach draußen zu bugsieren. Was ihm dank mir gründlich misslungen war.

Mit abstehendem Toupet und entsetztem Gesichtsausdruck stand der Perückenträger im Haupteingang und musterte entsetzt das Stilleben aus Arzt, der sich über seinen Bruder beugt, und fremder Rubens-Frau in Pastelltönen, die einem Unschuldigen den Bart abreißen will, der sich darob mit schmerzlich entstelltem Gesicht über einen Barhocker krümmt.

Hinter dem Perückenträger kam noch eine dauergewellte Brünette ins Bild – wie ich später in der Zeitung nachlesen konnte, die Ehefrau der vermeintlichen Leiche –, die beim Anblick ihres nunmehr leise schnorchelnden Mannes brüllte: »Wie kommen diese Lippenstiftflecke in seinen Schritt?«

Die Fingerleck-Haarglatt-Streicherin wollte daraufhin den Saal durch den Notausgang verlassen, aber als wir ihre Lippen sahen, leicht verschmiert und im selben Farbton wie die Flecke auf der Hose des Betrunkenen, war uns ja wohl allen klar, was nun folgen würde: Frauenschlammcatchen ohne Schlamm.

In dem darauf einsetzenden Tohuwabohu aus johlenden Männern und schreienden Weibern gelang es Gernot, unerkannt zu entkommen. Mir war dieses Glück nicht beschieden, alldieweil sich der Kabarettist und die WIDERBORST-Theaterleitung vor mir aufgebaut hatten. Mit Blicken, die nichts Gutes verhießen.

Tja, wie schon gesagt, ich bekam Hausverbot im WIDERBORST, und Gernot sprach nie wieder ein Wort mit mir.

Der Glatzkopf ließ sich den Bart scheren und ging in therapeutische Behandlung. Die ich bezahlen musste.

Die Dauerwelle ließ sich von dem Lippenstift-im-Schritt scheiden.

Aber natürlich hatte die Sache auch ihr Gutes: Dank des medienwirksamen Skandals konnte Christoph Sonntag einen Monat später dreimal in der riesigen, ausverkauften Schleyerhalle auftreten, was vor ihm noch keinem Kabarettisten gelungen war. Er hat mir zum Dank seine neueste CD geschickt. Mit einer netten Grußkarte, auf der ein Plastikkinnbart klebte …

Vae Victis!

(*Wehe den Besiegten …*
oder: Dummheit führt zum Tode!)

»Ich gratuliere – Sie sind dabei!«

Die Jungmännerstimme flötete so entzückt, als ob mir gerade eben der Friedensnobelpreis verliehen worden wäre. Dabei wollte mir das Bürschchen nur verkünden, dass ich es unter mehreren Tausend Anrufern täglich geschafft hatte, mich am Telefon für die Quizshow *Zwei zur Million* als Kandidatin zu qualifizieren. Ich hätte absagen, den Hörer auf die Gabel knallen, meine Koffer packen und auswandern sollen, aber nein, ich fühlte mich geschmeichelt und sagte: »Da bin ich aber baff!«

Kinder – man sieht sie überall: auf Spielplätzen, in städtischen Grünanlagen. Sehr wahrscheinlich kennen auch Sie eines. Vielleicht haben Sie sogar eines. Mit großer Wahrscheinlichkeit sind Sie selbst mal eines gewesen. Dann wissen Sie ja, wovon ich im Folgenden rede.

Von endlosem dezibelstarkem Lärm.

Von potenziell genickbrechendem Kleinspielzeug, das in der ganzen Wohnung auf dem Boden verstreut liegt und auf ahnungslose Erwachsenenfüße lauert.

Von Kartoffelbreiklecksen auf der handgefertigten japanischen Papiertapete. Von zarten Frauennerven – den meinen –, die blank liegen und sekündlich meine lebenslang in Ehren gehaltenen Prinzipien über Bord werfen und meinen Händen befehlen könnten, sich an einem der kleinen Racker zu vergreifen und ihn ungespitzt ins Klo zu rammen.

»Marianne, bitte, kannst du nicht mal für Ruhe sorgen?«

Ich fand die Mutter der *lieben* Kleinen auf dem Toilettendeckel in meinem Badezimmer sitzend. Meditierend. Als ob nix wäre. Als ob ihre Rangen nicht gerade mein Wohnbüro in seine Ikea-Einzelteile zerlegten und die Wellensittiche traumatisierten.

»Die beruhigen sich schon von allein.«

Marianne hatte die Ruhe weg. Nachdem sie ihren treulosen Göttergatten verlassen und von Berlin wieder nach Stuttgart gezogen war, um mit ihren drei Randale-Kleinkindern ein neues Leben zu beginnen, konnte sie so schnell nichts mehr erschüttern. Auch nicht die Tatsache, dass sie als jahrelang mutterpäusige Schauspielerin erst mal keine reelle Aussicht auf ein festes Engagement hatte.

Marianne ließ ihre kleine rote Zunge vorschnellen.

»Was machst du denn da?« Ich vermutete eine obskure zentralasiatische Meditationstechnik. In ihrer Jugend hatte Marianne die Erleuchtung in Tibet, Thailand und einem Wuppertaler Ashram gesucht. So was prägt fürs Leben.

»Ich übe.« Marianne züngelte. »Ich mache einen Werbespot für die *Wilhelma*. Läuft dann in eurem Regionalsender, B-TV. Ich spiele das Chamäleon.«

»Geil, du machst einen Werbespot!«

Ich freute mich mit ihr. Wobei meine Freude in erster Linie von dem Gedanken angefeuert wurde, dass sie mit Hilfe des Honorars möglicherweise eine eigene Bleibe für sich und ihre Gören finanzieren konnte. Das »nur mal kurz bei dir unterkommen« zog sich jetzt schon fast drei Wochen hin.

Und ungelogen: Mit jedem Züngeln schien Mariannes Zunge etwas weiter vorzuschnellen.

»Hast du nichts Besseres zu tun? Ich muss mich konzentrieren.« Züngel, züngel. »Ich will die Rolle etwas hintergründig anlegen.«

»Das ist doch zu albern!«

Marianne schmollte. »Wenn du das doof findest, warum grinst du dann?«

»Das nennt man hysterische Kompensation!«

Ich verzog mich, schon deshalb, weil mein Telefon klingelte.

Tja, und das war dann der Moment, in dem mich die Jungmännerstimme mit der frohen Kunde perplexte. Und wenn ich perplex sage, dann meine ich auch perplex – nicht verblüfft, überrascht, erstaunt oder baff. Perplex deshalb, weil ich an der Telefonqualifikation gar nicht teilgenommen hatte!

»Ja, ja, ja!«

Als ich meine Perplexität mit Marianne teilte, bekam sie einen Beinahe-Orgasmus und tobte durch die Wohnung wie eine Kakerlake auf Speed.

»Ist das jetzt der Bringer oder nicht?«, jubilierte sie. »Das ist unsere Chance! Wir werden reich. Dann soll er sich seine Unterhaltszahlungen sonstwo hinschieben. Ich kaufe ein Haus!«

Sie umarmte abwechselnd Klein-Katharina, Klein-Ferdinand, Klein-Camilla-Luise, mich und meinen großen Stoffteddy.

»Würdest du mir mal verraten, was hier abgeht?«

Und da verriet sie es mir.

Marianne hatte die Kandidaten-Hotline angewählt. Nicht einmal, versteht sich, sondern die ganzen endlosen

Stunden, die sie sich aufgrund ihrer doch recht bedenklichen Lage schlaflos auf meiner Isomatte gewälzt hatte. Es waren viele Stunden. Und viele Anrufe. Für einen Euro dreiunddreißig pro Minute. Aber das würde sie mir alles zurückzahlen, gelobte sie hoch und heilig, sobald wir bei *Zwei zur Million* kräftig abgesahnt hätten.

»Wir?«

Marianne nickte. »Na klar, es heißt ja *Zwei zur Million*, nicht *eine*.«

Ich plumpste in meinen roten Bequemsessel. Eigentlich plumpste ich auf eine dort liegen gebliebene Lara-Croft-Barbie, aber mein Hintern hielt das aus.

»Du glaubst doch wohl nicht, dass ich dich begleite? Mich im Fernsehen lächerlich mache? Vor einem Millionenpublikum? Nee danke.«

Ich sah es schon vor mir, wie ich völlig durchtranspiriert an der Frage scheiterte, in welchem Meer die Insel Mallorca liegt.

Marianne war eine Frau. Und als solche erkannte sie einen wunden Punkt, wenn sie einen sah, und kerbte mit ihrem Todesbeil schneller eine Furche hinein, als Hagen »Siegfried« sagen konnte.

»Wenn wir da die Million einstreichen, hast du dein Wohnklo in Null Komma nichts wieder für dich allein ...«

Der bekannte Privatsender ließ sich nicht lumpen.

Wir wurden am Kölner Bahnhof von einer pickeligen Zöpfchenträgerin im Umstandsoverall abgeholt, die ein handgemaltes Schild mit der Aufschrift *Zwai zur Billion* hochhielt. Ein gutes Omen?

Sie fuhr uns und ein stummes (»mit dem Feind verbrüdert man sich nicht«) Ehepaar aus Bonn in ein schlichtes Hotel in der Nähe der Studios und reichte uns einen

Waschzettel, auf dem stand, wann wir uns wo einzufinden hätten, nämlich am Eingang zu Studio 7 in exakt einer halben Stunde.

Pech, ich hatte mich noch hinlegen wollen, weil ich total übermüdet war. Hatte die Nacht zuvor noch mit dem großen Brockhaus im Bett verbracht. Volker Brockhaus, ein Meter fünfundneunzig. Grins, Scherz beiseite – ich war einfach groggy.

Unser Doppelzimmer war schlicht, aber sauber. Während Marianne ihren Nachwuchs anrief, der die Nacht bei meiner Oma verbringen würde (»Gott, wie süß, Ersatzurenkel«, hatte Oma Nölle bei der Hosenscheißerübergabe gerufen und mich dann mit einem bösen Blick bedacht. »Echte habe ich von dir ja nicht mehr zu erwarten!«), überlegte ich mir das passende Outfit für den großen Abend.

Weil ich mir bis zu dieser Sekunde unschlüssig war, hatte ich gleich meinen ganzen Kleiderschrank eingepackt. Das taillierte Jäckchen mit dem Webpelzkragen? Nein, in Fernsehstudios soll es ja unglaublich heiß sein. Das hautenge, bauchnabelfreie Top mit den Pailletten, das eigentlich nichts mehr der Phantasie des Betrachters übrig ließ? Nein, meine Eltern würden mich enterben.

Marianne hatte schon längst austelefoniert, sich in ein ockerfarbenes Etuikleid und einen *Hermès*-Schal gehüllt (Überbleibsel aus ihrer Ehe mit diesem erzkonservativen Manager) und war in das Restaurant des Hotels geeilt, um sich zur Beruhigung noch eine Tasse Kakao zu gönnen, da wühlte ich immer noch meine Sachen durch.

Schlussendlich machte ich auf dezent. Ja doch, das kann ich! Ein ockerfarbener, klassisch geschnittener Hosenanzug, die neue Kurzhaarfrisur damenhaft nach hinten geföhnt, eine zweireihige Perlenkette – kein Mensch würde mich wiedererkennen. Wunderbar!

Ich, die reizende, charismatische, manchmal schwierige, aber im Ganzen entzückende und jung gebliebene Diva, rauschte stilvoll in das Hotelrestaurant. Mit Fug und Recht erwartete ich offene Münder, unabsichtlich herausrutschende Laute der Bewunderung und verhaltenen Beifall der anwesenden Herrenschar, aber keiner schenkte mir Beachtung. Auch nicht der Kellner, bei dem ich in meiner herben Enttäuschung eine Tasse Milchkaffee bestellen wollte.

»Hast du das gewusst?« Marianne drückte mir die Zeitung mit den vier großen Buchstaben in die Hand. Schlagzeile: WÜRGER MORDET FERNSEH-VERSAGER!

Ich sah unsägliche Talkshowmoderatoren mit blau angelaufener Zunge vor mir und peinliche Nachrichtensprecher mit verrenkten Gliedmaßen. Aber nein, in den spärlichen Textzeilen unter dem mit einem schwarzen Balken unkenntlich gemachten Männergesicht stand nur zu lesen, dass alle Teilnehmer der letzten beiden Folgen der Fernsehquizshow *Zwei zur Million*, die es nicht bis zur Tausend-Euro-Frage geschafft hatten, ermordet aufgefunden worden waren. Hinter diesem »alle Teilnehmer, die es nicht geschafft hatten«, verbargen sich nur zwei Personen, von denen einer, nämlich der Pottensteiner Beamte Heiner-Maria F., bei Glatteis auf der Heimfahrt von der Show einen tödlichen Autounfall gehabt hatte, also nix Mord, aber das konnte man diesem Geschreibsel nur mit einem zweistelligen IQ entnehmen. Will sagen, außer mir schien das keine/r der Anwesenden zu bemerken.

»Marianne«, fauchte ich. »Einer hatte einen Unfall und der andere wurde rein zufällig ermordet. Das hat mit der Show doch überhaupt nichts zu tun.«

Ich hob wie segnend die Arme und verkündete der Menge: »Hier ist absolut alles in Ordnung!«

Selbst wenn es diese Weisheit als besticktes Kissen gegeben hätte, nichts entsprach weniger der Wahrheit.

»Genau, hier ist alles in Ordnung«, rief es plötzlich hinter mir.

»Hallo, ich bin die Claudia. Ich bin die Redaktionsleiterin und werde Sie jetzt ein wenig herumführen. Wie ich sehe, sind wir schon vollzählig. Ich weiß, wir wollten uns am Eingang von Studio 7 treffen, aber wo ich schon da bin …«

Hastig hetzte sie uns – Marianne und mich, das stumme Ehepaar aus Bonn und ein männliches Zwillingspaar – hinüber zum Studio. Bevor ich von ihren mageren, spitzellbogigen Ärmchen durch die Studiotür gedrückt wurde, sah ich noch aus den Augenwinkeln, wie ein Übertragungswagen eines konkurrienden Privatsenders und ein Opel mit dem Aufdruck einer großen Kölner Tageszeitung vorfuhren. Aha. Die Journalistenmeute hatte unsere Spur aufgenommen.

Hinter uns riegelten zwei brutal aussehende Sicherheitsmänner in anthrazitfarbener Uniform und Sonnenbrille den Eingang ab.

Prompt wirkte Claudia entspannter. »Hier entlang«, lockte sie fröhlich, »ich zeigen Ihnen mal schnell die Örtlichkeiten. Da drüben sehen Sie das Büro unserer Autoren.«

Durch die Scheibe sahen wir fünf Männer, von denen drei unter großem Hallo *Tomb Raider* spielten, einer sich mit einem Bleistift den Dreck unter den Nägeln hervorkratzte und der letzte, offenbar der Chefautor – er trug als Einziger eine Krawatte –, mit dem Telefonhörer am Ohr in einem Faltblatt blätterte. Offenbar orderte er gerade eine Pizza.

»Unsere Autoren suchen die Fragen zu den vierzig Themengebieten aus und geben sie in den Fragencomputer ein. Natürlich steht bei aller Unterhaltung die sachliche Richtigkeit im Mittelpunkt!«

Schäferin Claudia trieb ihre Herde hurtig weiter.

»Das dort ist die Maske, da werden Sie nachher abgepudert. Und wir gehen weiter.«

Wir gingen weiter.

»Da ist schon das Studio. Sehen Sie nur, Klaus, unser Pyrotechniker, bereitet das Konfettifeuerwerk vor – falls zwei von Ihnen heute Abend die Million erraten, wird es Konfetti auf Sie regnen!«

Wir *Aah*-ten und *Ooh*-ten.

»Und das dort sind die Jungs vom technischen Aufbau. Der Kamera-Kran wiegt 500 Kilogramm. Es gibt über einhundert Soundeffekte, und Sie werden mit über einhunderttausend Watt angestrahlt.«

Neuerlich *Aah* und *Ooh*.

»Und hinter der Scheibe da oben verbirgt sich unser Regisseur Hartmut Löwenfeld mit seinem Team. Aufregend, nicht?«

Die Einzige, die das wirklich aufregend fand, war Claudia.

Wir anderen waren zwar auch aufgeregt und hätten die Schwitzprobe zweifelsohne nicht bestanden, aber nicht vor Begeisterung, sondern aus Angst. Auf den einhundertfünfzig Sitzplätzen würde in ein paar Stunden die johlende Menge sitzen, und die sieben Kameras standen symbolisch für eine Einschaltquote von immens hoher Prozentzahl.

Irgendwann fanden wir uns in einem schmucklosen Besprechungszimmer wieder, und Claudia spielte mit uns den Abend durch.

»Unser Moderator, Walter Wischke, ist heute Abend leider unpässlich, aber wir haben einen Top-Ersatzmann gefunden.«

»Hat er Angst vor dem Würger, der Wischke?«, fragte einer der Zwillinge.

»Ich muss doch sehr bitten, meine Herren«, echauffierte sich Claudia. »Das mit dem Würger ist nichts weiter als ein billiger Scherz der Printmedien!«

Sie nestelte nervös an ihrer Bluse. »Also, wenn ich dann mal anfangen darf. Wir haben ein einfaches Format ohne großen Budenzauber, das spricht die ganze Familie an. Sie sitzen auf zwei Barhockern, und der Moderator steht Ihnen gegenüber an der Computerkonsole. Für jede Frage gibt es vier mögliche Antworten. Sie haben jeweils dreißig Sekunden Zeit, dann muss einer von Ihnen auf den Wir-wissen-es-Knopf drücken. Und zwar so.«

Sie demonstrierte uns an einer Attrappe, wie man einen Knopf drückt.

»Erst die Hundert-Euro-Frage, dann die Tausend-Euro-Frage, dann die Zehntausend-Euro-Frage, dann die Hunderttausend-Euro-Frage und zum Schluss die Eine-Million-Euro-Frage.«

»Könnten Sie das noch mal erklären, ich habe das nicht ganz begriffen.«

Marianne stieß mir ihren Ellbogen in die Seite.

Claudia erklärte es noch mal.

»Und wenn wir eine Frage nicht richtig beantworten, fliegen wir raus?«, wollte die männliche Hälfte des Ehepaares wissen.

»Richtig, aber Sie haben ja zwei Joker – Sie können sich eine falsche Antwort wegklicken lassen, und Sie dürfen einen per Zufallsgenerator ausgewählten bundesdeutschen Mitbürger anrufen lassen.«

»Zufallsgenerator?«, rief einer der Zwillinge. »Ist das hier nicht die Show, wo man einen Bekannten von sich anrufen kann? Ich hätte hier die Nummer von meinem Doktorvater.« Er hielt eine abgegriffene Visitenkarte hoch.

»Nein«, zischelte Claudia. »Das ist bei *Wer wird Millionär*.«

Also, wenn ich ehrlich sein sollte, war das der Moment, in dem in mir alles ganz ruhig und zuversichtlich wurde.

Marianne und ich würden die Million mit links abgreifen.

Das Abpudern wäre kein Problem gewesen, wenn die Visagistin nicht darauf bestanden hätte, auch noch an meinem Makeup herumzubasteln.

»Glauben Sie mir, weniger ist mehr!«, hatte sie insistiert.

»Nur mehr ist mehr, weniger ist immer weniger«, hatte ich zurückgeblafft.

Aber als ich dann auf meinem Wartestuhl in einem grellen, aber arschkalten Studio saß – von wegen heiße Scheinwerfer –, musste ich nach einem Blick in den aufgestellten Bildschirm zugeben, dass ich ein klitzekleines bisschen zu bunt aussah. Egal. Die anderen sahen käsig aus. Psychologisch würde mir das zum Vorteil gereichen.

Der Einklatscher, neudeutsch wohl Warm-upper genannt, feuerte das Publikum wie ein Blöder an. Die Menge grölte Sprechchöre und schunkelte. Das konnte ja heiter werden.

Und dann war es so weit.

Die *Zwei zur Million*-Erkennungsmelodie ertönte, und alle Lichter flammten auf.

Statt des smarten Walter Wischke, der, so ging hinter den Kulissen das Gerücht, beim Sex mit einem Kandidaten-Schwesternpaar aus dem Bett gefallen war und sich den Schädel gehirnerschüttert hatte, trat einer der völlig farblosen Nachrichtensprecher des Senders auf die Bühne.

Frenetischer Beifall. Der Beklatschte winkte bescheiden ab.

Natürlich wurde nicht *er* umjubelt, sondern der Warmupper, der, unsichtbar für die Kameras, einen gekonnten Strip hinlegte. Leider war bei den Boxershorts Schluss, woraufhin sofort Stille einkehrte.

Der Ersatzmann las seine Begrüßungssprüche von kleinen Kärtchen ab und trat an seine Konsole, an der er sich wie ein Ertrinkender festklammerte.

»Und als erstes Kandidatenpaar heißen wir heute Abend Veit und Margarethe Bense willkommen, Einzelhandelskaufleute aus Bonn!«

Das Ehepaar schritt auf die für sie bestimmten Barhocker zu. Er setzte sich lässig, aber für sie war der Stuhl zu hoch, und sie musste sich undamenhaft im Freeclimbing versuchen.

Während Kamera 3 schamlos ihren Hintern und ihre mehrmals abrutschenden Fersen einfing, wischte sich der Ersatzmoderator mit dem Ärmel den Schweiß von der Stirn.

»Hier die erste Frage«, blökte er daraufhin. »Wer erhielt 1978 zusammen mit Menahem Begin den Friedensnobelpreis?« Er beugte sich noch etwas tiefer über den Fragencomputer. »War es a) Gaddafi, b) Sadat, c) Mubarak oder d) Arafat?«

»Das war ...«, flötete Margarethe.

»Lass mich nachdenken!«, würgte Veit sie ab. »Gaddafi war es nicht, was?« Er lachte und blickte triumphal in Kamera 1. Das war allerdings nicht die Kamera, an der das rote Lämpchen leuchtete.

»Es war ...«, setzte Margarethe noch mal an.

»Sadat war '78 schon tot«, sinnierte Veit lautstark.

Margarethe schmollte.

»Und Arafat würde ich nie mit dem Friedensnobelpreis in Verbindung bringen.« Veit strahlte. »Was sagst du, Popelchen?« Er blickte auf seine Gattin. Die spitzte nur die Lippen.

»Also, es war eindeutig Mubarak!«, verkündete Veit und drückte auf den roten Knopf, der daraufhin ein durchdringendes Summen von sich gab.

Unser Ersatzmoderator suchte seine Karten durch. »Sind … Sie … sicher?«, las er schließlich stockend vor.

Veit nickte. »Ja-a.«

Der Ersatzmoderator zählte stumm auf fünf.

»Das ist falsch!«, verkündete er anschließend heiter und trat auf die Benses zu. »Tut mir echt rasend Leid, Leute«, meinte er, offensichtlich O-Ton und nicht von der Karte abgelesen.

Dann gab er in die Werbepause ab.

»Ich hätte es dir sagen können, aber du hast mich ja mal wieder nicht zu Wort kommen lassen!«, zeterte Frau Bense auf dem Weg zur Garderobe.

»Was ist denn das für ein saublödes Argument«, hielt Veit dagegen. »Wegen dir ist die Sache für uns jetzt gelaufen, dumme Pute!«

»Bitte, kein Streit, es ist doch nur ein Spiel.« Redaktionsleiterin Claudia versuchte sich als Schlichterin. Aber die beiden hatten mehr Übung. Weiter streitend knallten sie die Garderobentür hinter sich zu.

»Wenn die anderen bitte wieder mitkommen würden«, befahl Claudia.

Sie wies den beiden Brüdern schon mal die Barhocker zu. »Sie sind die Nächsten. Viel Glück!«

»Und hier sind wir wieder«, jubilierte gleich darauf der Ersatzmoderator in die Kamera, frisch abgepudert und mit noch mehr Gel im Haar. »Mit Hartmut und Armin Stockinger, Brüdern aus Elbersfelde.«

Der Applaus fiel mäßig aus, was aber nicht an den beiden schnuckeligen Brüdern lag, sondern daran, dass der Warm-upper ausgepowert war und die Massen nicht länger bewegte.

»Wollen wir gleich voll einsteigen?«, meinte der Ersatzmoderator etwas unsicher und sah sich suchend um.

Die Zwillinge nickten.

»Gut, hier Ihre Frage: Ödön von Horvath verfasste die *Geschichten aus dem* ... a) Burger King, b) Wienerwald, c) Häagen-Dazs oder d) Pizza Hut.«

Hartmut und Armin musterten sich.

»Also, Häagen-Dazs sicher nicht, das ist doch so eine Döner-Kette«, erklärte Armin.

Dem Moderator sprangen beinahe die Augen aus den Höhlen. Das mit dem Pokergesicht sollte er wohl noch mal üben.

»Wir möchten einen Joker«, rief Hartmut. »Eine falsche Antwort wegklicken, bitte.«

Von unsichtbarer Hand verschwand auf der großen Leinwand die Antwort Häagen-Dazs. »Siehste«, sagte Armin.

»Und jetzt?«, fragte Hartmut.

Zögern.

»Wir möchten auch noch den zweiten Joker«, verlangte Armin.

Der Ersatzmoderator nickte in die Kamera. »Ja, meine Damen und Herren, das kommt schon einmal vor, dass man an einer schwierigen Frage zu knapsen hat. Wir rufen also die Bevölkerung zur Mithilfe auf. Gleich wird es bei einem von Ihnen, meine Damen und Herren, zu Hause klingeln.«

Man hörte es klingeln.

Jemand nahm ab.

»Guten Abend, hier spricht Gerald Paltz von *Zwei zur Million.* Mit wem spreche ich bitte?«

»Wie? Paltz? Das macht doch immer der Wischke!«

»Ja, aber Herr Wischke ist heute leider verhindert. Wollen Sie unseren Kandidaten zur Million verhelfen?«

»Wer? Ich?«

»Ja, Sie.«

»Komme ich dann auch im Fernsehen?«

»Natürlich. Können wir?«

»Können wir was?«

Der Ersatzmoderator geriet ins Stocken.

Die Regie rief: »Die Frage, Gerald, die Frage.«

Der Moderator fing sich wieder und wandte sich an das Brüderpaar. »Hartmut – Sie haben dreißig Sekunden. Lesen Sie die Frage vor.«

Hartmut räusperte sich. »Hallo, da draußen. Hier die Frage.« Er sprach überdeutlich. »Ödem von Horwatt schrieb die Geschichten aus dem ... und jetzt Antwortmöglichkeit a) Burger King oder Antwortmöglichkeit b) Wienerwald oder Antwortmöglichkeit d) Pizza Hut.«

»Wie war a) noch mal?«, wollte der Mensch am Telefon wissen.

In diesem Moment röhrte ein Signalton.

»Tut mir Leid«, rief Ersatzmoderator Paltz. »Die dreißig Sekunden sind um!«

Durch das Publikum lief ein gehässiges Raunen.

»Hartmut und Armin – entscheiden Sie sich bitte ... jetzt!«

Armin nickte. »Also«, er sah Hartmut an, der nickte auch, »wir nehmen a) Burger King.«

In diesem Augenblick ertönte hinter den Kulissen ein entsetzlicher Schrei!

Wenn Sie sich schon gefragt haben, *Was hat eigentlich unsere entzückende Heldin die ganze Zeit gemacht?*, dann kann ich nur sagen: Ich saß mit weit offenem Mund auf meinem Stuhl im Windschatten der Kameras und glotzte ungläubig. Wie viel ließ sich eigentlich mit Nervosität erklären, und wo fing die bodenlose Dämlichkeit an? Hatte das Ausbildungskonzept der bundesdeutschen Kultusministerien versagt? Oder war das ein schlagendes Argument für die Einführung der genetischen Zuchtwahl beim Menschen?

Aber dieser Schrei riss mich aus meiner lethargisch-philosophischen Stimmung. Mit solch markerschütternden Schreien kannte ich mich aus!

»Was'n da los?«, rief ich und stürmte an den Zuschauertribünen vorbei in den vorderen Teil der Halle.

Hinter mir gab Paltz verstört in die Werbung ab.

Die Tür zum Flur mit den Garderoben stand offen – und davor lag Veit Bense. Mit verrenkten Gliedmaßen.

Selbst unter all den Puderschichten konnte man seine Totenbleiche sehen.

Der Schrei stammte wohl aus dem Hals seiner Frau, die neben ihm kniete und seinen Kopf mütterlich in ihrem Schoß gebettet hielt.

»Meiner armer Liebling, mein armer Liebling …«, intonierte sie mantragleich. »Ich war doch nur kurz auf dem Klo.«

»Herzinfarkt!«, rief Claudia, die Redaktionsleiterin, bestimmt in die sich sammelnde Menge.

»Das können Sie doch noch gar nicht wissen«, widersprach ich heftig. »Lassen Sie uns mal den Hals ansehen.«

Der Würger, flüsterte es daraufhin Stille-Post-gleich durch die Menschenmasse.

Frau Bense und die Regieassistentin sanken ohnmächtig zu Boden.

Ein Kameramann übergab sich.

Zwei Sanitäter bahnten sich den Weg frei.

In diesem Augenblick umklammerte eine Männerhand fest meinen linken Knöchel.

Die Hand gehörte zu Bense.

»Verdammte Scheiße!«, krächzte er.

Dann wurde alles um mich herum dunkel.

Ich wachte mal kurz auf. Es war in einem viel zu hellen Raum. Mir war, als würde ich Bense lässig gegen ein Regiepult gelehnt sehen, einen vollen Cognacschwenker in der Hand. Mir war auch, als ob mich Claudia, die Redaktionsleiterin, ohrfeigte. Dann versank ich wieder in Dunkelheit.

»Ich weiß nicht, wie Sie es machen, das ist mir auch egal, aber ich brauche für die Schlussrunde in exakt einer Minute eine Kandidatin. Spritzen Sie ihr doch irgendwas!«

Das war eindeutig Claudias Stimme. Ich setzte mich langsam auf. Der Sanitäter trat einen Schritt zurück.

»Geht es dir besser?« Die getreue Marianne tätschelte mir die Hand.

Ich nickte.

»Dann hurtig. Wir sind gleich dran. Ich kann mir diese Chance auf Publicity unmöglich entgehen lassen. Maske!« Sie rief die Visagistin zu sich. »Mehr Puder!«

»Na also.« Auch Claudia klang jetzt beruhigter. »Geschwind, geschwind, wir schreiben Fernsehgeschichte.«

Ich fühlte mich immer noch so, als sei der Weihnachtstruck von *Coca Cola* über mich hinweggerollt, aber tapfer setzte ich mich in Bewegung.

»Herr Bense?«, röchelte es aus mir, als ich an dem lächelnden Veit vorbeikam, der unzweifelhaft nach Cognac roch.

»Es war ein Mann«, raunzte er mir zu. »Ich habe das Aftershave gerochen.«

»Ja, ja«, sagte der zweite Sanitäter neben ihm. »Das haben Sie uns schon erzählt.«

»Ein Mann«, wiederholte Bense. »Er hat seine ekligen Finger um meinen Hals gelegt. Hier, sehen Sie mal.« Er riss sein Hemd auf und entblößte eine schwammige Männerbrust mit Busenansatz.

Es heißt ja, dass Menschen, die soeben das Bewusstsein wiedererlangt haben, über besonders scharf ausgeprägte Sinne verfügen.

Und meine Nase sagte mir, dass Benses Hals nach Salami roch. Mit einem Hauch von Pepperoni.

Marianne und ich schlugen uns wacker.

Sie fing jede Antwort mit dem Satz »Ich als Schauspielerin würde sagen …« an, und ich tat nichts weiter als dümmlich zu grinsen, aber immerhin schafften wir es bis zur magischen Einhunderttausend-Euro-Frage.

Die lautete dann:

Wodurch wurde Wasilij Wasiljewitsch Wereschtschaginow berühmt. Durch a) seine Bauernbilder, b) seine Zarenromane, c) seine Wodkabrennerei oder d) sein Borschtsch-Rezept?

Hätten Sie es gewusst?

Na also, wir und Joker-Zuschauerin Helene Augusta Senkbier aus Badenweiler auch nicht.

Adieu, Reichtum.

Marianne sitzt seitdem wie festgeleimt neben dem Telefon. Sie hofft auf den Anruf eines bedeutenden Bühnenregisseurs. Oder doch wenigstens auf eine Rolle in einem Werbespot.

Mir wurde die wiedergewonnene Armut dadurch versüßt, dass ich die Kölner Polizei auf die Spur des Würgers bringen konnte. Das Opfer roch nach Pizza, und die hatte an jenem Nachmittag nur einer bestellt.

Er gestand dann auch gleich. Es war Dieter Novotny, der Chefautor von *Zwei zur Million*. Seit Monaten lebte er nur für Enzyklopädien und das Internet, tüftelte die hintersinnigsten Fragen aus, aber keiner dieser »Dumpfbacken und Volltrottel« wusste seine Mühe zu schätzen, war der Herausforderung gewachsen. Alle scheiterten schon an der Hundert-Euro-Frage. Wozu dann der ganze Aufwand? Er hatte sich den Arbeitsfrust gewissermaßen von der Seele gewürgt. Beziehungsweise würgen wollen – richtig geklappt hatte es ja nur ein einziges Mal und selbst da starb das Opfer vorzeitig vor Schreck an Herzversagen.

Tja, und das ist jetzt der Moment, wo im Kinofilm das fröhliche Klarinette-Oboe-Duett einsetzt und abgeblendet wird.

Nur dass es bei mir ein tragisches Streichersolo ist, während ich entnervt die Lego-Steine von Camilla-Luise aus der Kloschüssel fische.

Kinder …

Benedicamus Domino

(*Lobet den Herrn …*
oder: Die Invasion der Alphornbläser
und Schoggi-Jodler)

Jeder weiß es: *Ho ho ho* ist kein chinesisches Brettspiel, sondern das allgegenwärtige Penetranzgeschrei rot gekleideter Falschbartträger zur Vorweihnachtszeit.

Die sintflutartige Verbreitung dieser Santa Kläuse ist einer jener Trends, die völlig unnötigerweise aus den USA zu uns herüberschwappen und den Kindern die treudeutsche Angst vor Knecht Rupprecht rauben. Das rotzige Durchschnittskind denkt sich einfach, wenn der *Karstadt*-Nikolaus mir doof kommt, weil ich kein dämliches Gedicht aufsagen kann, gehe ich eben zum *Kaufhof*-Weihnachtsmann und hole mir dort mein Gratis-Billiggeschenk, mir doch wurscht.

Während der Zeit des Weihnachtsmarktes in Stuttgart, wenn die Armada der Schweizer Busreisegesellschaften die Straßen der Innenstadt unsicher macht, bleibe ich eigentlich immer zu Hause. Höchstens, dass ich am frühen Morgen, solange es noch dunkel ist, zu meinem Bäcker flitze und mich mit dem Lebensnotwendigsten versorge, oder mich abends, wenn der Weihnachtsmarkt geschlossen ist, in meine Stammkneipe schleiche. So kommt es, dass ich zur Vorweihnachtszeit ein eher menschenscheues, zurückgezogenes, stilles Einsiedlerinnenleben führe. Doch nicht an jenem 23. Dezember.

»O Gott, o mein Gott, o Gott«, war alles, was meine alte Freundin Vera noch von sich geben konnte. Ich flößte ihr einen halben Liter Eierlikör ein – der einzige Alkohol, den ich unter Garantie immer im Haus habe –, aber das Sprachzentrum in ihrem Gehirn blieb weiter blockiert.

Vera, Stones-Fan und, nicht zuletzt dank meiner Hilfe, erfolgreiche Drehbuchschreiberin von Vorabendserien in den Öffentlich-Rechtlichen, rülpste laut. Meine beiden Sittiche beäugten sie kritisch. Seit der Scheidung von ihrem zweiten Mann ließ Vera sich die Haare wachsen und machte auf feminin und folglich auch wohlerzogen. Aber in der Stunde der Not kam meine alte Kommilitonin mit den Bauarbeitermanieren und dem Ruhrpottdialekt wieder zum Vorschein.

»Okay, was ist passiert?« Ich stemmte die Hände in die Hüften.

»Er hat mich beklaut!«

»Wer?«

Ich dachte sofort an Hans-Werner Richter, einen kleinen Bärtigen mit Dauerpickeln. Ehemals Veras Chef bei der Lux Lichtfilm GmbH, hatte sie ihn einer spontanen Sektlaune folgend geheiratet und vor kurzem wieder in den Wind geschossen, weil sie es nicht ausstehen konnte, dass er a) ihren heißgeliebten Mick Jagger einen »schimpansenlippigen Furz« nannte und er b) dauernd Praktikantinnen von der Filmhochschule Ludwigsburg zu zeigen pflegte, was er mit einer teuren Havanna am liebsten tat.

Ich selbst hatte ihn ja auch mal ganz bärig-süß gefunden, aber nur einen Abend lang und auch nur im Zustand fortgeschrittener Alkoholisierung. Heute konnte ich mir gut vorstellen, dass er sich an seiner Exfrau rächte, indem er bei der Hausstandsaufteilung wertlose, aber liebgewonnene Einzelteile von ihr für sich entwendete.

»Dieses Schwein! Wie kann er es wagen! Bäh, mir wird schlecht.«

Vera stürzte ins Klo. Ich hörte Würgegeräusche.

»Du solltest sofort deinen Anwalt informieren«, riet ich.

Die Klotür öffnete sich. »Was soll der denn schon tun?«

»Na, er könnte Hans-Werner einen Brief schreiben und mit gerichtlichen Schritten drohen. Was Anwälte eben so zu tun pflegen.«

»Was hat Hans-Werner denn damit zu tun?« Vera glotzte blöde.

Ich auch. »Hast du nicht gerade gesagt, dass er dich beklaut hat?«

»Hans-Werner?«

»Ja.«

»Jetzt drehst du völlig hohl. Ich habe keine Silbe von Hans-Werner gesagt.«

»Ja, wenn nicht dein Ex, wer denn dann?«

»Der Weihnachtsmann!!!«

Nirgends wird einem deutlicher klar, wie nah »Besinnlichkeit« und »Besinnungslosigkeit« beisammen liegen, wie in der Nähe eines Glühweinstandes auf dem Weihnachtsmarkt. Und natürlich begannen wir unsere Suche nach dem heiligen Unhold mit einem lecker Pfandglas voll Glühmost.

Den besten Glühmost gibt es auf dem Schillerplatz an einer riesigen Wurststation. Man stellt sich mit der heißen, urinfarbenen Flüssigkeit dann üblicherweise an eine der zahlreichen Abfalltonnen und schaut kopfschüttelnd zu, wie sich die Touristen mit geschwefelten, geschwärzten, gewachsten und mit Antioxidationsmitteln durchsetzten Würstchen vergiften, die als wirklich organischen Inhalt nur Klauen, Zähne, Häute und Borsten enthalten. Naja, wer's mag.

Ich wollte Vera gerade nach den Einzelheiten des schändlichen Überfalls befragen, als sich ein großes, stark behaartes Individuum unter Einsatz seiner Ellbogen zur Tonne vordrängelte. Nun, dieser rammbockartige Körperkontakt gehört zum Stuttgarter Weihnachtsmarkt einfach dazu. Friede allen Menschen, wessen Wohlgefallen auch immer.

Ich persönlich verabscheue Gewalt, darum eroberte ich mir meinen Seelenfrieden zurück, indem ich von der nebenstehenden Abfalltonne eine senf- und sabberbeschmierte Serviette nahm und sie genüsslich über den Rücken der bepelzten Vordränglerin rieb, während ich mich mit den Worten »O pardon, ich bin angerempelt worden« nach vorn hin bei ihr entschuldigte.

»Also, weißt du …«, sagte Vera und schaute auf die Senfschlieren auf dem echten Hermelin. Jedoch nicht missbilligend, eher mit einem Blick, mit dem Hasenfüße beherzte Heldinnen zu bedenken pflegen.

»Jetzt erzähl mal«, forderte ich sie auf. »Wo genau hat dir der Weihnachtsmann die Handtasche geklaut?«

»In dem Gedränge vorm Rathaus. Wer hat die Budenbesitzer nur auf die Idee gebracht, eng an eng sei gemütlich?«

»Die Taschendiebgewerkschaft.« Ich kippte den Rest Apfelmost. »Und das war ein richtig rundum kostümierter Weihnachtsmann? Nicht bloß einer dieser Typen, die es witzig finden, sich eine rote Mütze mit weißem Bommel überzustülpen?«

Vera nickte. Sie bekam kindlich große Kulleraugen. »Ein richtiger Weihnachtsmann. Mit goldenen Knöpfen auf der roten Jacke und einem breiten, schwarzen Ledergürtel.«

»In dem Gedränge kann er doch unmöglich so mir nix, dir nix verschwunden sein. Warum hast du nicht wie am Spieß geschrien?« Ich schüttelte den Kopf.

Vera senkte den Blick. »Ich war irgendwie schockiert. Der Weihnachtsmann, verstehst du? Und ich schob Panik. Man hört doch immer von diesen Banden aus Rumänien. Da bin ich einfach weggelaufen.«

»Diebische Weihnachtsmannbanden aus dem Tiefland der Walachei?« Ich war skeptisch.

Neben uns wurde Geschrei laut. Der Begleiter der Hermelintante war mit seinen wilden Kartoffeln in Knoblauchtunke an die Tonne getreten und hatte die Überreste meiner wackeren Gesinnungstat auf dem Rücken seiner Statusgefährtin entdeckt.

Vera händchenhaltend hinter mir herziehend wurde ich eins mit der Menge.

»Aber das Pfand für den Glühmost …«, beschwerte sich Vera.

»Vergisses!«

Ich pflügte mir eine Bahn durch die Menschenleiber.

»Welches Format hatte dein Weihnachtsmann?«, rief ich Vera über meine linke Schulter zu.

»Hä?«

»Wie sah er aus? Klein? Groß? Dick? Dünn?«

»Was?«

Ich konnte ihr für ihre Schwerhörigkeit keinen Vorwurf machen. Es musizierte allenthalben dissonant und vor allem laut. Ein Cellospieler gab volkstümliche Weihnachtsweisen zum Besten, keine zwei Meter weiter flötete eine Kinderflötengruppe und zehn Schritte dahinter stand ein Leierkastenmann mit einem *Steiff*-Affen auf der Schulter. Nur das Blasquintett aus Sankt Petersburg fetzte richtig gut ab, doch sosehr ich es auch wollte, es gelang mir nicht, das Tempo zu drosseln oder gar stehen zu bleiben – die Menge schob mich gnadenlos weiter, Vera immer im Schlepptau.

Erst auf dem Marktplatz fanden wir eine Lücke. Und zwar direkt vor der mannshohen Nussknackerfigur, die jedes Jahr an genau dieser Stelle stand. Ich liebe diesen Nussknacker. Er schiebt sich oben eine Nuss in den Mund, die ihm dann im Schritt wieder aus der Hose kommt. Nur dass man auf den ersten Blick nicht denkt, es sei eine Nuss, was da plötzlich im Hosenschlitz auftaucht …

»Okay«, sagte ich zu Vera, »jetzt wird es ernst. Schnappen wir uns den Weihnachtsmann!«

Wer nun denkt, auf dem Stuttgarter Weihnachtsmarkt wimmele es vor rot gekleideten Nikoläusen, der irrt. Anstatt die freie Auswahl zu haben, verhungerten wir gewissermaßen am ausgestreckten Arm. Weit und breit niemand in Rot.

Wir kämmten alle Gänge zwischen den Buden vor dem Rathaus ab, kehrten dann auf dem Weg, den wir gekommen waren, zum Schillerplatz zurück, machten einen großen Bogen um die Hermelintante und ihren Macker, die immer noch wild vor dem Würstlstand tobten, und marschierten am alten Schloss vorbei in Richtung Schlossplatz.

Kein Weihnachtsmann weit und breit. Zu allem Überfluss fing es auch noch an zu regnen.

»Verdammt, er muss schon das Weite gesucht haben«, schimpfte ich.

»Nein!«, gellte Vera urplötzlich. Dann streckte sie die behandschuhte Rechte aus. »Da! Da drüben auf dem Eis!«

Nicht nur New York hat zur Weihnachtszeit seine innerstädtische Eisfläche, Stuttgart auch. Zu Sinatra-Klängen aus dem Lautsprecher ziehen einige Wagemutige ihre Kreise, gern beobachtet vom vorbeischlendernden Volk. Und mitten auf dieser Eisfläche wirbelte ein großer roter Fleck. Mehr konnte ich von unserem Standort unter dem Götterbotendenkmal nicht ausmachen.

»Das muss er sein!«, insistierte Vera. »Der macht sich jetzt mit meinem sauer verdienten Geld einen schönen Tag.«

»Nicht mehr lange!«, versprach ich und rückte meine Webpelzjacke zurecht.

Dann stapfte ich wie Arnold Schwarzenegger in *Terminator* auf Sankt Nikolaus zu. Es tat mir Leid um all die Kinder dieser Welt, aber am diesjährigen Heiligabend würde es keine Geschenke geben:

Weihnachtsmann, mach dein Testament!

»Halt!«, röhrte es aus dem Lautsprecher. »Sie können nicht ohne Schlittschuhe aufs Eis!«

Die Musik hatte ein abruptes Ende gefunden. Die versammelte Menge glotzte in meine Richtung. Vera schrie »Achtung, er kommt von links, schnapp ihn dir!«

»Sie da!«, bäffte ich den Weihnachtsmann an, der sich mir ungeniert näherte, Neugier im Blick. »Sie da, geben Sie meiner Freundin sofort ihre Tasche wieder!«

Ich machte einen Schritt auf ihn zu, rutschte selbstredend aus, hielt mich an seinem Ledergürtel fest, der daraufhin aufriss und mitsamt der Hose und mir zu Boden ging. Die ersten Schreie wurden laut. In der Ferne hörte man ein Martinshorn. Ein Kind weinte. Ein Hund bellte.

Der Weihnachtsmann, der es nicht fertig brachte, sich mit der Hose in den Kniekehlen und einer 100-Kilo-Frau, die sich an besagter Hose festklammerte, auf den Beinen zu halten, ging rücklings aufs Eis und rutschte auf seinen gelbschwarzen Micky-Maus-Boxershorts gegen die Banderole. Schreie. Chaos. Tohuwabohu.

»Um Gottes willen, was machen Sie da?«, verlangte eine Omi lautstark zu wissen, als ich mich über den total verwirrten Weihnachtsmann kniete und ihm die rote Jacke aufriss.

»Wo ist das Geld?«, schrie ich und riss ihm den Bart vom Gesicht. Kurz bevor mich mehrere Männerhände vom Weihnachtsmann wegzerrten.

Wild strampelnd wehrte ich mich, und wir gingen allesamt – ich, zwei Streifenbeamte, ein Eisbahnangestellter und einer dieser Freiwilligen, die sich überall einmischen – mit lautem Krachen zu Boden.

Und das war der Moment, in dem ein Fotograf der *Stuttgarter Zeitung*, der zufällig des Wegs gekommen war, auf den Auslöser seines Fotoapparates drückte.

Immerhin schafften wir es auf diese Weise auf die Titelseite des Lokalteils.

Doch, ja, es war schon der richtige diebische Weihnachtsmann, den ich mir da gekrallt hatte. Allerdings gehörte er zu einer Initiativgruppe der Stuttgarter Polizeibehörde im Kampf gegen den Taschendiebstahl auf dem Weihnachtsmarkt.

Nur zum Schein raubte man allzu unvorsichtige Weihnachtsmarktbesitzer aus, um ihnen gleich darauf alle Wertgegenstände zurückzugeben und sie zu erhöhter Vorsicht zu mahnen. Normalerweise bemerken die Bestohlenen ihren Verlust nicht sofort, so soll es bei wahren Profis ja auch sein, aber im Falle Veras entdeckte das Opfer den Diebstahl nicht nur zeitgleich, es wuselte Sekundenbruchteile später auch schon völlig hysterisch davon. Der staatliche Langfingerweihnachtsmann hatte natürlich umgehend zwei Kollegen von der Streife mit der Tasche zu Veras Domizil geschickt, aber da war sie ja nicht, sie war bei Stuttgarts dümmster Hobbydetektivin. Miss Marple würde sich bestimmt im Grab umdrehen. Ach was, rotieren würde sie.

Jedenfalls verklagte mich weder der leicht demolierte Polizeiweihnachtsmann noch der Eisbahnbesitzer. Allerdings erkannte mich auf dem Foto in der *Stuttgarter Zeitung* die Hermelintante wieder, die darauf Schadenersatz für die Senfattacke forderte. Und das nicht zu knapp.

Ich hasse Weihnachten!

Tabula Rasa

(*Reinen Tisch machen …*
oder: Tafel- und andere Freuden)

DAS HOCHZEITSMENÜ

Überbackene Birnenscheiben mit Rucola
Salat mit geräucherter Entenbrust und Perigord-Trüffeln

Marinierter Steinbutt mit Kartoffelpüree
Kaninchenrücken mit Confit und Pfifferlingen

Sherry-Mirabellen mit Mohneis
Zwetschgentorte

Ich hasse Hochzeiten. Besonders Hochzeiten im Familienkreis. Und dann auch noch die Hochzeit meiner hirnlosen Cousine Nele.

Haben Sie geglaubt, Ihre Familie sei furchtbar? Sehen Sie sich meine an: Oma Nölle, deren Konkurrentinnen um den Vorsitz im Altfrauenverein in merkwürdiger Regelmäßigkeit das Zeitliche zu segnen pflegen, Macho-Cousin Henning, der sich für Gottes Gabe an die holde Weiblichkeit hält, aber in Wirklichkeit nur flächendeckend Brechreiz verursacht, meine Mutter, die »Admiralin«, die Reinkarnation von Attila dem Hunnen, mein Vater, der scheue Prinzgemahl, meine Besserwisserschwester Inka, die glaubt, im

Kindbett vertauscht worden und eigentlich adeliger Herkunft zu sein, meine Tante Beke, die seit einer Prügelei mit meiner Mutter anno 1968, es ging um eine Frage zu einem Beatles-Song, kein Wort mehr mit unserem Zweig der Familie wechselt und stattdessen Beleidigungen auf kleine gelbe Zettel schreibt, die sie sich dann auf die Stirn klebt – und eben meine Cousine Nele, die megaerfolgreiche PR-Frau.

Nele, die ich zuletzt bei der missglückten Seebestattung von Großtante Hulda gesehen hatte, war um einiges jünger, schlanker und trendiger als ich.

Nicht nur *sie* hielt mich für das schwarze Schaf der Sippe und hätte mich sicher nie zu ihrer Hochzeit eingeladen, wenn ich ihr nicht im zarten Alter von zwölf Jahren dank eines eher zufällig gelungenen Heimlichgriffs das Leben gerettet hätte. Seitdem schickte sie mir jedes Weihnachten einen Fresskorb: Anfangs waren es noch Schokoriegel, vom Taschengeld bezahlt, später wurden es teure Gebinde von namhaften Feinkostläden aus ganz Europa, die ich schmerzlich vermissen würde, sollte Nele je herausfinden, dass ich seinerzeit gar nicht gemerkt hatte, wie sie an einer Praline zu ersticken drohte, und ich mich eigentlich nur mit ihr hatte prügeln wollen, um die hehre Tradition unserer Mütter fortzuführen. Schwamm drüber.

Seitdem aß sie keine Pralinen mehr. Und eigentlich auch sonst nichts. Sie war die Inkarnation von Audrey Hepburn. Nur sehr, sehr viel schlanker.

Ich dagegen bin von einem anderen Kaliber, und das nicht nur wegen Neles Weihnachtsleckereien. Ich bin ein Hundert-Kilo-Meisterwerk, das sich für das Hochzeitsessen in ein hautenges nachtblaues Samtkleid und turmhohe Stöckelschuhe gezwängt hatte. Mein Dekolletee ließ so gut wie nichts mehr für die Fantasie übrig, und um meine Hüften hatte ich kunstvoll ein ebenfalls nachtblaues Samttuch mit Sternenmuster und kleinen Glöckchen gehüllt, die bei jedem Schritt dezent bimmelten. Na gut, es erinnerte entfernt an Schweizer Alpenkuhglocken, aber ich sah scharf aus!

Nele, die für fast alle deutschen Film- und Fernsehgrößen die PR machte, feierte ihre Hochzeit standesgemäß in einem Burghotel am Rhein, dessen Restaurant drei Sterne besaß. Sie hatte natürlich all ihre KlientInnen eingeladen. Mit Übernachtung. Da es nicht aus Liebe geschah, musste es sich um Protz und Angabe handeln. Egal.

Und natürlich heiratete jemand wie Nele nicht irgendwann im Mai, wie es Krethi und Plethi und Hinz und Kunz tun, sondern an Silvester. Mit einem echten Symphonieorchester statt einem Alleinunterhalter am Akkordeon. Und mit einem eigens aus den USA importierten Special-Effects-Oscarpreisträger fürs Feuerwerk, anstatt ein paar Billigböllern aus dem Drogeriemarkt. Ja, Nele, wie sie leibt und lebt.

Von ihrem Mann wusste ich weniger als gar nichts, außer dass er Ephraim hieß, aus Israel stammte, aber jetzt in London lebte, und enorm erfolgreich war. In was auch immer. Interessierte es mich? Nicht die Bohne.

Als ich an diesem Samstagabend in die heiligen Hallen des Gourmettempels trat – nachdem ich zweimal wegen der ungewohnt-schwindelerregenden Höhe meiner Pumps unsanft Ganzkörperbodenkontakt gehabt hatte – hielt die versammelte Familie den Atem an. Auch die Familie des Bräutigams schnappte nach Luft. Nur die Promigäste – Heiner, Iris, Götz, Dieter, Gloria und all die anderen – sahen mich dankbar an: Wussten sie doch, dass von nun an nicht länger sie im Mittelpunkt des Gafferinteresses stehen würden.

Ich riss mich zusammen und stakste würdevoll auf den Kellner mit dem Tablett voller Sektgläser zu. Möglich, dass dabei der Boden bebte und der Jahrgangschampagner in den Flöten sich wie das Pfützenwasser in *Jurassic Park* leicht kräuselte. Nachdem ich das erste Glas hopp und ex weggekippt hatte, fühlte ich mich besser.

»Du bist zu spät«, fauchte es da plötzlich an mein Ohr. Meine Tante Beke in einem langweiligen Versandhausfestkleid mit Puffärmeln packte mich am Ellbogen. »Pünktlichkeit ist die Höflichkeit der Könige.«

»Tja, aber ich habe nun mal kein blaues Blut.«

Ich wollte meine Flöte zurückstellen und mir noch ein Glas schnappen, aber da zerrte meine Tante mich schon zum Panoramafenster mit Blick auf die viel besungenen Rheinfluten. Davor stand Nele, zerbrechlich-zart in einem Designertraum aus weißem Tüll.

»Meine Lebensretterin«, kiekste Nele und versuchte mich zu umarmen.

Bei dem Versuch, ihre Ärmchen um mich zu schlingen, wurde ihr Gesicht gegen mein Dekolletee gedrückt, das ich mit reichlich Glitterstick zum Funkeln gebracht hatte, was an Neles rechter Wange nicht spurlos vorüberging.

»Darf ich dir Ephraim vorstellen? Mein frisch gebackener Ehemann. Wo ist er nur?«

Nele winkte in die Menge.

Wie aus dem Nichts tauchte neben mir ein Gott in Menschengestalt auf, groß, dunkel, muskulös. Eine begnadete Mischung aus Oded Fehr und Dwayne Johnson. Mit einem Hauch des unbekümmerten Charmes von John Hanna. Eingeweihte Mumienfans wissen, was ich meine. Irrte ich mich oder sprang da ein Funke über? Darf man bei dem frisch angetrauten Gatten der eigenen Cousine ins Sabbern geraten?

»Wie nett«, sagte ich nur, ohne ihn weiter anzusehen, weil das meine unartigen Gedanken unzweifelhaft verraten hätte, und fragte ablenkenderweise: »Gibt es bald was zu essen? Wo sitze ich denn?«

»Mein Gott«, rief Nele plötzlich, die immer noch in die Menge winkte, »da kommt Jenny. Die war doch gar nicht eingeladen. Bring meine Cousine an ihren Tisch. Nummer 12.«

Durch den dünnen Stoff meines Overalls spürte ich eine warme Männerhand. Trotz Stoffbarriere eine eindeutige chemische Reaktion. Mir wurde ganz anders.

»Ich wusste gar nicht, dass Nele so faszinierende Verwandte hat.« Seine Stimme war – gelinde ausgedrückt – erotisch. Und er sprach mit einem ganz entzückenden leichten Akzent.

Ich schluckte. Faszinierend? War das jetzt ironisch gemeint? Merkte dieser Adonis nicht, wie mein Hormonhaushalt die Chaostaste drückte?

»Und ich glaube, wir kennen uns schon«, fuhr er fort.

»Daran würde ich mich erinnern, jede Wette«, stieß ich, den Blick immer noch fest auf den Boden gerichtet, mit einer Stimme hervor, die mir völlig fremd war.

Tisch 12 erwies sich als Katzentisch: kein Promi, nur unsägliche Verwandte wie mein Cousin Henning, kein Blick aus dem Panoramafenster, dafür einen direkt auf die Tür zur Küche.

»Bis später«, sagte Ephraim.

»Ja, ja.« Ich nickte zaghaft und setzte mich. Allerdings konnte ich Ephraim in die Augen sehen, wenn ich mich schamlos über Hennings Platzteller beugte.

»Deine Haare hängen in meinen Rucola«, muckte Henning auf.

»Maul, sonst Beule.«

»Tauscht doch einfach die Plätze«, säuselte links neben mir ein schwuler Vetter vierten Grades namens Kai, dessen Atem immer vermuten ließ, er habe gerade *Aldi*-Hundefutter genascht. Er stierte mit sehnsuchtsvollem Blick auf Hennings muskulöse Männerhände.

»Guter Vorschlag.« Ich riss Henning, der sich schwitzend sperrte, vom Stuhl und schob mich in die Pole-Position für den Blick auf Ephraim. Schmacht! Komisch nur, dass er nicht neben Nele saß, aber wahrscheinlich konnte Nele die Promi-Betreuung nicht mal an ihrem Hochzeitstag sein lassen.

»Ist er nicht göttlich?«, entfuhr es mir ungewollt.

»Wer?«, mümmelte Henning, während ihm ein Salatblatt aus dem Mund hing.

»Ephraim«, seufzte ich.

»Den findest du göttlich?«, mischte sich Kai ein. »Gott, ich werde nie verstehen, nach welchen Kriterien Frauen Schönheit bemessen. Also, ich stehe eher auf blonde Lichtgestalten.«

Er versenkte seinen Blick in Hennings blonde Gel-Frisur.

Henning verschluckte sich.

Ich beachtete die beiden nicht weiter.

Aus zwölf Metern Entfernung konnte ich noch Ephraims lange, seidige Wimpern erkennen und die vereinzelten grauen Härchen an seiner Schläfe. Und das prickelnde Spiel seiner Wangenmuskulatur, mit der er die für ein mehrsterniges Restaurant äußerst zähe Entenbrust zermahlte. O Göttin!

Bis zum Kaninchenrücken hatte ich mich dann wieder gefangen. Selbst ein abgebrühter flirtsüchtiger Dauersingle wie ich zieht doch irgendwo eine Grenze. Und der frisch angetraute Gatte der eigenen Cousine war doch ganz eindeutig eine solche Grenze. Oder nicht?

Ich stelle mir nicht oft solche Gewissensfragen. Schon gar nicht, wenn ich in der Zeit Zwetschgentorte hätte essen können. Ein deutliches Zeichen meiner Verstörung!

Eine Verstörung, die auf der Toilette zu leisen Klängen von Henry Mancini mein Herz bewegte. Erst als sich das Klo merklich füllte und immer öfter heftig an die Tür meines Kubus geklopft wurde, beschloss ich den Wiedereintritt ins Leben. Natürlich war der gastronomische Teil des Abends bereits Geschichte. Jetzt wurde getanzt. Im Ballsaal.

Wer mich nicht tanzen gesehen hat, dessen Leben ist noch unerfüllt. Ich tanze wie eine Göttin. Mal ganz ohne Scheiß. Mit wahrer Leidenschaft, hingebungsvoll und ausdauernd. Aber vorzugsweise mit männlichen Tanzpartnern, und die waren dünn gesät.

So eine Hochzeit ist ja nun mal per se ein Pärchen-Event. Alle spielen den Plot der Arche Noah nach und kommen brav zu zweit. Jeder anständige Single, der etwas auf sich hält, kennt natürlich ein Alibiwesen, das man zu solchen Ereignissen mitschleppt. Aber mein Alibiwesen war Jacques, und der war gerade in Liebesurlaub mit seiner neuen Flamme Doris, weshalb ich ganz allein gekommen war. Ein schwerer Fehler.

Während meine Füße in den Stilettosandalen schon zu wippen begannen, sprangen mir zwei Dinge zeitgleich ins Auge: einmal Cousin Henning, der mir wilde Handzeichen gab und sich verzweifelt von unserem Vetter Kai loszureißen versuchte, zum anderen der offensichtlich noch minderjährige Kellner mit dem Sekttablett, der – wenn ich das Tablett irgendeinem Promigast in die Hand drücken würde, einen durchaus passablen Tanzpartner hätte abgeben können. Bevor ich mich jedoch im Sinne des Strafgesetzbuches schon ansatzweise strafbar machen konnte, berührte mich jemand sanft am Ellbogen.

»Wollen wir?« Ephraim sah mir tief in die Augen.

Wohin verdrückt sich eigentlich immer die Willenskraft, wenn man sie mal dringend braucht?

Wir tanzten Walzer. Mit Andacht. Und Hingabe. Und perfekt aufeinander abgestimmt. Normalerweise ein untrügliches Indiz dafür, dass auch die horizontale Feinabstimmung gelingen würde. Ich schämte mich. Und schwieg.

Unter dem feinen Zwirn ertastete ich wohlmodulierte Muskelberge. Mir drängte sich irgendwie eine Vision auf: wie er mit seinen vollen Lippen Wackelpudding aus meinem Bauchnabel schleckte. Hm, komisch, wo hatte ich diesen Gedanken doch gleich das letzte Mal gehabt?

Ich sah ihm tief in die dunklen Augen. Wozu ich ziemlich weit nach oben schielen musste, weil sich meine Augen eigentlich auf Höhe seines lila Kummerbunds befanden.

»Wirklich schade, dass du nie angerufen hast«, hauchte er mit seiner angenehmen Männerstimme.

»Was?«

Plötzlich gongte es. Ein angeheuerter Lakai in lächerlicher Rokokouniform schob einen gewaltigen Servierwagen in den Ballsaal. Darauf die Hochzeitsgeschenke. Ein *Aaaaah* und *Ooooh* lief durch die Menge, und alle drängelten sich eng an eng rund um den Servierwagen. Na bravo.

Ich wusste, was jetzt kam: Nele wollte mit ihren Geschenken protzen. Bestimmt hatten die Stars und Sternchen ihr und ihrem Göttergatten exklusive Präsente ausgesucht: ein Gutschein für einen Einkaufsbummel mit Madonna, Designerzitronenpressen aus Gold oder eine Insel in der Karibik. Man kennt das ja aus dem Fernsehen. Schlechte

Karten für mich. Auch wenn Nele die beigefügten Karten nicht laut vorlas, würde jeder wissen, von wem die bunte Vorratspackung Fun-Kondome mit Geschmack war.

Ephraim hatte sich in Luft aufgelöst, dafür stand ich eingekeilt zwischen meiner Schwester Inka und ihrem Derzeitigen, einem Oberstudienrat, der schon vorhin laut vernehmlich von seinem Tisch aus die Rede des Trauzeugen grammatikalisch und sprachlich korrigiert hatte. Ich winkte den minderjährigen Kellner zu mir.

»Champagner oder Selters?«, fragte er.

»Geben Sie mir das ganze Tablett!«

Ich achtete nicht weiter auf Neles geschluchzte Dankesbeteuerungen (die nur einmal kurz einem indignierten Schweigen wichen, als sie erkannte, dass die rosa Kreise mit Knopf auf dem Geschenkpapier meines Erotikladens aus Esslingen in Wirklichkeit weibliche Brüste waren. Sie schob das Geschenk daraufhin ungeöffnet zur Seite …), sondern konzentrierte mich Schampus kippend auf die Begutachtung von Ephraim, der strahlend neben Nele stand. Auf seine langen Finger, die breiten Schultern, den lila Kummerbund, die rehbraunen Augen, das gewellte Haar.

Was fand dieser Gott in Menschengestalt nur an meiner humorlosen, geldgeilen Cousine Nele?

»Was willsu nur von dieser doofen Nele?«, lallte ich, offensichtlich deutlich lauter, als ich es beabsichtigt hatte, weil sich alle Köpfe zu mir wandten und mir Inka einen bösen Stoß zwischen die Rippen versetzte.

Beinahe wäre mir das Tablett mit den nunmehr sämtlich geleerten Sektflöten zu Boden geglitten, aber eine starke Hand intervenierte rechtzeitig. Eine starke Hand mit langen Fingern. Die zu einem blendend aussehenden Kerl mit Grübchenlächeln gehörte.

Zwischenzeitlich hatte sich Nele zornesrot vor mir aufgebaut. Neben ihr ein Bierbauch mit abstehender Einstein-Wallemähne.

»Was brabbelst du da?«, stieß Nele Spucke spuckend hervor.

»Ephraim, du hast Besseres verdient«, rief ich schon etwas deutlicher und krallte mich in den muskulösen Arm meines Helden. Mir war jetzt alles egal.

Nele und der Bierbauch guckten verdutzt. Mein Adonis allerdings auch.

»I'm Ephraim«, erklärte der Bierbauch. »That's Uri, my cousin.«

»Aber …«, stotterte ich, zu Nele gewandt. »Du hast doch …«

»Gott, bist du blöd!«, zischte Nele und zog ihren Bierbauch wieder zu dem Servierwagen mit den Geschenken.

»Wie süß«, flötete mein Adonis, »du hast mich mit Eff verwechselt.

Ich errötete.

Meine Göttin, von nun an keinen Tropfen Hochprozentiges mehr!

Wer ahnt denn auch schon, dass Uri nur zufällig in dem Moment meiner ansichtig wurde und neben mich trat, als Nele ehemannsuchend in die Menge winkte?

Uri, der, wie sich herausstellte, nicht nur besser aussah, sondern auch viel fröhlicher, geistreicher, charmanter und liebenswerter war als Ephraim, ein Langweiler sondersgleichen, der seinen Mund grundsätzlich nur öffnete, um sich eine Gabel voll von etwas reinzuschieben, was die Hand eines Viersternekochs gezaubert hatte, oder einen Schluck kohlensäurearmes Mineralwasser aus edler Quelle zu goutieren oder en détail von seinen Börsengeschäften zu erzählen. Schnarch.

Uri, der mir, als ich am nächsten Morgen nüchtern mit ihm am Frühstückstisch plauderte, ins Gedächtnis rief, dass er mir auf dem Stuttgarter Schlossplatz schon einmal seine Telefonnummer auf den Handrücken notiert hatte. Im schwülen Sommer vor eineinhalb Jahren. Dumpfbacke, die ich bin, hatte ich sie seinerzeit bei einem Toilettenbesuch weggeseift, bevor ich ihm meine Liebe auf den ersten Blick fernmündlich gestehen konnte.

»Ich bin also so leicht zu vergessen?«, schmollte Uri mit einem Augenzwinkern.

»Von nun an nicht mehr!«, gelobte ich.

Und so war es dann auch.

P.S.: Uri und ich verbrachten einen gemeinsamen Spontanurlaub in der Bretagne. Es sieht *sehr* vielversprechend aus.

P.P.S.: Kai und Henning flogen für ihren Spontanurlaub nach Bali …